Andreas Unterweger

So long, Annemarie

Roman

Literaturverlag Droschl

I

»Je suis un piéton, rien de plus.«
Arthur Rimbaud

Der erste Schlag

Wann immer ich erzählen soll, wie es damals, als ich die Beziehung mit Annemarie beendete, wirklich zuging, zitiere ich ein Gedicht, auf das ich erst Jahre später, als ich schon längst nicht mehr an sie dachte, in einer Literaturzeitschrift gestoßen bin. Es heißt: *Die Maus.*

Die Maus

Ich hab die Maus mit jenem Beil erschlagen,
mit dem ich sonst immer Holz hacke.
Aber es war nicht wie Holz.

Beim ersten Schlag war ich zu zaghaft.
Beim zweiten quoll ihr eines Auge raus.
Und auch der dritte war nicht stark genug.

Schuld war die Katze. Die Katze ist verspielt.
Sie spielt mit jedem Grashalm, jedem welken Blatt –
Killerinstinkt hat sie keinen.

Und deshalb holte ich das Beil raus,
das stumpfe, schartige, rostige Beil,
mit dem ich sonst immer Holz hacke.

Ich wollte, dass die Maus nicht leidet.

So weit das Gedicht – das, wohlgemerkt, nicht von mir ist. Auch zwischen den Figuren des Gedichts und uns, Anne-

marie und mir, gab (und gibt) es keinerlei Gemeinsamkeiten. Weder habe ich, Dani, damals, als ich sie verließ, die Axt geschwungen (zumindest keine richtige), noch stellt Annemarie in dem Bild, das dieses Gedicht, für mich zumindest, darstellt, die Maus dar – im Gegenteil.
Tatsächlich müsste es etwa in einem Film, der von Annemaries und meinem Ende, genauer gesagt: vom Ende der Sache zwischen uns, erzählte und an dessen Anfang das Gedicht *Die Maus* eine Rolle spielte, im Abspann unbedingt heißen: »Während der Dreharbeiten zu diesem Film kamen weder Menschen noch Tiere zu Schaden.«
Außer der Maus freilich, die unsere Beziehung dargestellt hätte. Aber nicht einmal die wäre echt gewesen, sondern nur animiert.

Denn: So lange das mit uns nun auch schon wirklich her ist – Computeranimationen in Filmen, die gab es schon. Ja, damals, in jener Zeit, als wir auseinandergingen, schien sogar, zumindest am Anfang, gerade etwas heraufzudämmern, das man durchaus als »Zeitalter des Animationsfilms« bezeichnen hätte können. Des »computergenerierten Animationsfilms«, um genau zu sein (*Antz*, *Shrek* – Sie wissen schon).
Dank der Computer jener Tage wurde das menschliche Gehirn erstmals in seiner Entwicklung mit bewegten Bildern geflutet, deren Irrealität ihm in den Tausenden Jahren davor, jedenfalls in einer derart hyperrealistischen Drastik, niemals zugemutet worden war. Es sei denn, das Hirn hätte sich gerade zufällig im Schädel eines durchgeknallten Dichters oder Visionärs, eines *wahren Sehers* eben, befunden … Aber die gibt es ja nur in Filmen.
Fakt ist: Damals, in jener Zeit, als es mit Annemaries und meiner Beziehung zu Ende ging, strotzte die Welt nur so vor solchen Bildern: Darstellungen von eben noch für unmög-

lich gehaltenen Dingen, die nun mit einem Mal Wirklichkeit waren – und trotzdem nicht wahr … Und so gesehen handelte es sich bei ihr und mir – zumindest, was das Ende der Sache zwischen uns betrifft (das ich, wider die eigene Vorstellungskraft, erst herbeigeführt hatte und dann, nur wenig später, doch nicht mehr wahrhaben wollte) – tatsächlich um so etwas wie »Kinder unserer Zeit«.

Damals lebten Annemarie und ich nicht mehr zusammen. Nicht dass wir zuvor »zusammengelebt« hätten, zumindest nicht richtig. Tatsächlich hatten wir beide immer, auch vorher, als wir noch zusammen gewesen waren, getrennt gelebt (jeder in seiner eigenen Wohnung) – obwohl wir freilich nie, zumindest, wenn wir beide »in der Stadt« waren (die Stadt hieß Graz), nicht in derselben Wohnung, ihrer oder meiner, übernachtet hatten. Wir machten quasi alles zusammen – außer »leben«.

In jener Zeit aber, die ich eben als »unsere« bezeichnet habe, teilten wir beide nichts mehr, nicht einmal den Wohnort – zumindest für die Dauer eines Jahres. Dieses begann, wie alle Jahre, damals (wir studierten noch, beide), im Herbst, mit dem Beginn des Wintersemesters – und somit etwas mehr als ein Jahr, nachdem ich, bei einem zweiwöchigen Übersetzungsseminar auf der Adria-Insel Silba, Carmen begegnet war.

Carmen war bei dem Seminar als Spanisch-Lektorin tätig. Ich hingegen war nach Silba gekommen, um an Übersetzungen aus dem Französischen zu arbeiten. Dass Carmen und ich nach nur einer Woche, unter dem Leuchtturm von Silba, mit ihrem Laptop als Kopfpolster, mitten in der Nacht Vokabeln austauschen sollten, hatte nun wirklich niemand vorhersehen können. Wie denn auch. Bis dahin hatte ich ja mit Spanisch nichts, aber auch rein gar nichts, am Hut gehabt.

Fest steht jedenfalls: Rund ein Jahr, nachdem ich – halbherzig, ungeschickt, in mehreren Anläufen, aber eben doch – Annemaries und meine damals schon bald vier Jahre währende Beziehung beendet hatte, um, zumindest für zwei Wochen, mit Carmen, in Madrid, zusammenzuleben (denn »sein« konnte man das da schon nicht mehr nennen), verließ Annemarie Graz (sprich: mich), um nun ihrerseits, aber ein ganzes Jahr lang!, in Spanien, und zwar in Sevilla, zu verbringen.
Ich hingegen ging – was blieb mir denn anderes übrig? (es war auch schon lange geplant …) – nach Nantes, Frankreich, und das auch für ein Jahr. Und eben dies ist die Zeit, von der ich – wenn ich schon erzählen soll, wie es damals, als ich mich von Annemarie trennte, »wirklich zuging« – immer erzähle. Schließlich stellt dieses eine Jahr, »das ganze lange Jahr in Nantes«, wie ich es gerne nenne (obwohl es, genau genommen, nur neun Monate dauerte), jene Epoche dar, in der ich es schaffte, mir Annemarie, und mit ihr die vier Jahre, die wir zusammen verbracht hatten (und all die Bilder, die wir teilten!), ein für alle Mal, oder zumindest fast, aus dem Kopf zu schlagen.

Doch dazu später – schließlich kam das (das Schlagen, meine ich) auch erst später in jenem Jahr, sogar viel später … Damals hingegen, am Jahresanfang, im Herbst, an jenem Septemberabend, als ich in Nantes aus dem Zug stieg, hatte die Zeit in Nantes, obwohl man meinen könnte, dass sie just jetzt begann, in Wirklichkeit noch überhaupt nicht, noch lange nicht, begonnen.
Nein. In Wirklichkeit war ich an jenem Abend, als ich an der Gare de Nantes aus dem Zug stieg, immer noch, ja, sogar mehr denn je!, am Grazer Hauptbahnhof. Ich mochte zwar dem Zug aus Graz entsteigen, aber doch nicht, noch lange nicht, der Zeit in Graz – sprich: der Zeit mit Annemarie, die,

in Wirklichkeit, zuletzt zumindest, eben eine *ohne* sie gewesen war.
Und das, wo ich doch das ganze lange Jahr zwischen meiner raschen Rückkehr aus Spanien und Annemaries langsamem Aufbruch eben dorthin mit nichts anderem verbracht hatte als damit, immer und immer wieder zu versuchen, die Maus – um das Bild von oben, aus dem Gedicht, zu reanimieren – zu reanimieren!

Nun weiß man aber auch, wie das ist, mit so kleinen Tieren. Oder zumindest weiß *ich* es, schließlich hatte ich als Kind einen kleinen gelben Kanarienvogel. Und ich erinnere mich noch genau daran, was der Tierarzt gesagt hatte, als der Kanarienvogel seine Flügel (bzw.: ihre – es war eine Sie) nicht mehr ausbreiten hatte können: »Was soll ich denn machen?«, hatte er gesagt (bzw. sie – es war eine Ärztin), »ich kann doch nicht operieren, dazu ist er (sie) viel zu klein. Verstehen Sie?«
Und so – verstehen Sie? –, so, wie es heute aussieht, war auch das, was Annemarie und mich jemals verbunden hatte, zu klein, vielleicht sogar »viel zu klein«, um es zu reparieren …
Aber damals, in Graz, als ich das erste Mal bereute, Annemarie verlassen zu haben, sah ich das noch nicht so. Und ich sah es auch nicht später, in Madrid, nachdem ich sie das zweite Mal verlassen hatte. Und dann, noch später, in Nantes, als ich, nach einem Jahr letztlich vergeblicher Versuche, ein drittes Mal in die Lage zu kommen, sie verlassen zu können, aus dem Zug stieg, sah ich es immer noch nicht – und es sah, ehrlich gesagt, auch überhaupt nicht danach aus. Nach etwas Kleinem, meine ich.

Im Gegenteil. Tatsächlich sah das, was zwischen Annemarie und mir war – genauer gesagt: *gewesen* war; die schwer lädierte, einseitig reanimierte »Maus« eben –, damals mehr als nur

»groß« aus – zumindest in meinen Augen. Es hatte jedenfalls Übergröße genug gehabt, um meine Grazer Wohnung – die, mit ihren drei Zimmern, der Küche, dem Vorzimmer, dem Bad, der Abstellkammer, Speisekammer und dem Klo, ja alles andere als klein war! – bis in den hintersten, staubigsten Winkel (die aufgelassene Spinnenhöhle hinter dem in der Abstellkammer, im dritten Regalfach von oben, ganz rechts verstauten Ersatzschuhputzzeug meiner aufs Land verzogenen Großeltern, etwa) auszufüllen.
Ich glaube kaum, dass es unter Ihnen, geneigte Leserinnen und Leser, die oder den eine/n oder andere/n gibt, die oder der sich (so ganz ohne Computeranimation!) ein Haustier dieser Ausmaße bildlich vorstellen kann – vom täglichen Leben mit ihm ganz zu schweigen. Und falls sich doch jemand (ein/e durchgeknallte/r Dichter/in? Visionär/in? *wahre/r Seher/in*?!) finden sollte, die oder der, rein hirnmäßig betrachtet, dazu in der Lage wäre, dann: scheitert sie/er ganz bestimmt daran, sich auszumalen, wie es uns, der Maus und mir, in dem Drei-mal-zwei-Meter-Zimmer zur Untermiete, das ich in Nantes bezog, erging.

Doch so weit sind wir, wie gesagt, noch nicht. Noch steigen wir, die Maus und ich, soeben, immer noch, an der Gare de Nantes aus dem Zug. Noch bitte ich, beim Infoschalter dort, um einen Stadtplan (Smartphones mit Google Maps drauf gab es ja noch nicht [ich besaß nicht einmal ein Mobiltelefon]), rufe aus einer Telefonzelle (so lange ist das her!), für die man sich zuvor bei der Bahnhofstrafik eine *carte téléphonique* besorgen musste, bei einem der Hotels, die auf dem Plan ein Inserat geschaltet haben, an und reserviere, in meinem noch sehr ängstlichen, stolpernden Französisch, ein Doppelzimmer. Ich suche den Namen der Straße, in der das Hotel liegt, im Straßennamenverzeichnis auf der Rückseite des Plans, vergleiche die Koordinaten, die das Verzeichnis auf dem Plan angibt, mit meiner Position, die jene des Bahnhofs ist, und gehe, beladen mit zwei Koffern, einem mannshohen Interrailrucksack sowie einer auf dem Interrailrucksack hockenden, überinterrailrucksackhohen, fußlahmen Maus, aus dem Bahnhofsgebäude hinaus – hinein in einen dieser hier, am westlichen Ende Europas, so erstaunlich lang hellen, herrlich milden, gelben Abende – und zwar, wie sich dann (erst eine Stunde später, freilich) herausstellen sollte, in die ganz falsche Richtung.

Ich erspare Ihnen die Details – die Suche nach einem Passanten, um nach dem Weg zu fragen, dann nach der Telefonzelle, um ein Taxi zu rufen, dann nach der *carte téléphonique*, dann nach dem Taxi –, wichtig ist nur, dass am Ende alles, wie immer, damals (zumindest aus dem richtigen Blickwinkel betrachtet), gut ausging.
Den Rest des Abends verbrachte ich (ohne die Maus, die im Hotelzimmer schmollte) in einer »Bar« – so nannte ich damals die verrauchten Kneipen, in die ich heute nicht mehr gehen würde. Auch diese Bar verfügte, wie die meisten damals, über einen Fernseher. In den Fernsehern der meisten Bars liefen meistens Musikvideos oder, an besonderen Abenden, Abenden wie jenem, von dem ich hier erzähle, ein Fußballspiel.

Ich weiß noch, dass ich damals, als ich nach Nantes kam, große Hoffnungen hegte – nicht im Großen (= Maus), sondern im Kleinen, hinsichtlich Fußball, zum Beispiel. Schließlich stellte die Stadt mit dem FC Nantes den französischen Fußballmeister, war die französische Nationalmannschaft amtierender Fußballwelt- und -europameister, stand die nächste Fußballweltmeisterschaft am Jahresende, sprich: Anfang des Sommers, bevor.

Niemand, wirklich niemand, zweifelte daran – und schon gar nicht damals, an jenem Septemberabend, als der FC Nantes gegen den niederländischen Meister PSV Eindhoven zur ersten Runde der ersten Gruppenphase der Champions League einlief –, dass uns, die wir da vor dem Fernseher der Bar saßen, standen und Bier tranken, in diesem Fußballjahr, das, wie das Universitätsjahr, im Herbst begann, so etwas wie »eine große Zukunft« bevorstand.

Und wirklich: Schon in der fünften Minute schlugen die *Canaris*, wie die Nantais wegen ihrer gelb-grün-gestreiften Dressen genannt werden, das erste Mal zu. Es war eine schnelle, herrlich einfache Konterkombination. Weiter Pass von Olivier Quint, links aus der eigenen Hälfte heraus, auf Pierre-Yves André. Der läuft allein auf den Tormann Ronald Waterreus zu und schießt den Ball durch dessen Beine zum 1:0.
Fünf Minuten später: Wieder Quint über links, Pass in den Strafraum, wo Sylvain Armand zu Fall kommt – Elfmeter. Quint tritt an, trifft, halbhoch links über Waterreus hinweg: 2:0.
Und noch vor der Pause, in der 44. Minute, erhöhte Wilfried Dalmat, der sich, nach einem weiteren langen Zuspiel, diesmal von rechts, von Stéphane Ziani, an der Strafraumgrenze gegen einen Verteidiger und den herausgelaufenen Tormann zugleich durchgesetzt hatte, auf 3:0 …

Zur Pause musste ich aufs Klo – kein Wunder nach den drei Toren (= Bieren). Es war gar nicht so einfach, sich durch die aufgebrachte Menge einen Weg dorthin zu bahnen. »Die Toiletten sind bessere Fondues als das Ziel der Holländer!«, witzelte ein Franzose, der den gleichen Weg hatte – später erst, viel später, sollte ich begreifen, dass er, in Wirklichkeit, etwas ganz anderes gemeint hatte …

Hinter den Köpfen und Schultern, an denen ich mich, ein, zwei versteckte Fouls inklusive, vorbeikämpfte, lief auch in der Pause der Fernseher. Dort sah man durchgeknallte Bilder: ein Flugzeug, dessen Nase, in Zeitlupe, an einem Hochhaus abknickt. Dann: stieg eine Rauchsäule empor. Dann: tat sich eine Lücke auf, die Klotür ging auf, und ich schoss hinein. Als ich vom Klo zurückkam, stand um die Bar derselbe aufgeregte, lautstarke Abwehrriegel wie zuvor. Alle redeten, ich verstand keinen. Der Fernseher zeigte keine Filmtrailer mehr, sondern einen Nachrichtensprecher. Der bewegte seine Lippen.

Danach passierte nicht mehr viel – das Spiel »plätscherte«, wie man so sagt, dahin, der FC Nantes »verwaltete«, wie man so sagt, seine Führung. Bis zur einundsiebzigsten Minute, in der Marama Vahirua nach Zuspiel von Ziani per Volley zum 4:0 traf. Beim 1:4 durch John de Jong in der Nachspielzeit (durch einen Weitschuss) rangelte ich mich schon wieder durch den Strafraum der Bar, diesmal in die andere Richtung: zur Theke, um zu bezahlen.

Es war, wie gesagt, ein herrlicher Abend. Überall auf der Straße, vor allem aber vor den türkischen Imbissen, die es damals in Nantes, wie in jeder französischen Stadt, an so gut wie jeder Ecke gab, standen die Leute in Gruppen zusammen und redeten, tranken, aßen, rauchten. Ich kannte zwar noch niemanden, bei dem ich stehen und mit dem ich reden hätte können, aber: trinken, rauchen, essen, das konnte ich auch. Und so: kaufte ich bei einem der Türken ein »kebab frites« (= Kebab mit Pommes frites), das ich im Gehen aß, beim nächsten eine »kro« (= Kronenbourg-Bier), das ich im Stehen trank, dann setzte ich mich, endlich müde geworden, auf einen der freien weißen Plastiksessel, den ich am Rand einer Gruppe erspäht hatte. Ohne den Gesprächen, die da liefen, zuzuhören, gönnte ich mir, leise vor mich hinsummend, zwei oder drei letzte, noch in Graz gekaufte Gauloises.

Später, im Hotel, das ich auf Anhieb wiedergefunden hatte, begrüßte ich die Maus, die mich aus ihren grünen, wie immer mit dicken, klaren Kindertränen gefüllten Augen anstarrte, ganz entspannt mit »Salut!« Heute war ich zu müde, um ihr die Verbände zu wechseln. Oder mir ihre Vorwürfe anzuhören. Es war der elfte September des Jahres 2001 – mein erster Abend, wie ich vor mich hin summte, in einer neuen Stadt, einer neuen Zeit. Noch immer in den Kleidern, die ich in Graz angezogen hatte, und ohne mich ein weiteres Mal nach der Maus, die mich mit Annemaries Augen ansah, umgedreht zu haben, legte ich mich, leicht wie schon lange nicht mehr, unter ihr Beil.

Die zwei Türme
(»Nach Westen!«)

Mein Freund Braillet, den ich damals noch nicht kannte, behauptet ja heute, er habe es schon viel früher kommen gesehen. Wie immer, wenn er von »es« spricht, meint er damit das, was Voltaire, den er auswendig kann, »l'infâme« genannt hatte – das also, was damals, als ich nach Nantes kam, eben heraufdämmerte: das neue Zeitalter. Schon lange vor den Bildern aus Manhattan, sagt er, habe er es gesehen, noch vor dem Bataclan oder Madrid-Atocha, ja, sogar noch vor Nantes gegen PSV.

Schließlich, so Braillet heute, sei er in Belleville aufgewachsen, im Osten von Paris, sei dort in eine öffentliche Schule gegangen – und so mit 17, 18, sagt er, sei es zum ersten Mal sichtbar geworden: All seine Schulfreunde, alle aus armen Familien, Kinder von Einwanderern, seien mit einem Mal, »nun ja, weggebrochen«. Erst hätten sie ihm im Hof noch den Trick beigebracht, der Zinédine Zidane und der französischen Nationalmannschaft später, im Finale 2006, die Weltmeisterschaft kosten sollte, dann aber – »plötzlich schauten sie weg.«

Ich für meinen Teil hatte es nicht gesehen. Aber ich war ja auch nicht in Belleville aufgewachsen, sondern in Graz, wo es, wenn überhaupt, erst später, viel später, sichtbar wurde. Außerdem war da die Maus, die mir den Blick verstellte. Erst den Ausblick aus der Wohnung in dem Hochhaus in Graz, dann den aus dem Zimmer zur Untermiete, das ich in dem Hochhaus in Nantes bezog. Stelle ich mir heute die zwei Hochhäuser vor, so sehe ich, aus jeweils einem Fenster beider

Häuser, die Maus schauen. *Das* waren die Zwillingstürme, die ich sah. Die brachte niemand zum Einsturz.
Die Wohnung in Graz lag im achten Stock, jene in Nantes im zehnten – so gesehen handelte es sich um einen Aufstieg. Auch die Terrasse war neu. Wenn ich in Nantes durch die Dachluke auf dem Flur kletterte, gelangte ich auf das geschotterte Flachdach. Dort hinaus stieg ich oft. Um, ungesehen von der Maus (sie war zu dick, um durch die Luke zu passen), eine *kro* zu trinken. Oder um ein *kebab frites*, das ich mir unten, beim Türken geholt hatte, zu essen. Und um zu rauchen, natürlich.
Vom Dach aus sah man über die Loire nach Westen. Manchmal bildete ich mir ein, dort vorne, irgendwo, das Meer zu sehen. Das war *es*, das ich sah. »Es« sah man, oder zumindest ich, von hier oben nicht.

Als Bonzo, der damals noch mein Freund war, mich kurz nach meiner Ankunft in Nantes besuchen kam, machten wir eine kleine Reise: »nach Westen!« Ich denke oft an diese Reise – immer dann, wenn Braillet in einem seiner Vorträge, die er nicht nur auf Universitäten hält, über Voltaire spricht. Bzw. darüber, wie sehr der heutigen Zeit »ein Voltaire« fehle – ein Dichter, Visionär, ja, mehr als das, ein *Seher*: jemand jedenfalls, der jedes Buch, jeden Brief, ja, sein ganzes Leben mit »Écrasez l'infâme« unterschriebe.
»Aber heute gibt es Michel Houellebecq«, erwidere ich daraufhin immer, leise, und Braillet antwortet, noch leiser, »Ah oui, il y a Houellebecq ...«, und dann verstummen wir, beide, und er schaut weg, und ich auch, und dann denke ich wieder an die Reise »nach Westen«, die ich mit Bonzo unternahm, damals, als wir noch glaubten, dass La Rochelle im Westen von Nantes liege, damals, als wir noch Freunde waren und ich, im Zug nach La Rochelle, *Plateforme* zu Ende las.

Im Zug war es heiß und knallvoll genug, um schon allein deshalb einen »sehr fortgeschrittenen Zustand des Niedergangs der westlichen Welt«, wie Houellebecq es nennt, heraufdämmern zu sehen. Dennoch hatten Bonzo und ich Sitzplätze ergattert – in einer Vierer-Sitzgruppe saßen wir uns, schwitzend und müde, gegenüber. Neben mir, am Fensterplatz, die Maus, neben Bonzo, von Nantes bis La Rochelle, immer dasselbe Mädchen.

Bis La Roche-sur-Yon wusste ich nicht, an wen sie mich erinnerte, dann fiel es mir ein: Das Mädchen sah aus wie Michel Houellebecqs Schwester – genauer gesagt: so, wie ich mir das Mädchen in Houellebecqs Gedicht, das mit den Worten »Meine Schwester« beginnt, immer vorgestellt hatte.

Meine Schwester war hässlich, als sie 17 war,
In der Schule nannte man sie Doppelrahmmasse.
Eines Novembertags sprang sie in den Kanal;
Doch man zog sie aus dem gelben und trüben Wasser.

In die Daunen geschmiegt wie ein fettes Karnickel,
Erträumte sie sich ein kaum spürbares Leben
Ohne Sozialkontakte und Hoffnung auf Ficken,
Aber still und sehr sanft und fast nicht zu sehen.

Am Morgen darauf nahm sie dann Formen wahr,
Die leicht dahinglitten, da auf der Wand, links.
Sie sagte, ich muss gar nicht schlafen, bleib da;
Ich seh einen sehr großen Jesus, er hinkt.

Ich hab etwas Angst, doch jetzt wird's nicht mehr schlimmer.
Glaubst du, er kommt wieder? Ich ziehe ein Kleid an.
Ich seh kleine Häuser, ein ganzes Dorf schimmern;
Es ist so hübsch dort drüben. Werde ich leiden?

Damals, in jenen Jahren, als ich nicht mehr mit Annemarie, aber noch mit der Maus zusammen war, begegnete ich Houellebecqs Schwestern (und Brüdern) sehr oft – öfter als heute –, auch wenn das wohl nur an mir selbst, meinem eigenen Blick lag. Schließlich fühlte ich mich ihnen, den Andersförmigen, damals viel näher als heute – fast *verwandtschaftlich* nahe.
In meinen Notizblöcken von damals finde ich Sätze wie: »Dicke Frau auf der Place Graslin: Wenn ich schon verzweifelt bin, wie geht es dann ihr?« Oder: »Dicker Mann – weint schon beim Gehen vor sich hin. (Infektiös.)« Oder: »Dickes Mädchen, mit Hautausschlag, vor dem Bahnhof. Bis zu ihrem Tod wird niemand sie lieben.«
Später erst, viel später, sollte ich begreifen, dass es wohl nichts anderes war als diese eine *übergroße* Gewissheit – »bis zum Tod wird niemand mich lieben!« –, die mich mit den Dicken, wie ich sie mir vorstellte, (aber auch mit Bonzo!) verband.
Und das, obwohl Bonzo und ich damals, im Gegensatz zu heute, noch recht schlank waren! Ja, wenn man unsere damaligen Figuren denn schon unbedingt mit einem Attribut belegen hätte wollen, man hätte, selbst in Bonzos Fall – der damals, nach dem Abbruch seines Sorabistik- und vor Beginn seines Jus-Studiums, sogar noch dünner als ich war! –, vielleicht von *mollig*, höchstens von *vollschlank*, wahrscheinlich aber nicht von mehr als gerade einmal *wohlgenährt* sprechen dürfen. Denn das, und nicht mehr als das, waren wir: nur ein bisschen zu weich, ein bisschen zu gut gefüttert vom Wohlstand – nicht unbedingt unserem eigenen oder dem unserer Familien, aber doch jenem des Landes, ja, Weltteils, in dem wir lebten und in dem selbst Familien, die nicht reich waren, nicht arm waren. Im Gegenteil. Nein, Bonzo und ich, wir waren weder arm noch dick, sprich: hässlich. Wir fühlten uns nur so.
Das Handicap, das wir mit uns herumschleppten, war von einer *anderen Form*. Es war da, war aber für andere nicht sicht-

bar. So wie die Maus, die mir ihre zerquetschte Pranke auf den Bauch drückte (oder ein Bier in die Hand), sobald mir eine andere Frau als Annemarie zu nahe kam. Oder Bonzos Bewacherin, die auch sehr streng war. Ich sah sie zwar nicht, wusste aber: Es gibt sie. Ganz im Gegensatz zu der Ex-Freundin, von der er ab und an erzählte, die ihre Beziehung zu ihm aber brutal und rücksichtslos beendet hatte, noch bevor einer von seinen Freunden Gelegenheit gehabt hatte, sie zu Gesicht zu bekommen.

Und so geschah es, dass es damals, an jenem sonnigen Septembernachmittag, in der Vierer-Sitzgruppe unseres Waggons, in die sich, nach dem eigentlich noch richtig schlanken Bonzo, seiner zwar unsicht-, aber doch noch spürbaren Ex-Freundin, seinem mannshohen Interrailrucksack, meinem mannshohen Interrailrucksack, der überinterrailrucksackhohen Maus und mir (der ich doch höchstens *mollig* zu nennen war!) nun eben auch die Schwester, in ihrer maßlosen, Wülste werfenden Überfülle, gezwängt hatte, so erdrückend eng war – enger jedenfalls, als man von außen, als jemand, der im Waggon an uns vorbeigestolpert wäre, z. B., vermuten hätte können.
Und während unsere T-Shirts und Jeans bzw. das Mu'umu'u, das die Schwester trug, sich mehr und mehr mit Schweiß vollsogen, während die feuchten Stoffe schwer wurden und uns unsere Körper spüren ließen, die sie ansonsten mehr oder weniger gnädig verhüllten, während also Bonzo ins Leere (?!) starrte und die Schwester zu Boden (?!), las ich bei Houellebecq die Geschichte Michels.

Michel war Europäer. Franzose. Es fehlte ihm, zumindest von außen betrachtet, an nichts – außer an Liebe (sprich: Schönheit). Deshalb fuhr Michel in den Osten, nach Thailand, um dort arme, aber schöne (oder zumindest: junge) Frauen dafür zu bezahlen, dass sie mit ihm schliefen. Und als Michel ausgerechnet dort, in Thailand, der jungen (und sogar recht schönen) Valérie, Europäerin, ja, Französin, begegnete, die er lange kaum wahrnahm, in die er sich aber später verlieben sollte, sah ich, dass Bonzo, der kein Buch zum Lesen mitgenommen hatte, das erste Mal gähnte.

Zurück in Paris schlief Michel mit Valérie, ging mit ihr in Swinger Clubs, wo sie gemeinsam mit anderen schliefen, und Bonzo gähnte das zweite Mal. Er gähnte ein drittes Mal, als die beiden, Michel und Valérie, nachdem (oder bevor [oder während?]) sie miteinander (oder anderen) schliefen, eine Idee hatten. Ihre Idee bestand darin, Katalogreisen in arme Länder zu organisieren, die es Männern und Frauen aus Europa, denen es, zumindest von außen betrachtet, an rein gar nichts fehlte – außer an Liebe (sprich: Schönheit [sprich: Jugend]) –, ermöglichen sollte, im Rahmen ihres Strandurlaubs mit Einheimischen zu schlafen, denen es an allem fehlte – außer eben an Jugend (sprich: Schönheit [sprich: Liebe]). Als aus der Idee Wirklichkeit wurde, fielen ihm, Bonzo, die Augen zu.

Die Sonne schien nun direkt zum Waggonfenster herein. Es war, wie man sagt, »tropisch heiß« geworden. Bonzo schnarchte mit halb offenem Mund vor sich hin, die Schwester blinzelte zusehends. Nur die Maus war hellwach. Sie starrte mich aus ihren grünen, mit Kindertränen gefüllten Augen an. Ihre Schnurrhaare zitterten.

Vermutlich, dachte ich, dachte auch sie daran, dass auch Annemarie, während ich in Madrid gewesen war, einen Strandurlaub gemacht hatte. Sie war mit Freundinnen auf die Insel Lesbos geflogen, um dort jenem Burgenländer in die Arme zu laufen, der später, zurück in Graz, sämtliche meiner Reanimierungsmaßnahmen, die ich an dem ohnehin

schon arg geschundenen Mauseleib durchführte, mit seinen Wochenendbesuchen torpedieren sollte.
Während ich im billigsten Zimmer von Madrid gehockt war (Carmen hatte mich ja, nach nur einer Woche, aus ihrer WG geworfen), während ich in den Regen hinausgestarrt, Gedichte von Gottfried Benn gelesen und von nichts anderem als Tetrapack-Weißwein, Hummerchips und der Erinnerung an Annemarie gelebt hatte, war sie mit jenem burgenländischen »Sextouristen«, wie ich ihn später nannte, unter einem Leuchtturm gelegen, der womöglich viel höher, viel heller leuchtete als der von Silba – und hatte dabei noch nicht einmal eine Fremdsprache erlernt.

Wie auch immer. Fakt ist: Als die reichen europäischen Touristen ans andere Ende der Welt geflogen wurden und dort damit begannen, mit Einheimischen zu schlafen, die vom neu gegründeten Reisebüro dafür bezahlt wurden, das geschehen zu lassen, sackte Bonzo endgültig in sich zusammen. Er glitt, sehr sanft, nach links, in jene Richtung, wo die Schwester saß. Als sein Kopf, in dem der offene, schnarchende Mund klaffte, erstmals an ihrer Schulter anstupste, zögernd aufsetzte und schließlich, in seiner ganzen Schlafschwere, darauf zum Liegen kam, machte auch sie die Augen zu.
Alle schienen glücklich (oder zumindest: *weniger unglücklich* als zuvor). Die Hässlichen, aber Reichen, hatten endlich Menschen gefunden, die mit ihnen schliefen. Dafür mussten sie ihnen zwar Geld geben, doch davon hatten sie ohnehin genug. Und für die armen Schönen verhielt es sich – zumindest laut Houellebecq – ganz einfach umgekehrt.

Es wirkte tatsächlich so, als ob das Buch – wie alles andere, damals (zumindest aus dem richtigen Blickwinkel betrachtet) – gut ausgehen würde. Michel und Valérie reisten von

einem der Touristenressorts, die sie erfunden hatten, zum nächsten. Sie sahen zart aufkeimende Verbindungen, die über das Liebe-*Machen* hinausdeuteten. Sie sahen, dass mehr und mehr solcher Anlagen eröffnet wurden. Sie kamen zum »Club Aphrodite« in Krabi, Thailand, sahen das Meer und den Strand dort. Sie beschlossen zu bleiben.
Sie sahen die vermummten Männer nicht, die sich dem Strand genähert hatten. Sie sahen nicht: ihre Maschinengewehre. Sie sahen es nicht kommen.

Houellebecqs Schwester, deren Wange mittlerweile an Bonzos blonde Locken geschmiegt ruhte, seufzte im Traum, als die Männer das Feuer eröffneten. Die Reichen und die Armen, die Hässlichen und Schönen, Touristen, Sextouristen, alle halbnackt, nackt, taumelten, stolperten, stürzten durcheinander. Bonzo röchelte. Eine Frau, noch jung, noch schön, glitt »sehr sanft« von ihrem Stuhl, zu Boden. Ihr Mann, der sie auffangen wollte, griff in Blut. Bonzos Mund klappte zu. Als im *Crazy Lips*, der Bar nebenan, die Bombe detonierte, »zerriss die Explosion den Raum«. Bonzos Schnarchen verstummte. Verstreute Gliedmaßen. Eingeweide. Zerfetzte Busen. Die Schwester lächelte. Zum ersten Mal sah ich, was »das Infame« eigentlich bedeutet.
Valérie starb am Strand. Michel drehte durch. Er kehrte, kaum dass er die Psychiatrie verlassen durfte, zurück nach Thailand, zog nach Pattaya, trank und schrieb – er schrieb seine Geschichte nieder, die Geschichte von Valérie und Michel: eine Liebesgeschichte. »Ich habe Menschen getroffen«, schrieb er, »innerlich sanft und fleißig wie Nausikaa«, und er jubelte – aus Rache (aus Liebe, dachte er wohl, denke ich) – über jedes palästinensische Kind, das im Gazastreifen niedergeschossen wurde.

Später sollte ich erfahren, dass Houellebecq wegen des Attentats, das er in *Plateforme* beschrieben hatte, damals, unmittelbar nach Erscheinen des Buchs, heftig angegriffen worden war. Ein religiös motivierter Anschlag in dieser Form, mit »117 Toten«!, sei doch völlig unvorstellbar, hieß es, unter anderem. Und wegen der Dinge, die Michel, der Ich-Erzähler, nach Valéries Tod über die Religion der Attentäter sagte (oder hörte), wurde Houellebecq, der Autor, wegen »Aufrufs zur Anstiftung zu Rassenhass« angeklagt.
Plateforme war am 27.08.2001 publiziert worden. Als es vierzehn Monate später, dreizehn Monate nach meiner Ankunft in Nantes (über 6000 Tote) und zehn Tage nach Kuta Beach, Bali (202 Tote), zur Gerichtsverhandlung kam, verteidigte sich Houellebecq mit der Aussage, dass er nicht nur eine, sondern sämtliche monotheistischen und Offenbarungsreligionen als »unfriedlich« ablehne. Écrasez l'infâme. Der Staatsanwalt plädierte auf Freispruch.

Als der Zug in der Gare de La Rochelle einfuhr, weckte ich Bonzo. Schweißüberströmt und mit noch röteren Wangen als sonst kroch er unter der Schwester hervor. Die freilich war nicht wachzukriegen. Sie schlief, als ihr Kopfpolster sich ihr schnaubend entzog, sie schlief, als wir unsere Rucksäcke an ihr vorbeihievten, und als ihr die Maus, beim Verlassen der Koje, aus Versehen mit dem Schwanz ins Gesicht schlug, schlief sie immer noch. Lächelnd.
Sie träumte, hoffentlich, von einem stillen, sehr sanften Leben.

Damals gab es etwas, das heute fort ist. Es war etwas, das in ein Wort passt, das Bob Dylan in vielen Songs singt (ja, in den meisten seiner Songs, angeblich), aber soweit ich, heute zumindest, weiß – damals kannte ich Bob Dylan ja noch nicht, nicht gut genug (nichts als *Desire* nämlich [hat auch damit zu tun, aber nicht nur]) –, soweit ich also heute weiß, ist das, worüber Bob Dylan da in seinen Songs so häufig singt, in Wirklichkeit zu groß, um es, wie er es tut, in ein einziges, überdies einsilbiges Wort zu fassen – deshalb *singt* er es ja auch.

Fakt ist: Damals, als ich eben nach Nantes gekommen war, als ich eben mein Zimmer zur Untermiete im obersten Stockwerk des Hochhauses bezogen und Bonzo, nach unserer Reise »in den Westen«, wieder »zurück«, nach Osten, Graz also, gefahren war, damals: gab es das noch. Und ich: hatte es. Hatte es nicht zu knapp. Ja, ich hatte sogar, sozusagen: »genug davon«.

Wo auch immer ich wann auch immer war – es war schon da. Es war da, sobald ich erwachte, und: Es blieb bei mir, blieb bis zum Abend (oder spät in der Nacht, oder gar irgendwann am nächsten Tag), blieb jedenfalls so lange, bis die Maus mir mit ihrem Beil genug (und das hieß: mehr als genug) eingeschenkt hatte. Es blieb so lange, bis mir die Augen zufielen.

Schon in Graz hatte man mir »vegetative Anfälle« diagnostiziert. Deren Symptome – ein immer schnelleres Schnappen nach Luft, Dahinstolpern des Herzens – stürzten, mit wenig rätselhafter Regelmäßigkeit, an allen Tagen nach den

Nächten, in denen die Maus ausgeschenkt hatte, auf mich ein. Beim ersten Mal hatte ich es noch für eine Art Infarkt gehalten, aber: »Sie können nicht sterben!«, versicherte die Notärztin, während sie mir eine lila Tablette reichte.
Nun hätte man meinen können, dass diese Anfälle mit dem, was ich hier »es« nenne, groß und weit, wie *es* war, nichts zu tun hatte. Aber das stimmte nicht. Im Gegenteil. Es selbst war es. War eben einfach viel zu viel, zu weit, zu groß, zu schwer für mich, so jung, so ganz allein, wie ich es damals war. Und somit konnte ich der Maus auch nichts verübeln, schon gar nicht ihr Einschenken per Beil am Abend, auch wenn mir tags darauf, sobald das in mich Eingebläute eingesickert, der letzte Tropfen Alkohol verdampft war, unter ihrem dicken Hinterteil wieder die Luft wegblieb. Damals war ich dankbar für jede Gesellschaft. Ich war, was Freunde anbelangt, wirklich nicht wählerisch. Es war einfach nur gut, wenn jemand da war.

Nachdem Bonzo sich in den Nachtzug zurück nach Graz gesetzt hatte, war ich allein – so allein, wie ich es seit Madrid, seit den zwei Wochen mit Carmen (in Wirklichkeit: zwei Wochen *ohne* sie) nicht mehr gewesen war – und es so groß, so übergroß, dass ich darin verloren ging. In Wirklichkeit war das, wovon ich hier erzähle, wohl auch nach zwei Wochen wieder vorbei – in Wahrheit aber ging es nicht zu Ende, nie. Ich ging darin herum, bei Tag und Nacht, ging in Nantes meine schon aus Graz vertrauten Trampelpfade, ging wie im Traum vom Hochhaus zur Trafik zur Bar, von einem der Stände mit den billigen, gebrauchten Büchern, von denen ich damals jeden Tag mindestens eines las, zum nächsten, und zurück. Je länger mein Umherirren dauerte, desto mehr trieb mich die Maus, die sich wie ein pelziger, selbst blutender Blutegel an meinem Rücken festgesaugt hatte (sodass die anderen Leute sie meist für nichts weiter als einen harmlosen, alt und schäbig gewordenen Schnürlsamtrucksack hielten), mit einem Peitschenhieb ihres Schwanzes zur Eile an. Und dann: geriet ihr Schwanz wieder zwischen meine Beine, und ich stolperte, plumpste in eine Bar. Dort greinte die Maus vor sich hin, und ich: rauchte die Gauloises, die sie mir anzündete, trank all die *kros*, die sie per Beil heranwinkte, und schrieb ein paar Sätze über die Dinge und die Leute, die ich beim Gehen gesehen hatte, in mein Notizbuch.

Ich schrieb und schrieb, aber egal, wie lang und eifrig, ich kam an kein Ende. Zumindest nicht an das Ende von etwas, das ich als richtig – oder gar *wahr* – wahrnehmen hätte können. Die wahren Dinge standen anderswo. Bei anderen. Was die Endgültigkeit der Sätze anbelangt, die ich in mein Notizbuch schrieb, so war ich damals, und das wusste ich, wusste es, während ich schrieb, allein von einem Anfang noch sehr weit, zu weit, entfernt.

Es war eben einfach alles viel zu viel, zu groß. Es hatte keine Grenzen. Für mich zumindest, mich, mit meiner Maus am Rücken. Die anderen sagten: »Lass dir … Du hast … Man muss Dinge erlebt haben!« Ich begriff, was sie meinten. Aber: Ich hatte – leider! damals schon! – genauso gut begriffen, dass das, was sie da sagten, gar nicht stimmte. Nicht *wahr* war, jedenfalls. Im Gegenteil. Und außerdem: Was erlebte ich schon?

Ich ging, ich saß, ich lag herum. Wachte auf, setzte mich auf, ging aus dem Zimmer. Ich stieg die Treppe vom Dachgeschoß hinunter in die Wohnung der Vermieter, des alten, stillen Ehepaars Bouchedor, durchquerte diese, trat ins Stiegenhaus, holte den Lift, fuhr mit dem Lift von ganz oben, vom zehnten Stock, nach unten, ins Erdgeschoß und ging dort hinaus. Irgendwohin. Nirgendwohin, um genau zu sein.

Denn: Damals gab es ja in ganz Nantes nichts, wo ich hingehen hätte sollen, oder gar wollen, sprich: niemanden, mit dem ich irgendwo, in einer Bar, in einem Park an der Loire, Erdre oder gar auf dem Wohnzimmersofa einer Studenten-WG, in fröhlicher Runde, herumsitzen hätte können. In ganz Nantes war, jedenfalls in meinen Augen, niemand. Nichts, wo ich mich aufhalten hätte wollen. Nichts, das mich aufhalten hätte können. Niemand, der mich, in seinen Armen etwa, hielt.

Tatsächlich gab es damals, am Anfang, dort, in Nantes, zumindest in der Innenstadt, an deren Rand mein Hochhaus stand, nicht viel, das einem, wenn man so durch die Stadt stolperte, Einhalt (oder gar Halt!) geboten hätte: weder »hohe Bordsteine, Sitzbänke oder Blumenkübel« noch »Fahrradständer, Bäume und Skulpturen« – von »Mauer-Blöcke[n] [...], jeweils rund acht Meter lang, 80 Zentimeter hoch und einen Meter breit mit Durchgängen dazwischen« ganz zu schweigen. Da war nichts, was »wie ein Poller«, eine Art Ein-Personen-Burgfried also, hinter den man, im Fall des Falles, springen hätte können, gewirkt hätte. Und so wäre es, damals, dort, für einen »LKW« etwa, ein Leichtes gewesen, »auf den Markt«, wie Google Translate heute übersetzt, zu »stürzen«. Genauer gesagt: »in die Menge, die auf dem Markt versammelt war«.
Aber: Wer hätte sich in jenen Tagen, als ich, die Maus am Rücken, bei Tag und/oder Nacht durch Nantes taumelte, eine »*camionette*«, die »mit 100 km/h« »in Schlangenlinien durch die Fußgängerzone und durch Gastgärten rast«, auch nur vorstellen können? Einen »Gelände-« oder »Kastenwagen«, der »links auf dem Gehsteig einen Bus überholt«, »ein Paar niedermäht« und »weitere Passanten einfach anvisiert«? Einen, der »aufs Gas« steigt, und herunterbremst, und wieder »aufs Gas« – und all die Fußgänger, die erst »einfach nur springen«,

dann: »geschleudert« werden? Nein. Bilder wie diese gab es damals nicht. Und selbst wenn sie jemand – ein Dichter?, Visionär?, *wahrer Seher*? – nicht nur auf dem Schirm gehabt, sondern auch auf einen geworfen hätte, weithin sichtbar für alle, wären sie uns – damals, in jenen leichten, leeren, ach so weiten Tagen, im Zeitalter von *Antz* und *Shrek*! – ganz gewiss völlig durchgeknallt, vielleicht sogar anzeigenswert, erschienen. Man beschrieb das, was los war, wenn überhaupt, zutreffend nur mit etwas Unverfänglichem. Etwa so wie mein Vater, der, als meine Eltern mich später (aber noch früh im Jahr: im Spätherbst) besuchen kamen, sagte: »Nantes ist die autogerechteste Stadt überhaupt.« Das: war ein wahrer Satz. War, wie man sagt, der Fall. Stand fest. Im Sinn von etwas, an dem man sich – wenn auch nur »sozusagen« (aber immerhin!) – festhalten konnte. Der Rest von dem, was sich da durch die *rues*, über die *places*, *quais* und *allées* des damaligen Nantes auf uns zu, an uns vorbei und wie der kalte, vom Meer kommende Wind über uns hinwegbewegte, war hingegen, in seiner Unfassbarkeit, seiner Grenzenlosigkeit (zumal von mir, vom Hochhausdach aus: Aussicht nach allen Seiten!) nicht auf den Punkt zu bringen.
Aber im leeren, im ungegliederten Raume fehlt unserem Sinn auch das Maß für alles andere, *und wir dämmern im Ungemessenen.*

Ich weiß noch, dass ich einmal, es war mitten in der Nacht, die Augen aufschlug, und: Es war schon hell. Und dass das gar nicht daran lag, dass mir, was damals immer wieder einmal vorkam, die Maus zu früh, noch bevor das Licht aus war, nämlich, beim Aufs-Bett-zu-Stolpern, z. B., oder auf dem Weg ins Klo (das draußen auf dem Gang lag), mit ihrem Beil den Gnadenschlag versetzt gehabt hätte. Nein, ich lag ganz genau dort, wo ich hingehörte: im Bett nämlich, gut zugedeckt. Doch an der Wand, da, in der Fensterfront, bewegte sich etwas … etwas wie Körper … Rauch … Zeichen … nein, es waren, im Schein des knallgelben, des halben Mondes, Wolken. Sie zogen, nein, »hetzten, wie Tiere«, wie ich, noch gleich im Mondschein, in den neben das Bett gepurzelten Notizblock kritzelte, »nach Westen«: Richtung Meer …

Und ich weiß auch noch, dass ich mich, noch beim Wiedereinschlafen, fragte, ob dies – der Mond, die Wolken, ihre so ungewöhnliche Richtung (»der Wind kommt«, laut weatherspark.com, »8,9 Monate [pro Jahr] lang von Westen«, also vom Meer her) – wohl so etwas wie, endlich!, einen »Ruf zum Abenteuer« darstellte. Und: Ob ich ihm folgen solle. Und: Dass ich gleich, im Traum, wenn schon nicht zu einem Ende, so doch zu einem Schluss kam: »Ja.«

Und wie im Traum ging ich dann auch am nächsten Morgen an der Loire entlang. Ich ging im Schlamm, im Gras, neben dem Quai, ging mit dem Wind, der nachts geweht hatte, gegen den Wind, der jetzt wehte, ging dort mit einer Wut im Bauch, die, endlich!, einem Ziel galt, einer Grenze, einer *Ankunft* – und ging mit einer viel zu großen Maus am Rücken, deren Schwanz immer wieder zwischen meine Beine geriet.

Die Maus glich einem alten, schäbig gewordenen Schnürlsamtrucksack. Ab und zu plumpste eine Träne aus dem Ding. Oder war es Blut? Eingeweide? Als ich, wieder einmal, versuchte, es, nein: ihn, genauer gesagt: *sie*, abzuschütteln, »fiel«, erst über meine Schulter und dann auch noch, wie in einem Albtraum, durch meine ins Leere greifenden Hände rutschend, der Fotoapparat aus dem Rucksack. Als ich ihn aufhob, sah ich, dass der Auslöseknopf herausgebrochen war. Und *erst jetzt* (wie in einem Albtraum!) bemerkte ich, dass auch Notizblock und Kugelschreiber, die ich doch vor dem

Aufbrechen, also gerade eben, in meine Jackentasche gesteckt hatte, »verloren gegangen« waren …
Ich schaute die Maus an. Die Maus schaute weg. Mein Abenteuer, das daraus bestehen sollte, allein, mit nichts als Fotoapparat, Block und Kugelschreiber von Nantes aus bis ans Meer zu wandern, war vorbei, noch bevor ich auch nur aus dem Schatten, den mein Turm am Morgen warf, getreten war.

Damals gab es ja noch kein Google Maps, und so konnte sich niemand, nicht einmal jemand, der halbwegs gebildet war, seines exakten Standorts jemals sicher sein. Wie weit man z. B. von Graz, von Sevilla oder vom Meer *in Wirklichkeit* entfernt war, stand sozusagen »in den Sternen«. Bzw. in vielfach gefalteten Landkarten, umfangreichen Atlanten, geographischen Fachbüchern, die in Bibliotheken lagerten, deren kompliziert zu eruierende, zweifelhafte Adressen, irgendwo draußen in Vororten, sich vom eigenen Standort, dessen man sich, wie gesagt, nie sicher sein konnte, so weit entfernt waren wie die Sterne – zumal für jemanden, der eine übermannsgroße, agonisierende, Sabotageakte verübende Maus auf dem Rücken mit sich trug.
Hätte ich damals gewusst, dass gar nicht wahr war, was Annemaries alter, Frankreich nur äußerst kleinmaßstäbig anzeigender Schulatlas vermuten hatte lassen – wir hatten ihn noch gemeinsam, in ihrer ebenfalls kleindimensionierten, nach Mandarinen riechenden »Dachkammer«, wie ich die Wohnung im Grazer Herz-Jesu-Viertel nannte, konsultiert (und das auch nur einmal – später ließ sie mich ja nicht mehr hinauf! [ja, sie zog überhaupt sofort, kaum, dass ich sie das zweite Mal verlassen hatte, aus …]) –, hätte ich also gewusst, dass Nantes mitnichten am Meer liegt, der Atlantik somit keineswegs gleich dort vorne, am Horizont, auf mich wartete, sondern erst nach einem Fußweg von »47,4 Kilometern (inkl.

Fährstrecke)« (Google Maps) zu erreichen gewesen wäre, ich hätte bestimmt auf der Stelle kehrtgemacht. Wäre womöglich gleich in eine der Bars gestolpert, die es damals am Quai de la Fosse zuhauf gab. Oder zurück ins Hochhaus. Oder sonst wohin. Nirgendwohin. Jedenfalls wäre ich ganz bestimmt nicht, den kaputten Fotoapparat in Händen, die leider nicht halb so kaputte Maus am Rücken und eine vor dem immer heftigeren Wind hersegelnde kapitale Regenwolkenbank vor Augen, weitergegangen. In Richtung einer Küste, die ich nie erreichen würde. Und eines Horizonts, der keine Grenze war.

Aber damals ging das ja immer so, ging ich ja immer weiter, weiter wie im Traum, nein: Schlaf – ganz genau so, wie ich einen Tag zuvor (oder waren es zwei? zwei Wochen?) in die *Galeries*, das große Kaufhaus in der Innenstadt, gestolpert war – um, angesichts der bevorstehenden Uni, einen Wecker zu kaufen.
Heute weiß ich, dass in jenen Tagen, genauer gesagt: »genau am elften September des Jahres 2001«, Bob Dylans »lang erwartetes Album ›*Love And Theft*‹, wie in New York, so in der ganzen Welt«, erschienen war. Jenes Werk, das – laut Heinrich Detering – »wie eine prophetische Warnung« anmutete, »erfüllt von den unheilvollen Zeichen von Gewalt, Zerstörung, Zusammenbruch«, und das aus Dylan wieder jenen »poet and prophet« machen sollte, den jemand wie die Red Hot Chili Peppers in den 90ern nur noch in einem anderen Bob, Marley nämlich, erkennen hatten können. Aber jetzt hatten sich die Zeiten – wieder – geändert. »›*Love And Theft*‹«, darüber ist man sich heute einig, »sah aus wie ein Menetekel«. Ein Menetekel freilich, das damals, im Jahr 2001, von niemandem bemerkt wurde. Zumindest nicht in den *Galeries*, dem großen Kaufhaus im Zentrum von Nantes.
Stattdessen drehte sich dort alles um *des Visages des Figures*,

das auch am elften September erschienene neue Album der französischen Band Noir Désir. Überall hing das Plattencover: eine rotfundierte Höhlenmalerei dreier Schattengestalten, die, ihre Handys am Ohr, einander etwas wie Gewehre (oder Beile?) in den Rücken drückten. All die Plakate, die Musik, die aus den Lautsprechern kam, und vor allem die Videos, die auf all den Bildschirmen liefen, machten klar: *des Visages des Figures* war jenes Album, das es zu besitzen, die Single *Le vent nous portera* der Song, den es zu hören galt.

Ich fürchte mich nicht vor der Straße
Man wird sehen, muss was wagen
Mäander in der Lendengegend
Und alles wird gut gehen
Der Wind, er wird es tragen

Deine Botschaft an den Großen
Wagen und unsere Flugbahn
Diesen Augenblick aus Samt
Selbst wenn er zu nichts taugen mag
Der Wind wird sie verjagen
Alles wird verschwinden, doch
Der Wind, er wird uns tragen

Verse wie diese waren es, die Bertrand Cantat, der Sänger von Noir Désir, uns in jenem Spätsommer mit auf den Weg gab. Heute, ich weiß schon, denkt man, wenn man von ihm hört, zuerst einmal daran, dass er im Jahr 2003, also nur zwei Jahre später, seine Geliebte Marie Trintignant in einem von Eifersucht, Alkohol, Marihuana und Tabletten befeuerten Streit durch »19 Schläge, davon vier ins Gesicht«, erschlagen hat. Damals jedoch dachte man, wenn man Bertrand Cantat singen hörte, nicht an Schläge oder Gefängnis, sondern an et-

was ganz anderes. Weiteres. Offenes. Und es war einfach nur gut, ja, war das Richtige, nein: *Wahre*, sich die Kopfhörer des Walkmans aufzusetzen, den man immer in seiner Jackentasche stecken hatte, den Walkman, in dem immer die Kassette mit *des Visages des Figures* spielte, die ich mir schon am Tag nach meiner Ankunft in Nantes gekauft hatte, und dann loszugehen – wie im Traum –, ob nun am Ufer der Loire – oder von einer Bar zur nächsten – oder hier durch die *Galeries* –, wohin auch immer. Und wo auch immer man dann wann auch immer ankam, lief dort, wo man den Walkman stoppte und die Kopfhörer abnahm, im Radio oder am Bildschirm bestimmt immer noch jener Song, den man beim Weggehen eingeschaltet hatte, wurde man von der Stimme Cantats begrüßt wie von einem Freund, rauschte im Rücken der Wind, von dem es hieß, er würde uns tragen.
Ich weiß noch, dass ich an jenem Morgen, bevor ich mich auf den Weg ins Kaufhaus machte, das dicke Wörterbuch konsultiert hatte. Um nachzusehen, welches Vokabel ich denn verwenden müsste, um einen »Wecker« zu bekommen. Aber dann dort, im Kaufhaus, als der Knall, mit dem ich (zu viel Rückenwind?) gegen den Spiegel, der auf dem Glaskasten hing, stolperte, den Song zerriss, als all die Wecker in dem Kasten ins Wackeln gerieten und ich, endlich!, den Walkman abnahm, aufschaute und sah, dass die Verkäuferin, die da, hinter dem Spiegel, vor mir stand, ein hübsches Mädchen war, schlank und mit braunen, nicht verweinten Augen (»Cécile« stand auf dem Namensschild), da war mein Vokabelschatz wie weggeblasen.
»Avez-vous besoin d'un réveil? (Brauchen Sie einen Wecker?)«, fragte sie.
»Non, j'ai besoin d'un réveil«, antwortete ich. (»Nein, ich brauche ein Erwachen.«)

Vier Geschichten von ihr
(Westlich von Chantenay)

Es regnete, als ich nach Nantes zurückkam. Der Regen hatte eingesetzt, als ich in Chantenay, beim Passieren der Tankstelle, ein Auto angeschoben hatte, damit der Motor ansprang; er war, auf Höhe des lecken, halb im Schilf versunkenen Schiffs, wo sich die Straße vom Fluss entfernte, stärker geworden; und schließlich, in der Rue des Usines, wo ich mich zwischen Reihen grauer Öltanks (rechts) und brauner Container (links), die, nach vorne und bald auch zurück, kein Ende nahmen, über den schlammigen Grünstreifen am Straßenrand dahinschleppte, regnete es bereits so heftig, dass ich den Gedichtband von Gottfried Benn aus dem nassen Fell der Maus gezogen und mich bei der nächsten Bushaltestelle in den Kies gehockt hatte. Auf jener Seite der Straße, wo die Busse stehen blieben, die Richtung Meer fuhren, versteht sich.

Ach, das ferne Land,
wo das Herzzerreißende
auf runden Kiesel
oder Schilffläche libellenflüchtig
anmurmelt,
auch der Mond
verschlagenen Lichts
– halb Reif, halb Ährenweiß –
den Doppelgrund der Nacht
so tröstlich anhebt –

ach, das ferne Land

las ich, einzelne Wörter nachmurmelnd. Das »Schilf«, der »Mond«, das »Herzzerreißende«, »ach« – nicht, dass ich das Gedicht verstanden hätte, aber: Ich hatte doch den Eindruck, dass es mich verstand.

Heute noch, wenn ich den Benn-Band (den ich dann später, wundersamerweise, weder in Spanien noch in Paris, ja noch nicht einmal in Brüssel verloren habe) zur Hand nehme, ist das Papier an jener Stelle (S. 93/94) besonders stark gewellt. Wann immer ich das Buch in Händen halte, klappt es bei *Ach, das ferne Land* … auf, und wenn ich dann den Anfang des Gedichts, das ich früher auswendig konnte, lese, sehe ich mich wieder dort, westlich von Chantenay, hocken, ich sehe, wie mich das Gedicht vor dem »Doppelgrund der Nacht«, die mich damals auch tagsüber umgab, »tröstlich anhebt«, und dann hocke ich auch wirklich wieder dort, warte im Wind, im Regen, mit einer nassen, trübsinnigen Riesenmaus im Nacken auf den Bus Richtung Meer, der, wie ich noch nicht weiß, nie kommen wird, und dann spüre ich wieder, wie es war, ich zu sein, damals, weiß wieder, wie es war, einer zu sein, der so vieles nicht wusste, und wenn er etwas wusste, dann eben nur dies: Dass er, erstens, ohne Annemarie nie wieder glücklich sein würde, und zweitens: dass er, wenn er denn jemals wieder mit Annemarie glücklich werden wollte, dann heute noch das Meer, diese größte, letzte, einzig noch sichtbare Grenze, erreichen *musste* – »ach, das ferne Land« …

Tatsächlich war ich, und das wusste ich damals (spüre ich selbst heute!) davor noch nie, nirgendwo, so entschlossen, *wild*-entschlossen, wie man sagt, gewesen. Nicht an jenem Abend auf Silba, als mir, auf dem Weg zur einzigen Telefonzelle der Insel, von der aus ich Annemarie endlich einmal, wie vor der Abreise versprochen, anrufen wollte, die Songzeile »It's better to regret something you did than something you didn't do« von den Red Hot Chili Peppers eingefallen war – woraufhin ich kehrtmachte, um Carmen, die noch mit den anderen beim Abendessen saß, erstmals nach Hause, sprich: zurück zu ihrem Zimmer, das in einem Haus Richtung Leuchtturm lag, zu begleiten … Und auch nicht dann, kaum zurück in Graz, wo ich mit Fingern, die nach der langen Busfahrt über Nacht, die wir hinter uns hatten, noch nach Carmen, ihrer braunen Haut, dufteten, über Annemaries tränennasse Wangen strich, ihr wieder und wieder versichernd, dass alles in Ordnung sei, alles beim Alten – und das, wo ich doch in den letzten beiden Wochen kein einziges Mal angerufen hatte (»*Sie können nicht sterben!*«) … Und schon gar nichts, nicht das Geringste von solch einer *wilden* Entschlossenheit war einen Tag später, am Abend nach der einzigen Nacht, die Carmen und ich je in Graz miteinander verbracht hatten, wahrzunehmen gewesen – damals, an jenem Nachmittag des 15. Augusts des Jahres 2000, als ich die vier Stockwerke zu Annemaries Dachkammer hochstieg –, zum wer weiß wievielten, aber, wie ich eben schon wusste (und darin sollte ich mich auch wirklich nicht irren), gewiss zum letzten Mal.

Nein, wenn es aus all dem jemals einen Ausweg geben sollte – etwas, das Halt bot! einen wahren Poller! –, dann, das wusste ich damals (und spüre ich eben, wenn ich den Benn aufschlage, heute noch), dann musste ich an jenem Tag ganz einfach, das war klar, das Meer erreichen. Und so: hockte ich eben dort, an der Bushaltestelle, im Regen. Starrte in mein Buch. Und schaute zu, wie sich das Papier an jenen Stellen, wo es von Regentropfen getroffen wurde, dunkel wurde. Und erst dann, später, zehn oder fünf, oder vielleicht auch nur drei Minuten später, dann jedenfalls, als der Bus, der aus Richtung des Meeres zurück nach Nantes fuhr, am Horizont auftauchte, rasch näher rauschte, gab mir die Maus einen Ruck – und ich wechselte die Seite.

Zurück in der Innenstadt ging sie dann mit mir – dem nassen Fell, dessentwegen wir den Bus zurück in die Stadt ja bestiegen hatten, zum Trotz – gleich in eine Bar. In der Bar lief ein Fernseher. Im Fernseher lief das Video zu *Le vent nous portera*. Es zeigte das Meer.

Genauer gesagt: In dem Film sah man eine Frau und ein Kind. Die Frau erinnerte mich an Annemarie. Und das, obwohl ihr Haar, im Gegensatz zu dem Annemaries, schwarz war (wenn auch nicht *so* schwarz, »spanisch schwarz«, wie ich damals immer sagte, wie jenes Carmens). Auch bewegte sie, die Frau im Film, sich anders: *damenhafter* (man denke etwa an das Zurückstreifen der Haare bei 00:59 [oder ihren Gang, 02:36!]). Von ihrem Gesicht – das schön war, wenn auch auf andere Weise als jenes Annemaries (das wiederum von anderer, ganz anderer Schönheit war als jenes Carmens) – einmal abgesehen.

Wie auch immer. Fakt ist: Die Frau im Film erinnerte mich an Annemarie. Die Film-Annemarie machte mit ihrem Kind (wo doch die wirkliche Annemarie, damals, noch keine Kinder hatte; wir waren doch, zumindest ich, selbst noch Kinder!) einen Ausflug zum Strand. Zum Atlantikstrand, um genau zu sein. Zumindest sah der Strand, den das Paar im Film aufsuchte, mit seinen Dünen, dem Gras, der Brandung usw. genauso aus wie ein bretonischer Strand, unweit von Nantes, auf dem sich auch das Paar aus einem ganz anderen Film immer niederzulassen pflegte – einem Film, der nirgendwo anders mehr lief als in meinem Kopf.

Dieser andere Film hatte keinen anderen Titel als *Frankreich-Reise 1998, Dani und Annemarie*, und zu ihm gab es auch keine Filmmusik, aber erst jetzt, an diesem Nachmittag, Jahre später, in Nantes, als ich, die von Regenwasser (und Tränen) triefende, nach nassem Fell stinkende Maus am Rücken, am hintersten Tisch im *Aquarius* saß und in den über

der Theke hängenden Bildschirm starrte, wurde mir klar, dass der Song, der da gespielt wurde (auch wenn er damals, 1998, noch nicht einmal geschrieben gewesen war!), die perfekte Filmmusik für diese bewegten Bilder darstellte (die von Annemarie und mir, im Sommer 98). Und: dass – wenn denn der Film in meinem Kopf schon einen Namen brauchte – *Le vent nous portera* der einzige war, der dafür in Frage kam: der einzige, der – wenn man bei einem Film, der nirgendwo anders läuft als im Kopf eines liebeskranken, Riesenmäuse sehenden Geisteswissenschaften-Studenten, denn überhaupt von richtig oder falsch sprechen will – *stimmte.*
Die Frau und das Kind sind allein am Strand. Sie hat dem Buben ein Geschenk mitgebracht: Schaufel und Kübel. Er freut sich, läuft ein Stück weg, zum Meer, zum Spielen. Während sie in einem Buch liest, hebt er eine enorme Grube aus. Die Frau ist erst irritiert – sie sieht nur den enormen Auswurf, kein Kind –, beruhigt sich aber, als sie den Buben entdeckt, der am Grund der Sandmulde emsig vor sich hin schaufelt. Sie lächelt ihm zu. Er lächelt zurück. Zuerst, zumindest. Dann jedoch wird das Bild mit einem Mal schwarz-weiß, die Frau wirkt, aus dem Blickwinkel des Buben, gegen die Sonne betrachtet, bedrohlich. Sie legt sich wieder hin, schläft ein. Währenddessen baut der Bub eine traumhaft überdimensionierte Sandburg. Als die Frau erwacht, ist ein Sturm aufgezogen. Wolken jagen über den Himmel. Sie ruft nach dem Kind, weint, schreit – vergebens. Mittlerweile sind alle Bilder schwarz-weiß. Sie versucht, sich zu ihm vorzukämpfen, wird vom Wind jedoch wieder und wieder zurückgeworfen, -gerissen. Ihre Finger krallen sich in den Sand, als der Sturm sie mit sich zerrt, über den Strand davonschleift … Und dennoch: Am Ende des Films sieht man die beiden, Frau und Kind, wieder zusammen. Der Wind hat sich gelegt. Keine Schwarz-Weiß-Bilder mehr. Die Frau ist wohl jetzt erst

wirklich erwacht, dachte ich, damals. Sie ist nicht verloren. *Es war alles ein Traum.*
Der Film ging also – wie alles, damals, immer, eigentlich – gut aus. Dennoch erinnere ich mich, dass ich an jenem Abend über das gute Ende des Videos außerordentlich erleichtert war. Und den beiden jungen Männern, beide wasserstoffblond, mit nordafrikanisch braunen Gesichtern, die vor und hinter der Theke standen und, ohne mich zu beachten, mit mir gemeinsam das Video gesehen hatten, ging es offenbar ähnlich.
»Das ist gut, oder?«, fragte der hinter der Theke.
»Ja«, sagte der andere.
»Die Musik ist auch gut?«
»Ja.«
»Aber ist der Text denn auch gut?«
»Ja, sogar sehr gut.«
Später drehte sich Boutel (so, sollte ich später erfahren, lautete der Name des Mannes hinter der Theke) zu mir um, und die Maus winkte, und weil Boutel der Wirt war, brachte er uns Bier. Und Bourrot (vor der Theke) trank sein Bier aus, bestellte sich bei Boutel ein neues und setzte sich damit an meinen Tisch. Er fragte mich, wie mir das Video gefallen hätte. In dem Augenblick, da ich sagte: »Gut!«, wurde ich sein Freund.

Der Sturm hatte sich verzogen, als ich, einige Stunden später, aus der Bar stolperte. Die unendliche Graufläche des Quai de la Fosse, die neben dem breiten, teils geschotterten, teils asphaltierten Brachland am Ufer (von einer »Promenade« zu sprechen wäre vermessen gewesen) auch noch zwei mehrspurigen Autostraßen und einer dazwischen liegenden zweigleisigen Straßenbahntrasse Platz bot, lag leer und nass im Licht der Straßenlampen, des Sichelmonds. Hätte mir da-

mals jemand – Bourrot, z. B.: wir hatten an jenem Abend, weiß Gott, lange genug miteinander getrunken! –, hätte mir also damals jemand erzählt, dass hier, am Beginn der *fosse*, der »Fahrrinne« (in der Loire), noch vor gar nicht allzu langer Zeit (in den 70ern, 80ern) das geschäftige Treiben eines wichtigen Hafens, einer bedeutenden Werft, geherrscht habe, ich hätte es mir nicht einmal im Traum vorstellen können.
Aber das wurde auch gar nicht von mir verlangt – damals, als ich eben nach Nantes gekommen war. Damals, ganz am Anfang, als ich von meinem Turm aus über die glatt planierten Uferflächen der Loire, die Fahrbahnen und Gleistrassen nach Westen starrte – oder gar, nach einem Meer suchend, das fern war, ferner denn je!, auf schweren Beinen, den noch schwereren Rucksack in Form einer riesigen Maus auf meinem Rücken, über sie hin irrte! –, damals: sprach niemand, den ich in Nantes traf, vom Hafen. Schon gar nicht Bourrot, mein neuer Freund – ganz gleich, wie lange wir am Abend jenes Tages, an dem ich von eben diesem Quai aus versucht hatte, das Meer zu erreichen, miteinander getrunken hatten.
Andererseits: Womöglich hatte Bourrot ja vom Hafen erzählt – und ich hatte es bloß nicht bemerkt? Denn, um ehrlich zu sein: Bourrot und ich, wir verstanden uns an jenem Abend zwar blendend, das bedeutet aber noch lange nicht, dass ich auch jedes Wort von dem, was er da alles sagte, verstanden hätte. Im Gegenteil! Dazu sprach er ganz einfach viel zu schnell. Er sprach mit mir in etwa gleich schnell, wie er mit Boutel sprach. Tatsächlich hielten mich die beiden, wohl wegen der Routine, mit der ich *kros* und Gauloises bestellte, an jenem ersten Abend noch für einen Muttersprachler, wenn auch für einen etwas exotischen – tatsächlich verwendete Bourrot in seinem langen Monolog, wenn er sich mir zuwandte, des Öfteren die Formulierung: »vous, les Belges!« Außerdem beschränkten sich meine Wortmeldungen auf das

gelegentliche, teils nickende, teils Kopf schüttelnde Hervorstoßen einiger Füllwörter, die ich in den Bars aufgeschnappt hatte (»Bigre!«, »Bizarre!« oder, wenn der Stand des Dialogs außerordentliche Anteilnahme verlangte: »Bizarroïde!«). Mit diesem Wortschatz (und der Bestellroutine) hatte ich bislang noch jede der in solchen Bars abgehaltenen mündlichen Prüfungen (denn das waren sie: Damals, am Anfang meines Jahres in Nantes, war jedes auf Französisch geführte Gespräch, zumindest in meinen Ohren, ein *Prüfungs*gespräch!) einigermaßen gemeistert.

Und so beschränkte sich alles, was ich von Bourrots Vortrag an jenem Abend verstanden hatte, auf die Parodie George W. Bushs, die er unmittelbar, nachdem die Nachrichten im Fernseher gelaufen waren, zum Besten gegeben hatte. Damals galt Bush Junior, zumindest in den französischen Bars, die ich besuchte, als der mit Abstand schlechteste, ja, dümmste Präsident, den die USA jemals gehabt hatten – und bestimmt auch jemals haben würden. Tatsächlich sprach Bush so langsam, dass die französischen Dolmetscher peinlich lange Pausen einlegen mussten – oder ihre Sätze überhaupt schon vorausverstehend fertiggesungen hatten, während der Präsident noch über das Prädikat nachzudenken schien.

»Die … Leute … die … diese … Gebäude … zum … Einsturz … gebracht … haben«, stotterte Bourrot, als ob er ein Dummkopf sei (bzw.: zu einem Dummkopf spräche), »werden … bald … von … uns … hören!« – wir lachten. Sie werden verstehen, dass es in der Folge undenkbar war, ihn darum zu bitten, doch etwas langsamer mit mir, Dani W., zu sprechen.

Gut möglich also, dass Bourrot damals, in jener Nacht, nach der Bush-Parodie, nach dem Gelächter darüber und der wer weiß wievielten *kro* danach, durchaus Nantes' maritime Vergangenheit, das Scheitern der Beziehung zwischen »le port«

und »la mer«, durchgenommen hatte. Ja, wer weiß, vielleicht hatte er sogar (wie ich es später öfter hörte) damit geprahlt, dass Nantes im 18. Jahrhundert den größten Hafen ganz Frankreichs besessen habe. Oder er hatte – wie Julien Gracq in *Die Form einer Stadt*, seinem Buch über Nantes, das ich freilich erst Jahre später lesen sollte – von dem »exotischen, duftenden Ausflug unter Edelhölzer aus den Kolonien, Bananenbündel und Säcke mit Kaffee, Zucker und Kakao« geschwärmt, der sich in den 20er Jahren am Quai de la Fosse unternehmen ließ ... Oder gar vom *pont transbordeur*, der 1903 errichteten, 1958 wieder abgerissenen Schwebebahn, die den Quai mit den Werften auf der Île de Beaulieu verbunden hatte und von der Gracq meinte, sie sei für ihn das gewesen, »was für Arthur Cravan der Eiffelturm war: ›schön wie ein Farn‹«.

Wie auch immer. Fakt ist: Von all dem, was Nantes' für immer verlorenen Hafen betraf, hatte ich an jenem Abend, als ich mutterseelenallein auf dem menschenleeren Asphalt- und Schotterstrand des Quai de la Fosse stand, keinen blassen Schimmer. Und dennoch ahnte ich, nein, *wusste* es ganz einfach, wusste, dass da, vor meinen Augen, unter meinen müden Beinen und um uns, meinen mausförmigen Schnürlsamtrucksack und mich, herum, etwas *fehlte*. Und da Bourrot und ich (vermutlich) über etwas ganz anderes gesprochen hatten, und da ich, im Gegensatz zu heute, *Die Form einer Stadt* noch nicht gelesen hatte, und da ich, wenn schon nicht jung, so doch zumindest *jünger* war, *viel* jünger als heute, dachte ich ganz einfach – und wer könnte mir das verübeln? –, dachte ich also, dass das, was da fehlte, etwas sein musste, das *mir* fehlte. Nicht der Stadt.

Und dass dieses Etwas ein Jemand war, jemand ganz Bestimmter, dachte ich, Kind, das ich damals war, auch.

Annemarie war nicht in Nantes. Dennoch traf ich damals, in meinen ersten Wochen dort, viele Frauen. Nein: nicht so, wie Sie denken. Tatsächlich *traf* ich die Frauen nicht, sondern *sah* sie nur – auf der Straße, in der Straßenbahn, in der Ferne: unerreichbar, unpersönlich, ja, *unmenschlich* schön, wie Bauwerke, wie Farne – nein: schön wie der *pont transbordeur*, die Schwebebahn, die es nicht mehr gab, in den Augen von Julien Gracq.

Julien Gracq lebte damals noch, einundneunzigjährig, in einem Haus in Saint-Florent-le-Vieil, am linken Ufer der Loire, 49,2 Kilometer (Fußweg) stromaufwärts. Da ich aber keines seiner Bücher gelesen hatte, nur seinen Namen kannte, kam mir nicht einmal im Traum der Gedanke, näher an ihn oder zumindest das Dorf, in dem er wohnte, heranzukommen. Stattdessen träumte ich davon, Frauen näherzukommen, von denen ich noch weniger wusste als von Gracq – und, im Gegensatz zu seinen Büchern, im Lauf der Zeit auch um keinen Deut mehr erfuhr. Wenn sie ein Namensschild trugen wie Cécile, die Verkäuferin, bei der ich den Wecker gekauft hatte, war das schon mehr an Nähe, als ich erhoffen durfte.

»Vor einer Bar am Quai de la Fosse sitzen drei wunderschöne Mädchen und grinsen. Ich schwitze. Sofort weicht meine Angst vor dem Tod der vor der Impotenz.« Oder: »Eine Frau mit rotem Haar an der Loire. Zu ihren Füßen, um Aufmerksamkeit winselnd, ein kleiner Hund. Der Glückspilz!« Oder: »Was ist mein Leben schon als ein Geschlechtsleben, das nicht existiert!« Mit solchen (und anderen, noch peinlicheren) Sätzen versuchte ich, der ich damals, wie gesagt, zwar nichts von Gracq, dafür aber jede Menge Houellebecq gelesen hatte, festzuhalten, was mir, außer Annemarie, in Nantes sonst noch fehlte.

Heute muss ich gegen den Impuls ankämpfen, das blaue Notizbuch, auf dessen Rückseite ein schmutziger Sticker mit dem biertrinkenden Barney Gumble aus *The Simpsons* prangt, und das ich eben erst im Keller meiner Eltern wiedergefunden habe, nicht sofort in den Müll zu werfen (was ich schon einmal getan habe – und wieder tun werde, sobald die Arbeit an diesem Kapitel beendet ist). Damals aber war das Buch einer meiner wenigen Glücksbringer, mein Anker, eine Art Poller-to-go, den ich – von der Maus scheel beäugt – in meinen Rucksack packte, wo auch immer ich hinging. Und wann immer mir einfällt, wie es war, in der Fensternische oder im Hinterzimmer einer der verrauchten Bars, in die ich heute nicht mehr gehen würde, zu sitzen, bei einem *grand café au lait* und ein, zwei Croissants, bei drei, vier *kros* und fünf, sechs Gauloises dazu für Stunden zu sitzen und zu schreiben – sprich: versuchen zu schreiben, und glauben zu schreiben, und das Geschriebene durchzulesen, und es dann zu streichen, und die Seite herauszureißen, und wieder zu schreiben, und das Geschriebene wieder zu streichen, und wieder zu schreiben, es wieder zu versuchen usw. –, wann immer ich also mehr auf die dicken Striche, die Übermalungen und -klebungen achte als auf das tatsächlich Geschriebene, wann immer ich eher das lese, was das Vorhandensein der Sätze aussagt, als das, was die Sätze tatsächlich sagen, dann finde ich, dass der traurige, von einer rachelustigen Riesenhausmaus drangsalierte Clown, der mich verkörperte, sich damals, der Lächerlichkeit seiner Sätze zum Trotz, eigentlich gar nicht so schlecht geschlagen hat.

Später las ich, Peter Handke sei zu Beginn seiner Zeit in Graz, wohin er zum Studieren gekommen war, mehrfach aus der Stadt hinaus und, mit nichts als Notizblock und Bleistift im Rucksack, an der Mur entlang Richtung Süden gewandert. Im Urwald der Murauen, die es damals noch gab, habe er sich, heißt es, darin geübt, Farne und Gräser, mit all ihren Wedeln und Knoten, Rispen, Blüten, Ährchen usw., zu beschreiben.
Mir aber, der mir mein Aufbruch flussabwärts kein Meer, keinen Urwald, ja, noch nicht einmal einen nennenswerten Busch, in dessen Schutz ich schreiben hätte können, eingebracht hatte, mir blieb nichts anderes übrig, als mich in den hintersten, stickigsten Winkel einer verrauchten, knallvollen Bar zu verkriechen, um dort den zarten Verästelungen der Schönheit, mit der sich die Kellnerinnen über mich neigten, ihrem Rascheln, Rauschen in meinen Blättern, mit meinem Kugelschreiber nachzustochern. Hätte ich doch über Farne geschrieben!

Es war eben eine Sache, einsam und ängstlich in einer Bar zu sitzen, in der man niemanden kannte, sich an seinem Notizblock, seiner Zigarette festzuhalten und einer schönen Frau dabei zuzuschauen, wie sie mit den anderen Gästen sprach, mit ihnen lachte, sich in einem Wind wiegte, der »in a dump like this«, wie Bob Dylan eine solche Bar bestimmt genannt hätte, für niemanden wehte als für sie allein.
Und es war eine völlig andere, die Schönheit dieser Frau, die Farben ihres Haars, Formen ihres Gesichts (oder gar Busens!) mit seinem Kugelschreiber, der doch immer zu fest oder zu zögerlich über das Papier schmierte, in Worten wiederzugeben zu versuchen: Worte, die immer zu unschön waren, immer zu biologisch, zu derb; Worte: immer etwas (auch wenn man sie, verbissen schweigend, nur hinschreibt), das man *in*

den Mund nimmt, und damit, jedenfalls was die Kellnerinnen von damals und mich betraf, etwas, das eine Nähe erzwang, die es nicht gab, nie gegeben hatte und – auch das stand fest –: nie geben würde – ich mochte davon träumen, so viel ich wollte (oder zumindest behaupten, das zu tun), diese erfundene Nähe würde doch immer nur eines bleiben: falsch.

Damals verstand ich noch nicht, warum die meisten Stellen in Büchern, in denen es um Nähe ging (körperliche, meine ich), sich *so* lasen: Als ob ein bislang vernünftig erscheinender Mensch aus heiterem Himmel einen ganz besonders hässlichen Tourette-Anfall erlitte. Hatte er bislang ruhig und den jeweiligen Umständen angemessen gesprochen, so warf er nun, wo er doch etwas Schönem, ja, dem Schönsten!, gegenüberstand, mit Schimpfwörtern, denen man sonst nur als Kritzeleien auf Bahnhofstoiletten begegnete, nur so um sich. Ich spürte zwar schon etwas, verstand aber nicht. Und deshalb dachte ich damals wohl noch, es müsse so sein. Dachte, ich müsse das auch so machen. Und: Dass es, weil es ja alle machten, vielleicht ja auch in Wirklichkeit einfach so *war* – dabei kannte ich *Blumfeld* …

Laß uns nicht von Sex reden
ich weiß gar nicht, wie das gehen soll:
sich vereinigen
kann ich mehr als berühren und fühlen?
(…)
Laß uns nicht von Sex reden
Du siehst ja, ich weiß gar nicht wie das geht
ich liebe Dich
am liebsten nackt
aber wie soll ich Dir nah sein,
wenn ich nicht weit genug von mir selbst entfernt sein kann

schließlich war ich im Fußballverein; Kick'n'Rush
wann hört Macht auf?
hier fängt Macht an!
Laß uns nicht von Sex reden

… usw. sang Jochen Distelmeyer von *Blumfeld* in einem Song auf *Ich-Maschine*. Das Album war 1992 erschienen, Bonzo musste es mir ein paar Jahre später geschenkt haben, und ich erinnere mich, dass ich – bevor ich nach Silba fuhr, dort Carmen traf und eines Nachmittags, als wir uns über eine Übersetzung beugten, ihren Atem (oder war es eine Haarsträhne?) wie einen Grashalm im Nacken spürte: einen Grashalm, spanisch schwarz, der nicht mehr wegging; auch dann nicht, als Carmen sich wieder aufgerichtet hatte, wieder am anderen Ende des Tischs saß, bei Bertram; ein Halm also, der (zumal er in der Folge tiefer kroch, tiefer und tiefer!) mehr sein musste als der blinde Passagier eines Windstoßes (und alles andere als ein Insekt!) –, dass ich die Kassette also in Graz, bevor all das passierte, immer und immer wieder gehört hatte. Und doch hatte ich 2001, als ich in Nantes mit meinem blauen Notizblock herumlief, allem Anschein nach immer noch nichts verstanden.

Und nun war es zu spät. Nun war der Block schon bald zur Hälfte vollgeschrieben. Annemarie war verloren. Und damals, in meiner ersten Zeit in Nantes, als ich ganze Tage lang nichts weiter tat als Musik hörend über die *quais* zu gehen, durch die *rues*, über die *places* und *squares* der Stadt, damals lief in meinem Walkman überhaupt nie *Blumfeld* oder eine der anderen intellektuellen deutschen Rockbands, die ich alle durch Bonzo kennengelernt hatte, sondern die einzige französische, die ich kannte: *Noir Désir*.

Ich trank aus, dämpfte die Gauloise im Aschenbecher aus, packte den Notizblock und die paar anderen Glücksbringer –

den Fotoapparat, den Benn-Band usw. – in den Rucksack, der wie eine Riesenmaus aussah. Dann schlüpfte ich in die dunkelblaue, kuttenartige Windjacke, die ich damals immer trug, schwang die Maus über die Schulter, steckte die Kopfhörer in die Ohren. Während ich der Kellnerin noch ein »Au revoir« zunuschelte, drückte ich schon, um das Ausbleiben ihrer Antwort nicht hören zu müssen, auf den Play-Knopf des im Innenfutter der Jacke versteckten Walkmans, steckte eine Gauloise in den Mund und trat auf den Quai hinaus, in den Wind. Und der, so viel stand fest, würde »uns tragen« – wer auch immer mit »uns« im Detail gemeint war.

Damals wusste ich, wie gesagt, noch nicht, dass ich, wenn ich über die grauen, allzu glatt planierten Flächen des Quai de la Fosse hinüber zum *Aquarius* ging, auf dem weitläufigen Stumpf dessen herumtapste, was einst, vor der Amputation, der Hafen von Nantes gewesen war. Und selbstverständlich schaute ich beim Gehen immer zu Boden, oder ich schloss gar die Augen, nein, ich hob nie den Blick, suchte im Westen, hinter Chantenay, nie nach Segeln, die der Wind vom Meer hätte heranbringen können.

Nein, ich konnte sie nicht sehen. Ich hatte weder Augen für die Koggen der Hanse, die dort, wo ich nun, die heiser fiepende Maus auf dem Rücken, vorwärtswankte, mit Salz aus der Bucht von Bourgneuf beladen worden waren, noch für die spanischen Karavellen, die im Quartier Fosse ihre Ladungen (kistenweise Orangen!) gelöscht und Tuchwaren aus der Normandie, aus dem Poitou und den deutschen Kleinstaaten an Bord genommen hatten.

Und ganz und gar blind war ich für jene hohen, zweimastigen Briggs, die sich nur langsam, atemberaubend tief im Wasser liegend, gegen den Strom heraufkämpften – und wie denn auch nicht. Schließlich wies damals, in jenen leeren, barrierefreien Tagen, kein Stolperstein, kein Denkmal auf sie hin – von einem ganzen »Mémorial«, das sich über 7000 m^2, 1800 Plaketten und »ungeheure«, 900 Meter lange Glasplatten (»in 50 Sprachen«!, »über fünf Jahrhunderte!« hinweg) erstreckte (tripadvisor.de), ganz zu schweigen.

Ganz genau so etwas hätte es aber gebraucht: etwas, oder noch besser: *jemanden*, einen (*eine*?), der (oder die) mir – wenn ich, eingehüllt in Musik und Rauch, vom Wind über das plattgewalzte Hafenareal geweht wurde – Einhalt geboten, Halt geboten, mir die Augen geöffnet hätte. Jemanden wie Braillet, z. B.: einen, der selbst klar sah und dabei zugleich jemand war, der unerbittlich daran arbeitete, auch andere *sehend zu machen.*

Aber Braillet kannte ich damals noch nicht. Tatsächlich kannte ich außer Bourrot, der jedoch, wann immer ich ihn traf (und ich traf ihn so gut wie nie!), abgesehen von »Bigre!«, »Bizarre!« und »Bizarroïde!« nichts als schwer verständliches Zeug vor sich hinnuschelte, damals in Nantes niemanden, und wie denn auch: Ich war ja nur auf Durchreise: Ich war ein Fußgänger, mehr nicht.

Ich ging und ging und wusste weder, wo ich ging, noch wohin. Wahrscheinlich war mein Blick, wenn ich über den Quai ging, so verloren, sein Ausdruck so nichtssagend, dass selbst so einer wie Braillet, einer mit seinen scharfen Augen, wäre ich ihm denn tatsächlich damals schon begegnet, mich gar nicht gesehen hätte.

Und so ging es, ging ich immer weiter, so sah ich dort, wo Gracq noch seine Schwebebahn, obwohl sie gar nicht mehr da gewesen war, gesehen hatte (»schön wie ein Farn«!), nur wirkliche Farne – ohne sie *wirklich* zu sehen. Ich sah das Denkmal nicht, das im April 1998 aufgestellt, eine Woche

später von Rassisten besudelt und danach wieder abgebaut worden war – ich sah nicht, dass es fehlte. Und auch dort, unweit der *Maison de la Mer*, die ich nicht bemerkte, dort, wo sich heute der Eingang zu dem ab dem Jahr 2000 geplanten, 2005 konzipierten und 2012 endlich eröffneten *Mémorial de l'abolition de l'esclavage* befindet, exakt an jener Stelle also, wo einem heute, auf einer in den Boden eingelassenen Plakette erklärt wird, dass der Hafen von Nantes im 18. Jahrhundert, als er der größte von ganz Frankreich war, genau genommen der größte *Sklaven*hafen Frankreichs war, dass er den Ausgangs- und Endpunkt von »über 1800 Sklaven-Expeditionen« dargestellt hatte, in deren Verlauf mehr als 550.000 Menschen deportiert worden waren, auch dort: schaute ich ins Leere.
Und wie denn auch nicht?! Smartphones, in die man starren hätte können, gab es ja, wie gesagt, noch keine. Und weil es sie nicht gab, hätte ich jemanden gebraucht, der mir all das erklärte – jemanden, oder einfach nur etwas, ein Buch über die Geschichte von Nantes etwa, aber das hatte ich nicht. Alles, was ich hatte, war mein blauer Notizblock. Und die Erinnerung an Annemarie, Annemarie und ihren Schulatlas, und wie wir uns über ihn gebeugt hatten, damals, in ihrer Dachkammer in Graz, wo es nach Mandarinen roch. Wir hatten gesehen, dass Nantes am Meer lag – und das war auch schon alles, was ich, bevor ich in die Stadt kam, über sie wusste.

Heute weiß es natürlich jeder. Wann immer ich von Annemarie und mir erzähle, sprich: davon, wie es mit uns zu Ende ging, wann immer ich also von Nantes berichten will, vom Quai de la Fosse, den Asphaltflächen dort, all dem Schotter, werde ich unterbrochen. »Dort steht doch das große Sklavendenkmal!«, heißt es, oder: »Ach ja, der atlantische Dreieckshandel …« Und als ich Braillet, bei unserer ersten Begeg-

nung, 2008 bei einem Übersetzungskongress in Paris, damit konfrontierte, löste dies überhaupt einen Wutausbruch aus. »Ce putain de marché triangulaire de merde!«, brüllte er quer über den Tisch – kaum, dass ich beim Abendessen erwähnt hatte, einst »im schönen Nantes« studiert zu haben. Und hinterher redete er den ganzen Weg zum Hotel auf mich ein. »Sie müssen sich das einmal vorstellen!«, schnaubte er (wir waren damals noch per Sie). »Der atlantische Dreieckshandel war ein ausgesprochen schmutziges Geschäft – kein Wunder, dass er als das erste Zeugnis von Globalisierung gilt … Im Herbst luden die Segler in Nantes bunte Tücher, billigen Schnaps, Glasperlen und so Zeug. Im Winter tauschten sie dies an Afrikas Küsten gegen eine Ladung Menschen, die dort von Schleppern gefangen genommen worden waren. Diese armen Teufel wurden dann in den Westen verfrachtet, auf die Antillen oder nach Santo Domingo, bevor sich die Nantaiser Schiffe im Frühsommer, schwer beladen mit Zucker, aber noch schwerer beladen mit Schuld!, die Fosse heraufkämpften.«
Braillet zündete sich, so wie ich früher, im Gehen eine neue Zigarette an der alten, noch glühenden, an. Dann legte er wieder los.
Die Bedingungen, die auf dem Transport herrschten, schimpfte er, während wir den Boulevard des Maréchaux querten, könne man sich heute, im Jahr 2008, gar nicht mehr vorstellen: »Die Boote«, sagte er, »waren in der Regel in einem sehr schlechten Zustand, kaum seetauglich, und lagen so tief im Wasser, dass die Wellen hineinschwappten. Oft beherbergten sie mehr als das Dreifache der Menge an Menschen, für die sie gebaut waren. Auf so einem Schiff befanden sich Hunderte Afrikaner. Unbegleitete Minderjährige, kleine Kinder, schwangere Frauen … Sie wurden auf extra eingebauten Zwischendecks und Massenpritschen zusammengepfercht. Unzählige ertranken hilflos bei Unfällen …«

Er schwieg eine Weile, bevor er, noch zorniger, fortfuhr: »Die *Schönheit* Ihrer Nantaiser Altstadtfassaden, all die Stadtpaläste, die Handelshäuser mit ihren schön geformten Balkonen aus dem 18. Jahrhundert, von denen die Reiseführer heute schwärmen, all das«, schimpfte Braillet, mit den Armen aufgeregt in alle Richtungen fuchtelnd (wodurch der Eindruck entstand, er meine die Fassaden nicht nur der Häuser in Nantes, sondern auch die der Pariser Häuser um uns herum [wir gingen eben durch das XVIème Arrondissement, von dessen Flair einige Jahre später auch Carla Bruni-Sarkozy entzückt sein sollte: »die Läden, die kleinen Gassen, die dörflichen Geräusche, der Gemüsehändler am Ende der Gasse, die großen Bäume in der Avenue Mozart«]), »all das«, rief Braillet also, »wurde mit Geld aus eben diesem schmutzigen Handel bezahlt. Kommt aus dem Schoß der Urmutter der Globalisierung. Und nicht nur die großen Firmen beteiligten sich an dem Geschäft«, geiferte er, »sondern einfach *alle*. Seit dem ›Codex noir‹, 1685, war das Sklavengeschäft legalisiert: vom Königshaus nicht nur autorisiert, sondern ausdrücklich gefördert und von der Kirche klassifiziert als ›gewöhnliche Beschäftigung‹. Es galt als beliebte Geldanlage. Selbst Voltaire«, schloss Braillet bitter, »selbst er: investierte in den Sklavenhandel … Verteidigte ihn in seinen Schriften. Und als ein Nantaiser Menschenhändler ein Schiff nach ihm benannte, empfand er dies als Ehre.«

So weit Braillet – im Jahr 2008. In Paris. Damals aber, 2001 in Nantes, als ich, *Noir Désir* im Ohr, dort, wo heute das *Denkmal der Abschaffung der Sklaverei* steht, täglich mit meinen riesenmauskleinen Problemen befrachtet den Quai de la Fosse kreuzte, damals: wusste ich von alledem – vom Nantaiser Hafen, von der Erfindung der Globalisierung durch den Sklavenhandel oder gar von einem Sklavenschiff namens »Voltaire« – rein gar nichts.

Und wie denn auch? So jung, so ganz allein und erst so kurz in einer fremden Stadt, wie ich es damals war (und darüber hinaus: schon so lange ohne Annemarie, aber immer noch mit unserer, ihrer und meiner Beziehungsmaus geschlagen!), gab es damals ja ganz andere Dinge, die ich erkennen, lernen, sehen musste.
Und tatsächlich gab es Dinge, *nahe*liegende Dinge, über die ich bestens Bescheid wusste. So wusste ich etwa, sogar mit »traumwandlerischer Sicherheit«, wie man sagt, wie man am schnellsten von meinem Turm zu den *Galeries* und von dort, über den Quai de la Fosse, zum *Aquarius* kam. Ich wusste, an welchen Ständen es die billigsten Bücher gab, welche Trafiken auch abends offen hatten und wo man die Kebabs mit den meisten *frites* bekam. Ich kannte den Song, der hier der Song der Stunde war, konnte ihn schon so gut wie auswendig, ich hatte herausgefunden, wo die besten Bars waren, in welchen dieser Bars die schönsten Kellnerinnen arbeiteten, und ich wusste (und wenn ich etwas gelernt hatte, dann dies!), dass Nantes – anders als von uns, Annemarie und mir, noch gemeinsam, in Graz, in ihrer Dachkammer vorhergesehen – *nicht* am Meer lag.
Und wenn nachts – wenn ich, vom *Aquarius* oder sonst einer Bar kommend, zu meinem Turm zurückschlurfte – erst im »Stadtwäldchen« des Square Jean-Baptiste Daviais, dann in den Hecken der Allée de l'Île Gloriette, im Unterholz Unruhe ausbrach, wenn die Büsche, wie in *Macbeth*, lebendig wurden und wenn sich aus den verwelkten Blättern, nackten Zweigen dort mit einem Mal, wie schattenhafte, viel zu große Blüten, ein schwarzes Frauengesicht nach dem anderen herausstülpte, wenn also all die Lippen- und Zungenblüten dort mir bei jedem meiner tapsenden Schritte zuschnalzten, zuschmatzten, mir die immerselbe Frage (oder das *menu*?) nachzischten, -riefen, manchmal auch -kreischten: »L'amour ou la pipe?«, dann

brachte mich das, jung (und noch reichlich albern), wie ich war, eher zum Kichern als zu etwas anderem. In Versuchung, etwa. Oder zum Nachdenken.

»›L'amour <u>ou</u> la pipe‹ – ›Liebe oder Blowjob‹«, schrieb ich dann etwa, immer noch kichernd, wenn ich endlich oben im Turmzimmer auf der Matratze lag, in mein blaues Notizbuch, »vielen Dank für den Hinweis: Ich wusste ja, es <u>gibt</u> einen Unterschied.«

Wenn ich heute auf all die Wochen und Monate, die den Beginn meines Jahres in Nantes bildeten, zurückblicke, wenn ich mir all die Irrwege vor Augen führe, all die Aufbrüche, die nirgendwohin führten (all diese Umwege! auf der Stelle tretend!), sehe ich, wie Sie bestimmt verstehen werden (oder *würden*: Aber ich weiß genau, dass Sie, an meiner Stelle stehend, das genauso sähen!), sehe ich also: etwas ganz anderes als das, was ich *damals* sah (oder auch noch vor ein paar Jahren, ja, Monaten, wenn nicht sogar Wochen gesehen habe). Eines aber ist allen Bildern, die ich mir je von dieser Zeit gemacht habe, gemeinsam: Ich sehe, dass ich, trotz des Aussteigens aus dem Zug, trotz meines Einzugs in das Turmzimmer und des Studiums, das ich mit dem Ende der Ferien, Anfang Oktober also, aufgenommen hatte, ein Reisender geblieben war: ein Durch-, nein, *Weiter*reisender. Ja, es sieht ganz so aus, als wäre ich damals, am ersten Tag, dem Augenschein zum Trotz, nicht *wirklich* angekommen, sondern führe noch, führe weiter und weiter – und fuhr ja tatsächlich noch, fuhr wieder und wieder, auch wenn ich de facto immer in Nantes blieb (oder zumindest: immer wieder dorthin zurückkehrte).

Ich fuhr mit dem Zug, fuhr mit dem Bus, oder ich ging, ging über Quais, ging durch die *Galeries* und dann, etwas später im Herbst, als das Semester begonnen hatte, Morgen für Morgen am Rand des Square Jean-Baptiste Daviais entlang über die Allée de la Bourse hinüber auf die Place du Commerce, wo die Straßenbahnlinie 2 hielt, die zur Uni, genauer: zur *Faculté*

des Lettres et Sciences Humaines, die weit draußen, in einem Vorort im Norden lag, fuhr.
Aber auch dann, wenn ich, nach acht (oder neun) Stationen, an einer der beiden richtigen Haltestellen, *Facultés* oder *École Centrale Audencia*, aus dem Zug gestiegen war, auch dann, wenn ich einen der drei richtigen Wege (zwischen zwei der vier richtigen Hügel hindurch, an dem dort wuchernden Gestrüpp vorbei) gegangen war, ja, selbst dann, wenn ich, nach ein, zwei Zigaretten, drei, vier Umwegen, dann endlich im richtigen Gebäude, dem fünften nach der Haltestelle, im richtigen Raum saß und die Spitze meines Zeigefingers auf der richtigen Seite des richtigen Buches, ob es nun um *Le Rouge et le Noir*, *Romances sans paroles* oder *Tristan et Yseut* ging, unter der richtigen Zeile die richtigen Buchstaben entlang fuhr, selbst da noch: gab es kein Halten.

Ich ging – anders als die anderen Erasmus-Studenten – nur in wenige Kurse (drei). Allerdings ging ich auch in die schwierigsten. Anders als die anderen Erasmus-Studenten, die sich in den vielen langen, nur langsam fortschreitenden international besetzten Anfänger-Sprachkursen niederließen, wo sie ohne große Anstrengungen große Mengen anrechenbarer Stunden sammelten, ging ich ausschließlich in Seminare des zweiten Studienabschnitts. Es waren Seminare, die den Stand meines Studiums in Österreich widerspiegelten.
Während der gemeine Erasmus-Student und die gemeine Erasmus-Studentin also gemeinsam im Hörsaal saßen, danach in einem der nahe der *fac*, weit draußen, im Norden von Nantes gelegenen Studentenheime, wo sie sich alle angesiedelt hatten, das Gelernte in Gruppen durchackerten und das so Gesäte anschließend auf einer der wöchentlich stattfindenden Erasmus-Partys in immer intimeren Gesprächen sprießen ließen (bevor sie es nachts, zurück im gemeinsamen Heim,

gewiss auch ernteten!), schlug ich mich (allein, versteht sich) durch das dürre Buschwerk zwischen den Hügeln des Campus bis zu meinen Seminaren des zweiten Abschnitts, wo ich zwar jede Menge dünner, blasser, fleißig und zielstrebig ihrem Studienplan hinterherjagender Muttersprachler erspähte, aber keinen einzigen anderen Erasmus-Studenten – von Erasmus-Student*innen* ganz zu schweigen.

Was die Seminare, in die ich ging, so schwierig machte, war weder das dahinpreschende Französisch der Vortragenden noch das von Vokabelfallgruben und -stricken strotzende Dickicht der Primär- und Sekundärliteratur. Auch die Tatsache, dass die Vortragenden in Frankreich uns in ganz andere Dinge hetzten als jene in Österreich – eine *dissertation* nämlich (keinesfalls zu verwechseln mit der österreichischen *Dissertation*; was es genau darstellen sollte, fand ich allerdings auch nicht heraus) –, machte mir damals kaum zu schaffen; schließlich würde die *dissertation* erst am Ende des Semesters, sprich: Anfang des nächsten Jahres, abzugeben sein. Nein, was die Seminare, in die ich ging, so schwierig machte, war etwas anderes. Etwas Härteres. Ihr Inhalt.

In meinen Seminaren ging es um Leute wie Stendhals Helden Julien Sorel, der erst Madame de Rênal verließ, dann mit Mathilde ins Bett ging und ihr ein Kind machte, bevor er erkannte, dass sie, Madame de Rênal, doch die Einzige war, die ihn jemals *wirklich* geliebt hatte … In der neuen Kirche von Verrières schoss er auf sie.

Oder es ging um den Dichter Paul Verlaine, der Mathilde und das Kind, das er ihr gemacht hatte, verließ, um mit seinem Freund, Arthur Rimbaud, durch Europa zu fahren. Nach einem Jahr des ununterbrochenen Reisens, Trinkens und Rauchens (brusselremembers.com spricht von »einer homosexuellen, sadomasochistischen Beziehung«) erkannte er, dass Mathilde doch die Einzige gewesen war, die er jemals wirklich geliebt hatte. In einem Hotelzimmer in Brüssel schoss er auf ihn.

Oder es ging gar um Tristan, den Dauertraurigen, der Isolde verließ, um sich mit einer anderen Isolde, Isolde Weißhand/»Yseut aux mains blanches« (Thomas d'Angleterre), in die Sonne zu legen. Kein Wunder, dass er kurz darauf von einem vergifteten Speer tödlich verletzt wurde. Erst, als er im Sterben lag, erkannte er, dass es nur eines gab, das ihn retten konnte. Genauer gesagt: nur *eine*, eine Einzige. Isolde nämlich – aber die falsche: die, die er verlassen hatte. Besser gesagt: die einzig Richtige – die also, die laut Gottfried von Straßburg »liuhtet wie diu niuwe sunne«. Als er hörte, dass Isolde (die leuchtende) nicht kommen würde, um ihn zu erlösen (was selbstverständlich eine Lüge der anderen Isolde war – nicht umsonst nennt Gottfried sie »sîn beworrenheit«!), erschoss er sich (»ein swaches ende«, Heinrich von Freiberg) …

Wie Sie bestimmt erkannt haben, war es die Maus, die diese Seminare für mich ausgesucht hatte – »zum Typ passend«, wie sie ab und an, mit ihrem zerquetschten Auge zwinkernd, fiepte … O mîn beworrenheit!

Aber so ging es damals eben. So ging es zu. Ich ging ins Seminar und ging, sobald das Seminar um war, wieder hinaus. Ich saß also nicht lange dort herum, machte erst gar nicht den Versuch, mit den anderen ins Gespräch zu kommen, sondern ging sofort, kaum, dass der/die Vortragende uns verabschiedet hatte, auf den Gang hinaus – um den Kollegen, wie mir die Maus riet, ja keine Chance zu geben, mich zu ignorieren (von den Kolleg*innen* ganz zu schweigen …).

Ich ging zum Hinterausgang aus dem Gebäude hinaus, ging rauchen. Rauchend ging ich dann weiter, schlich an der Hinterseite des Gebäudes entlang, raschelte durch das Unterholz, wobei ich den Schwanz der Maus hinter mir her schleifte, zwischen dem Schwarz der Mauer auf der einen und dem Rot des Gestrüpps auf der anderen Seite hindurch zum nächsten, von der Straßenbahn aus gerechnet sechsten Gebäude hinüber, wo sich die *salle informatique* befand.

Dieser »Internetsaal« war – selbst damals schon – ein Witz. Die erste Pointe dieses Witzes bestand in der Größe des Raums: tatsächlich war der »Saal« nur wenig größer als mein Zimmer im Turm – Sie können sich denken, wie erdrückend eng es in der stets knallvollen *salle* zuging … Die zweite Pointe: die Anzahl der Computer (ein Dutzend) – zumal im Vergleich mit jener der Studierenden an der *Fac des lettres* (rund 7000). Die dritte Pointe erschloss sich nur jenen, die an die schon damals recht großzügig angelegten Computerlounges der Grazer Uni gewöhnt waren. Während die Programme und die Rechengeschwindigkeit der Grazer Computer selbst komplizierte geisteswissenschaftliche Operationen wie Online-Schach oder das Öffnen eines hochauflösenden Ganzkörperporträts von Charlize Theron ermöglichten, bediente man sich auf den Nantaiser Rechnern noch eines veralteten Browsers, der, in Kombination mit einer schwachen, immer wieder erlöschenden Internetverbindung, für eine Langsamkeit sorgte, die nun wirklich niemand entdecken wollte. War es mir etwa endlich gelungen, den Maildienst zu öffnen, die »E-Mail schreiben«-Funktion zu aktivieren, Annemaries Adresse fehlerfrei einzugeben und das E-Mail dann auch tatsächlich zu tippen – sprich: Buchstabentaste für Taste mit aller Kraft, wie ein sumerischer Schreiber seinen Keil in die Tonplatte, in die Tastatur hineinzu*schlagen* (schließlich hatte das bloße Tippen meist keine Reaktion auf dem Bildschirm zur Folge, zumindest nicht die gewünschte) –, hatte ich also, auf diese erschöpfende Weise, die richtigen Wörter (die doch eine zarte,

feinsinnig formulierte Botschaft enthielten!) in die Maschine eingehämmert und mit der Maus (die von der Maus bedient wurde) ein-, zwei-, dreimal hysterisch auf »Senden« geklickt, öffnete sich ein Fenster, das einem »Warnfenster« verdächtig ähnelte. In diesem Fenster fand sich, mittels eines von links nach rechts verlaufenden Balkens, der Status des Versendens dargestellt. Um die vom Programm während des (scheinbaren?) Stillstands geleistete Arbeit zu illustrieren, flatterten kleine Briefe vom linken Ende des Balkens an sein rechtes. Je länger das Versenden dauerte, desto mehr dieser symbolischen Brieflein flogen über den Bildschirm, und je mehr solcher Brieflein an einem vorbeiflogen, desto größer (und berechtigter!) wurde die Angst, dass der einzig wirklich wichtige, einzig wirkliche Brief, der da verschickt werden sollte, im Gegensatz zu all den falschen nie an sein Ziel gelangen sollte.
Sie werden sich vorstellen können, wie bitter es klang, wenn jemand wie ich (dessen einzige Hoffnung, mit Annemarie Kontakt zu halten, darin bestand, dass eben ein solcher Computer auch tatsächlich funktionierte) damals über den Witz, den dieser Internetsaal darstellte, lachte.

Umso heller lacht Braillet heute, und zwar dann, wenn ich von meinen Erfahrungen mit dem Internet damals, in Nantes, berichte. »Unvorstellbar!«, gluckste er etwa, neulich, als ich soeben, via Messenger-Videocalls, begonnen hatte, ihm davon zu erzählen, wie ein missglückter Mailversand aus der Nantaiser *salle informatique* das dritte und endgültige Ende meiner Beziehung zu Annemarie in die Wege leitete.
Ich hatte gerade geschildert, dass ich einmal, noch ziemlich am Anfang meiner Zeit in Nantes, am Ende eines langen Uni-Tages (tatsächlich hörte ich am Montag Tristan und Stendhal hintereinander) in die *salle* gegangen war, um Annemarie zur Abwechslung einmal ein richtig langes, dabei aber

einfach nur *liebes* E-Mail zu schreiben (unser Mailwechsel war in letzter Zeit mehr und mehr von Spannungen geprägt gewesen). Und: Dass ich dieses Mail dann tatsächlich auch – zunehmend zähneknirschend ob der Tippprobleme, aber doch! – zu Ende geschrieben hatte. Und: Dass das Mail auch *wirklich* lang und wirklich *lieb* geworden war, völlig frei etwa von Anspielungen auf die Schrecken der Vergangenheit. Frei auch von Vorwürfen. Oder gar Forderungen. Selbst solchen, die mir (damals) berechtigt schienen. Wie etwa jener, dass der Burgenländer Annemarie (wie sie es angekündigt, ja, versprochen hatte!) auf keinen Fall in Sevilla besuchen kommen dürfe – zumindest nicht, solange sie dasselbe nicht auch mir erlaubte (und, im Grunde, auch dann nicht … Wo kämen wir denn da hin?, dachte ich). Und ich hatte Braillet erzählt, wie ich dann, als das Mail abgeschickt war, Symbolbrieflein zählend, gewartet hatte. Und gewartet. Gewartet. Und als ich eben dabei war, meinem Pariser Freund im Detail zu erläutern, was danach geschah – das nämlich, dass der veraltete Blechtrottel dort, nach exakt siebenhundertsiebenunddreißig, achthundertdreiundzwanzig oder auch eintausendundvierundsiebzig von links nach rechts geflatterten Brieflein, aber immer noch keiner Versandbestätigung, tatsächlich einfach den Betrieb einstellte (das eben losgeflogene Brieflein blieb mitten im Flug stehen, und jedes Mal, wenn die Maus, der natürlich schon langweilig geworden war, auf den Rücken ihrer Hardware-Artverwandten klopfte, ertönte zur Antwort ein hässliches, schrilles Piepsen)! – während ich also eben mein Entsetzen schilderte, meinen Zorn, meine brustkorbsprengende Sehnsucht nach einer Zigarette, einem Beil, Gewehr, was auch immer, wurde Braillet, der schon davor unruhig gewirkt hatte, von einem so heftigen Lachanfall geschüttelt, dass ich meine Erzählung, die doch eben ihrem Höhepunkt zusteuerte, nicht fortsetzen konnte.

»Ach, das kann man sich heute wirklich kaum noch vorstellen …« Er wischte sich, das war trotz der 1151 Kilometer Entfernung (zu Fuß) zwischen Graz und Paris deutlich auf meinem Tablet zu erkennen, eine Träne aus dem Augenwinkel. »Du musst wissen: PCs mit Internetanschluss waren damals in Frankreich tatsächlich noch eine Rarität. Schließlich hatten wir unser Minitel …«

Er kicherte, als er mein Staunen bemerkte. »Ja, das Minitel! Das war ein Onlinedienst, der in Frankreich phänomenalen Erfolg hatte – aber nirgendwo anders. Man konnte damit Überweisungen machen, Tickets kaufen, Wetterberichte ordern usw. – vom sogenannten ›minitel rose‹ ganz zu schweigen …« Wieder Kichern. »Noch Anfang der Nuller Jahre verwendeten weit mehr Franzosen das Minitel als das Internet. Und das, obwohl man dafür bezahlen musste – ich glaube, es waren an die 50 sous pro Minute, also rund sieben Cent … Außerdem hatte die Regierung den Leuten damals sogar nahegelegt, das technisch limitierte Minitel zugunsten des Internets aufzugeben!«

Immer noch belustigt, schüttelte Braillet den Kopf. »Es gibt verschiedene Theorien, warum meine Landsleute trotz der offensichtlichen Nachteile – stell dir vor, es gab nicht einmal Bilder! nicht einmal im ›minitel rose‹! –, warum wir also so lange am Minitel festhielten. Manche meinen, es habe an unserem Nationalstolz gelegen. Wir seien von unseren technologischen Innovationen wie dem TGV oder der Concorde so angetan, dass wir auch von ›unserem‹ Minitel nicht ablassen wollten. Andere hingegen vermuten, es habe sich um einen Akt des Widerstands gehandelt, eines Widerstands aus Prinzip, um des Widerstands willen – eigentlich auch eine französische Spezialität … Dieser Widerstand galt dem neuen, eben anbrechenden Digital-Zeitalter wohl ebenso wie allen staatlichen, ›von oben‹ kommenden Verordnungen im

Allgemeinen – zumal diese im Fall Minitel ja durchaus widersprüchlich waren. Schließlich hatte ja der Staat das System erst eingeführt, bezeichnete es aber wenig später als Schrott … Fakt ist: Die ganze Angelegenheit hat unbestreitbar Züge von Asterix – wirklich zu komisch …«
Seinen Worten zum Trotz wurde Braillet nun aber mit einem Mal ernst. »Das Verrückte daran ist, dass sich im Laufe der digitalen Revolution, die dann natürlich auch Frankreich überrollte, nur wenige Jahre später Systeme durchgesetzt haben, die jenem des Minitel durchaus vergleichbar sind – und das weltweit! Denk doch nur: Ein konsumorientiertes Netzwerk mit simplen Clients, die mit einer streng kontrollierten Zentrale verbunden sind … Was ist Facebook anderes als eine Art Minitel, das sich im Internet breitgemacht hat?«
Er räusperte sich, überlegte eine Weile, bevor er, noch ernster, fortfuhr: »Im Grunde bestand der verordnete Fortschritt somit einzig und allein darin, dass wir das französische Minitel gegen das amerikanische getauscht haben. Und das zu einem Preis, der viel höher ist als nur 50 sous die Minute … Als ich neulich im Internet, auf *Le Mondes* virtuellem *Mémorial* die Fotos all der im Bataclan ermordeten jungen Leute in der Zeitung gesehen habe – all diese unterm Kinn abgeschnittenen Köpfe mit Bildunterschriften: jeder hatte Hunderte Freunde, sah gut aus, verfolgte interessante Projekte –, weißt du, woran mich das erinnert hat? An die Bildergalerien auf Facebook. Ein Facebook der Geköpften, freilich. In diesem aus Abermillionen erhobener Daumen errichteten Luftschloss, in dem wir uns täglich gegenseitig feiern, vergessen wir vollkommen, dass es da draußen Leute gibt, die diese Art zu leben – ein Leben aus Storys!, hinter Filtern! – ganz und gar nicht liken. Leute, die – zumindest in ihrer Wahrnehmung, und die mag sie nicht immer täuschen! – die Zeche dafür zahlen, dass wir uns den Luxus leisten können, ›unsere Zeit‹, wie Houellebecq

schreibt, ›mit Selfies zu verplempern‹. Und die schließlich bereit sind, zu Mördern zu werden, ja, zu sterben, nur um uns auf den Boden der Tatsachen (oder dessen, was sie dafür ansehen) zurückzuholen … Mein Freund, der Dichter Guillaume Métayer, hat ein Gedicht darüber geschrieben:

FB WORLD

Wir haben erfunden: das Buch der Gesichter
wo jede Visage eine Flaschenpost ist
Wir sind alle zu schön jeder ein Spezialist
darin nett großzutun bei der Jagd auf Irrlichter

Seht her unsre Posten und Pfoten und Dichter
unser bestes Profil Kleinkram der uns anpisst
Aber weil zurückschnellt was nicht abwürgbar ist
kommt unsere Traurigkeit hoch vor die Richter

Die Glätte des Bildschirms bietet keinen Stopp
Wir sind hier gefangen im großen Als-ob
beim Casting für ein terroristisches Stück

Trauerweide von Pest als Baum unserer Ahnen
Passfotos wie Aschenfahnen
Fayumporträts sind wir Untote vor Glück

Das trifft es doch ganz gut, nicht?«

Wir schwiegen eine Weile. Das Bild im Messengerfenster geriet ab und an ins Stocken, doch die Verbindung hielt. Ich sah Braillet – durch die Kamera seines Laptops –, sah ihn in seiner Dachkammer im Quartier Latin am Schreibtisch sitzen, zwischen zwei Bücherwänden, die sich von links und rechts, wie die Trauerweiden, von denen er eben gesprochen hatte, über ihn neigten, sah auch, in seinem Rücken, das Voltaire-Poster, das die Spuren des Rahmens, wo das Bild seiner Ex-Frau gehangen hatte, nur ungenügend verdeckte … Braillet nahm die Brille ab, wischte sich über die roten, dauerentzündeten Augen, wischte über sein Smartphone, schaute dann wieder auf, sagte, milder: »Écoute, es tut mir leid, ich wollte deine heitere Anekdote nicht unterbrechen. Sag doch, wie ging es denn dann weiter, damals, mit deiner Mail an – wie hieß sie doch gleich? Anne-Catherine?«

»Ach so«, meinte ich, »das – nun ja … Willst du es überhaupt noch hören?«

»Nur zu!«

»Also gut. Nun, ich habe das Mail dann, nachdem der Computer abgestürzt war, einfach noch einmal geschrieben.«

»Noch einmal? Es war doch so lang! Und so lieb! Und das in der knallvollen, erdrückend engen salle? Auf jener Tastatur de merde? Dem alten Computer?!«

»Ja, genau.«

»Incroyable … Und: Hat das Senden beim zweiten Mal geklappt?«

»Ja, hat es. Aber …«

»Aber?«

»Aber … es ist dann eben nicht mehr ganz so lang geworden. Das zweite Mail, meine ich. Und … auch nicht ganz so lieb … Lange nicht so lieb, um genau zu sein.«

Um genau zu sein, war das E-Mail, das ich an jenem Tag Annemarie geschickt hatte, alles andere als *lieb*. Es war noch nicht einmal, all meinen Absichten zum Trotz, so etwas wie ein »Liebesbrief«, obwohl ein solcher ja nun wirklich nicht unbedingt *lieb* sein muss, im Gegenteil. Aber der Brief, den ich da abgeschickt hatte, war, um ehrlich zu sein, das Gegenteil davon. Von einem Liebesbrief, meine ich.
Und das, obwohl in dem Mail – soweit ich mich erinnern kann – doch, und das womöglich häufig, von »Liebe«, auch »wahrer«, »großer«, die Rede gewesen war. Zumindest hatte ich nicht nur damit angefangen (»Liebe, liebste Annemarie!«), sondern, daran erinnere ich mich noch, auch so unterschrieben: »In Liebe, Dani«. Aber so ging es damals eben. So ging es mir. Ich schrieb »in Liebe«. Aber nicht in Liebe.

Das ganze Mail ähnelte sozusagen der berühmten Liebesszene in Pierre Corneilles Tragikomödie *El Cid* – nur exakt andersherum. Jene Szene, über die der Vortragende im Stendhal-Seminar (nennen wir ihn, da ich seinen Namen vergessen habe, der Einfachheit halber »Professeur Stendhal«) an genau jenem Nachmittag, an dem ich dann, etwas später, das Mail an Annemarie schreiben sollte, gesprochen hatte. In dieser Szene (der siebenten Szene des ersten Akts, wie Stendhal, glaube ich, erklärte) spricht Chimène, das Mädchen aus Sevilla, ihrem doch so sehr geliebten Rodrigue gegenüber das Wort »Liebe« nicht aus. Stattdessen sagt sie: »Geh, ich hasse dich nicht«. Und doch verstehe alle Welt, so Professeur Stendhal, was sie damit – »in Wirklichkeit« – meine: »Das Gegenteil nämlich.«

Und damit, so Stendhal, um dem reihum aufkommenden Stirnrunzeln zu begegnen, meine er (bzw. sie) nicht: »Komm her, Rodrigue, ich liebe dich nicht!« Sondern: »Geh jetzt, aber wisse, dass ich dich liebe!«

Nun ist die Sache zwischen Chimène und Rodrigue, von der Stendhal gewitzt zu sprechen verstanden hatte, aber nun wirklich kompliziert, so kompliziert, dass sie sich hier, in der Kürze dieses Kapitels, ja, Romans!, kaum wiedergeben lässt (sie lieben sich, kommen aber wegen Familienstreitigkeiten nicht zusammen).
Annemaries und meine Geschichte war hingegen, verglichen damit, ausgesprochen simpel. Schließlich ging es bei uns ja einfach nur darum, dachte ich damals, dass Annemarie endlich klar wurde, dass ich, mit dem sie vier Jahre zusammen gewesen war, ja, gelebt hatte, ich, der sie in diesen vier Jahren nur einmal betrogen, zweimal verlassen und ihr höchstens sechsmal eine Szene gemacht hatte – und das auch erst dann, als wir schon längst auseinander waren, und nur wegen ihres burgenländischen Sextouristen, mit dem sie ein überflüssiges Techtelmechtel begonnen hatte, während ich im Ausland weilte, bei meiner neuen »Liebe« Carmen nämlich (die ich aber, wie ich erst vor Ort erkennen musste, nie wirklich geliebt hatte, nie ohne Anführungszeichen: nicht *wahr*, nicht *groß* wie Annemarie [und das, zumindest, hatte auf Gegenseitigkeit beruht]) –, dass also ich weiterhin, ja, mehr denn je, der Richtige für sie war. Der Wahre. Der nur für sie allein, für ihre Art der »Minnekrankheit«, von der in den verschiedenen Tristan-Versionen allenthalben die Rede war, bestimmte *arzât* (»Arzt«), nein, ihre *arzatîe* (»Arznei«) gegen alles war – so, wie sie die meine. Warum das für Annemarie damals, nach Silba (in seiner Unvorhersehbarkeit), nach Carmen (in ihrer/meiner Überstürztheit) und dem Burgenländer (in all seiner

Überflüssigkeit!) mit einem Mal so schwer einzusehen war, verstehe, wer will – dachte ich, damals. Ich zumindest verstand ihr Nicht-Verstehen nicht.

Fakt ist: Annemarie hatte mir in Graz versprochen, dass der Burgenländer *nicht* nach Sevilla kommen würde. Zugegeben, ich hatte sie auch darum gebeten, hatte das gefordert, ja, regelrecht erzwungen – mit Schreien, Weinen, kurz: Ich hatte ihr eine Szene gemacht. Angesichts welcher Annemarie vermutlich einfach besorgt gewesen war. Um mich, meine ich. Und diese Sorgen, dachte ich, damals, während ich so schnell ich nur konnte, vom Informatik-Saal weg- und durch das Dauernieseln jenes Nachmittags, durch die dornigen Hecken zwischen den Unigebäuden in Richtung Straßenbahnhaltestelle wütete, diese Sorgen waren keineswegs überdimensioniert – oh nein, die waren durchaus berechtigt gewesen!
Wer weiß schon, was passiert wäre, mit mir, dort, in Graz, oder spätestens hier, in dieser dornigen, dauergrauen Stadt, wer weiß, was ich mir selbst angetan hätte, ja, antun würde, dachte ich, wenn Annemarie das, worüber sie, wie sie doch zugeben hatte müssen, zumindest nachgedacht hatte, wahrgemacht und mich *endgültig* verlassen hätte, wenn sie *als offizielle, jederzeit besuchbare Freundin des Sexburgenländers* nach Sevilla gefahren wäre? Ich hier, mit der Maus im Turmzimmer; sie dort, als andalusische Touristenattraktion, die Tag und Nacht burgenländischen Leibesvisitationen offenstand … Nicht auszudenken!

Ich weiß ja noch, dachte ich – während ich Dornenranken auseinanderschob, Regenwasser aus den Augen wischte, die Straßenbahnhaltestelle aber noch immer nicht, auch nach dem Passieren des dritten Hügels, dritten, nein, vierten Hauses nicht, ausmachen konnte –, ich weiß ja nur zu gut, was

passiert ist, dachte ich also, nachdem ich sie das erste Mal verlassen habe … Nein, das zweite Mal.
Und tatsächlich, insofern lag ich damals, an jenem Nachmittag, als ich, zunehmend (gedanken-)verloren, im Dickicht zwischen den vier (oder fünf?) Unigebäuden umherirrte, durchaus richtig, war beim ersten Mal noch alles regelrecht glimpflich abgelaufen. Ja, als ich Annemarie das erste Mal verlassen hatte, war alles in Ordnung gewesen. Zumindest hatte ich das noch behauptet. Es behaupten können. *Sie können nicht sterben* (oder so ähnlich), hatte ich ihr, wie gesagt, gesagt, als ich, »kaum zurück in Graz, mit Fingern, die nach der langen Busfahrt über Nacht, die wir hinter uns hatten, noch nach Carmen, ihrer braunen Haut, dufteten, über die tränennassen Wangen« strich. Da war nichts Schlimmes dran, dachte ich. Noch nicht. Schlimm wurde das, was ich da gesagt hatte, erst später, einen Tag später, um genau zu sein, dann nämlich, als ich Annemarie – nachdem ich sie mit den Worten *Schlaf dich ruhig aus, ich muss ja auch erst einmal herunterkommen!* in ihrer Dachkammer zurückgelassen hatte, nachdem ich zurück zu Carmen gegangen war, die in einem Hotelzimmer auf mich gewartet hatte, nachdem ich mit ihr, Carmen, die ja nur noch für eine Nacht in Graz bleiben sollte, eben diese Nacht in eben diesem Hotelzimmer verbracht, sie in der Früh zum Zug nach Wien, zum Flughafen, gebracht, verabschiedet hatte –, dann also, als ich Annemarie (sie ausgeschlafen und ich, zwar immer noch, ja, mehr denn je, nach Carmens brauner Haut duftend, aber nun tatsächlich, wie angekündigt, vollends *heruntergekommen*) wiedersah.
Da wurde das, was ich am Vortag gesagt hatte, erst schlimm. Schlimm*er*, zumindest, als es gewesen wäre, wenn ich das, was zu sagen gewesen war, gleich gesagt hätte. Viel schlimmer. Und dennoch war es nicht, noch lange nicht, das Schlimmste. Das kam, so viel steht fest, erst später. Wenig später. Bald.

Damals aber, als ich mich durch den immer dichteren Nieselregen, vorbei an all den schemenhaften, sich zum Verwechseln ähnlich sehenden sechs (oder sieben?) Uni-Gebäuden, durch die Dornen rangelte, damals: dachte ich keineswegs an das Schlimmste. Ich dachte ja noch nicht einmal an das, was, selbst schon schlimm genug, dem Schlimmsten vorausgegangen war: Ich dachte weder an Annemaries hellgrüne, mit Kindertränen gefüllte Augen, in die hinein ich all das gesagt hatte, was zu sagen gewesen war, noch an meinen Schlüssel zu ihrer Dachkammer, den ich am Ende meiner Rede aus der Hosentasche genestelt hatte, um ihn ihr zurückzugeben, noch daran, was dann geschah – dann nämlich, als der Schlüssel, mit dem aus zwei, nein, drei blutroten Metalltropfen in Herzform bestehenden Schlüsselanhänger dran, den Annemarie mir geschenkt hatte, in meiner Hand lag; dann, als ich, anstatt ihr den Schlüssel auf der Stelle zurückzugeben, anstatt keinen einzigen Gedanken, ja, auch nur Blick daran zu verschwenden, die blutroten Tropfen anstarrte. Was dann *mit mir* geschah, meine ich.
Nein, daran dachte ich nicht – damals, als ich am Campus der Uni von Nantes durch die Dornen rannte. Tatsächlich dachte ich damals, in Nantes, in den Dornen, an nichts anderes als an den Burgenländer – und das, obwohl ich ihn, im Gegensatz zum Schlüssel (samt Anhänger!), nie gesehen hatte. Und ich dachte an Annemarie. Genauer gesagt: an den Burgenländer und Annemarie *zusammen* (wieder einmal) – obwohl ich auch das, die zwei zusammen, meine ich, in Wirklichkeit nie gesehen hatte (wo kämen wir denn da hin!).
Und das war auch alles, woran ich damals dachte. An das – und an den Scheißcomputer. Und deshalb war ich auch so wütend, an jenem Nachmittag, und deshalb – und das machte mich dann, in der Folge, nur noch wütender! – ganz genau deshalb hatte ich, als ich aus dem Computer-»Saal« hinaus-

gestürzt war, auch nicht daran gedacht, woran ich eigentlich denken hätte sollen: an meinen Rucksack – und die daran befindlichen Bücher aus der Uni-Bibliothek nämlich. Die doch längst zurückzugeben waren! An die dachte ich erst, als ich die Dornen abgeschüttelt hatte, als die Uni-Gebäude hinter den Dornen verschwunden waren, dann, als – endlich! – die Straßenbahnhaltestelle im Nieselgrau auftauchte.

Und da tauchte auch schon die Straßenbahn der Linie 2 auf, fuhr in die Haltestelle ein, eine Schar von Studenten, ja, Student*innen*, darunter womöglich Erasmusler (mir schien sogar, ich hatte sie Deutsch sprechen gehört) stieg – kichernd, miteinander schäkernd wie Erntearbeiter nach Feierabend in einem Gedicht von Pasolini – in die Straßenbahn ein, fuhr, in den hellerleuchteten, hohen Fenstern eng aneinandergeschmiegt, sich dort wiegend, ja, tanzend!, Richtung Studentenheim davon.
Ich hingegen machte, am Rande des Dornenwalls, den ich doch gerade erst hinter mich gebracht hatte, kehrt, um ihn noch einmal, nun freilich in entgegengesetzter Richtung, zu durchqueren. Einer musste die Bücher ja zurückgeben – und die Maus, die zurückgeblieben war, eignete sich als Botin herzlich schlecht. Vermutlich gab ich ihr deshalb, als sie mir, zerzaust und aus mehreren frischen Wunden blutend, auf meiner eigenen Fährte, von der ich sie also doch nicht abschütteln hatte können, entgegenhumpelte, zur Begrüßung erst einmal einen saftigen Tritt.

Es war der achte Oktober 2001. In Kabul schlugen seit letzter Nacht Bomben ein, in Annemaries Postfach trudelte mein E-Mail ein, im Fernseher verkündete George W. Bush, dass dieser Konflikt alle betreffe, *alle*, es gebe keine Neutralität, und vermutlich sprach Botho Strauß deshalb im *Spiegel* von einem »Krieg der Bösen gegen die Bösen«.

Im Regen, der an jenem Nachtmittag auf den Campus der geisteswissenschaftlichen Uni von Nantes fiel, war freilich – abgesehen von mir selbst, der ich auf der (vergeblichen) Suche nach der von mir selbst geschlagenen Schneise durch die Dornen stapfte – weder von der einen noch von der anderen Seite etwas zu sehen (die Maus war ja, und wenn sie sich noch so melodramatisch unter meinen Tritten krümmte, unsichtbar – außer in meinen Augen). Hier standen nirgendwo Fernseher herum, den nächsten Spiegel gab es in der germanistischen Bibliothek, aber auch da nur auf dem Klo, und Bomben waren seit dem 23. September 1943 keine mehr auf die Stadt gefallen. Damals hatten, wie ich später gelesen habe, amerikanische Flugzeuge an die 1500 Stück über Nantes abgeworfen, hauptsächlich in der Nähe des Hafens, der Werft, dort, wo sich heute die glatt planierten Flächen des Quai de la Fosse ausbreiten und wo sich auch der Turm erhebt, der in jenen Tagen *meiner* war und den, wie ich heute erst weiß, Julien Gracq in *Die Form einer Stadt*, gemeinsam mit den ihn umgebenden Gebäuden, als »ein Manhattan im Klein-Format« bezeichnet – auch hier, wie in so vielen deutschen und österreichischen Städten (Graz etwa), waren aus den Kratern der Bomben, die amerikanische Flugzeuge gesät hatten, später amerikanisch anmutende Hochhäuser gewachsen.

Derlei städtebaulich-historisch-philosophische Gedankengänge, wie ich sie heute gerne mit Braillet erörtere, waren mir damals, als ich im immer dichteren Regen, die nervenaufreibend schluchzende Maus hinter mir herschleifend, zurück zur Bibliothek hastete, freilich fremd. Und so ging ich weiter, ging, ohne weiter auf die Bomben zu achten, die hier ja ohnehin nicht fielen (zumindest nicht mehr [*noch* nicht?]), den Weg von vorhin noch einmal, ging an drei, vier, dann fünf Gebäuden vorbei, hinein in das sechste, ging zur Bibliothek, gab dort

am Schalter die Bücher ab und riss die Maus, die sich davonstehlen wollte (vermutlich um, schon wieder!, neue Bücher zu holen), im letzten Augenblick am Schwanz zurück.
Ich hängte sie, ihrem Gestrampel zum Trotz, über die Schulter, setzte, um ihr Fiepen nicht hören zu müssen, die Kopfhörer auf, schaltete den Walkman ein, brach ein zweites Mal auf, ging ein zweites Mal (aber um wieviel schwerfälliger, langsamer, als beim ersten!), Richtung Straßenbahn, ging und ging – während meine Gedanken (wieder) zurückwanderten, zurück zu Annemarie (*und dem Burgenländer!*), während der Regen immer dichter, immer schwerer wurde, und die Dornen, wie mir schien, immer zahlreicher, schärfer.

Aber so ging es damals eben, immer so dahin. Es war der 23. September, nein, der achte Oktober 2001. Auf Kabul fielen Bomben, auf Nantes nur der Regen, und ich ging weiter, weiter wie im Traum, ging durch die Büsche, kämpfte mich wieder durchs Gestrüpp, das zwischen den fünf, sechs Gebäuden dort wucherte, sah erneut die Straßenbahnhaltestelle auftauchen, leuchtend, belebt, ging aber nicht zu ihr hinüber, sondern gleich weiter, ging die Straße hinunter, ging durch den Regen in Richtung Stadtzentrum, immer weiter und weiter, immer den Schüssen nach.
Die ersten Schüsse fielen auf Höhe der Place Saint-Félix, wo die Straßenbahn eine Kurve machte. Sie kamen aus der Bar an der Ecke dort, in der ein Fernseher hing, fügten sich nahtlos ins Gitarrenriff, das Manu Chao für *Le vent nous portera*, den Hit seiner Freunde von *Noir Désir*, eingespielt hatte. Die nächsten hörte ich ein Stück weiter den Boulevard Michelet hinunter, aus einem offenen Fenster. Dann drangen sie aus einem Wettcafé, seinen drei Bildschirmen, auf denen sonst immer Pferderennen liefen, dann aus dem Radio in der Trafik vor dem Pont Général de la Motte Rouge, wo ich mir

eine Schachtel Gauloises kaufte, aus jenem des Blumenladens am Boulevard Versailles, wo ich mir eine Gauloise anrauchte, dem des Kebab-Stands dort usw.

Je näher ich dem Zentrum der Stadt kam, desto lauter wurden die Schüsse, und als ich über die Place du Commerce ging, an den berühmten alten Cafés dort, dem *Café du Commerce*, dem *Café de la Bourse*, das es damals noch gab, vorbei, als ich die Kassette längst umgedreht hatte, als also schon die nur aus einem einzigen Stück bestehende B-Seite des Albums lief, der mit einer Dauer von 23 Minuten und 44 Sekunden überdimensionierte Song *L'Europe*, als Brigitte Fontaine, jene schon damals über 60-jährige Chansonnière, die nur dem so liebenswürdigen Bertrand Cantat zuliebe mit der Band gearbeitet hatte, die Eingangsverse sprach:

> Die Wildschweine sind losgelassen
> Ich wiederhole:
> Die Wildschweine sind losgelassen
>
> Die Kleinunternehmer machen große Diamantenkolliers
> Zweimal
>
> Die Rosen Europas sind ein Festschmaus für Satan
> Ich wiederhole:
> Die Rosen Europas sind ein Festschmaus für Satan

, da waren die Schüsse schon so laut geworden, ihr Hagel so dicht, dass man meinen hätte können, nicht Kabul stünde unter Beschuss, sondern die Bomben fielen immer noch, wie der Regen (aber um wieviel schwerer ...), auf Nantes.

Ich aber ging, ohne weiter darauf zu achten, durch das Zentrum der Stadt, ging immer weiter, immer tiefer in die Schüsse hinein, die immer näher kamen, lauter und lauter, ging – als ob ich unverwundbar wäre (oder schon tot, schon träumend?!) – durch all das Geknalle ins Zentrum, ins Herz der Kampfhandlungen hinein. Ich ging über die Allée de la Bourse Richtung Hafen, auf den Quai de la Fosse hinüber, den Quai hinunter, ging über den glatt planierten Schutt der Werft, der »Edelhölzer aus den Kolonien«, der »550.000 Verschleppten« hinweg bis zum »Cybercafé Internet 2000«, Höhe Rue Flandres Dunkerque, ging ins Café hinein.
Hier nahm ich die Kopfhörer, mitten im Bassklarinetten-Solo von Akosh Szelevényi, ab, hier waren die Schüsse am lautesten, hier liefen über jeden Bildschirm, jeden eingeschalteten (und es waren so gut wie alle eingeschaltet!), Soldaten, hoben ihre Maschinengewehre, feuerten, warfen sich bei Explosionen zu Boden, wurden mit Schutt übersät, starben. Hier saßen – rennend, schießend, sterbend – junge Männer, noch Kinder, hier wurden Befehle gebellt, wurde geflucht, auf Amerikanisch, Französisch, Arabisch. Hier also war es so weit, waren die Wildschweine, waren die »Bluter«, wie das französische Wort für »Wildschwein«, »sanglier«, wörtlich übersetzt wohl hieße, losgelassen, liefen sie über die Bildschirme, lief selbst über jene Bildschirme, die ausgeschaltet waren, als Bildschirmschoner der Schriftzug »Counter Strike«.

»Frieden … ist … nur … zu … erreichen … indem … wir … diejenigen … verfolgen … die … ihn … bedrohen«, sagte George W. Bush im Radio, und so ging ich weiter, ging, ohne mich um die Schüsse zu kümmern, triefend zur Theke, kramte ein paar Münzen aus meiner Hosentasche, bekam einen der wenigen noch freien Computer zugewiesen und ging zu dem Gerät, das sich im Hinterzimmer befand, hinüber.

Ich nahm die Maus ab, zog die Jacke aus und hängte beides über die Sessellehne. Müde plumpste ich auf den Sessel, drückte auf den Einschaltknopf, wartete. Wer weiß, vielleicht hatte Annemarie ja schon zurückgeschrieben.

Gehe ich heute in Gedanken durch die Straßen und *allées*, über die *quais* und *squares* von Nantes, so unterscheidet sich die Art und Weise meiner Fortbewegung – zaudernd, immer wieder wendend: *irrend*, wie es dem Stolpern der Erinnerung zwanzig Jahre danach wohl zusteht –, so gut wie gar nicht von jener, die mich damals, während meiner ersten Monate dort, tatsächlich durch die Stadt trug.

Denn schon damals, als ich wirklich noch dort ging, ging ich wie im Traum, nein, Schlaf. Ich ging, wie gesagt, ohne allzu sehr auf meine Umgebung oder die anderen Verkehrsteilnehmer zu achten, ging, als wäre ich unverwundbar oder ein Geist (noch nicht am Leben?, schon tot?!). Ich ging auch ohne Ziel, ging, Ziele wechselnd, ging, ohne je auf die Idee zu kommen, selbst eine Zielscheibe darstellen zu können, in die finstersten, hintersten Winkel hinein. Ich setzte mich in die schmutzigsten, verrauchtesten Bars, um dort das Tristan-Fragment des Thomas d'Angleterre zu lesen oder einen Brief von Bonzo, um einen Brief an Annemarie zu schreiben zu versuchen oder Sätze in mein blaues Notizbuch. Ich schwankte nach Mitternacht durch die Allée de la Gloriette, beantwortete die Rufe, das Schnalzen der Frauen, ihr »L'amour ou la pipe?« wieder und wieder mit denselben Sätzen: »Non, merci beaucoup, Madame«, fragte mich ebenso oft, ob »Mademoiselle« nicht richtiger gewesen wäre, und suchte dann, am Tor zum Turm, unter den Augen der Mesdames bzw. -demoiselles (und einiger in der Hecke verborgener Messieurs?) lange und umständlich, den geöffneten Rucksack ins spärliche Licht der Lampe oben im Eingangsportal haltend, seinen Inhalt am

Boden ausstreuend, ihn aufklaubend, nach meinem Schlüsselanhänger, nein, nach dem Schlüssel.

Einmal ging ich, den Fotoapparat wie eine blinde Taschenlampe vor mir ausgestreckt, in einen Eisenbahntunnel hinein. Der Tunnel war stillgelegt. Es stank nach Exkrementen, aber ich ging weiter, ging tiefer in die Röhre, die mit jedem Schritt finsterer, kälter wurde, hinein – ich hatte vor, die Graffiti, die darin auf die Wände gesprüht waren, zu fotografieren. Der Auslöseknopf meiner Kamera war zwar abgebrochen, doch mit Hilfe einer Büroklammer, die ich so zurechtgebogen hatte, dass ihre Spitze den Mechanismus tief im Inneren des Apparats dennoch erreichte, funktionierte sie fast genauso gut wie zuvor.
Ich ging so weit, bis ich in der Dunkelheit die Wand vor mir nicht mehr sehen konnte, erst dann: drückte ich ab. Erst, als der Blitz den Tunnel erhellte, wurde sichtbar, wohin ich da geraten war. Das Foto, das ich, zurück in der Stadt, in den *Galeries* entwickeln ließ, zeigte einen schwarzen, zittrigen Schriftzug: »Les humains vivent au froid«.

Ich ging vom Internetcafé zum Turm, vom Turm zur Trafik, von der Trafik zum *Hypermarché* in der Avenue Carnot, zurück zum Turm, packte die schmutzigen T-Shirts, Unterhosen und Socken, die sich seit meiner Ankunft am Boden des Kastens in meinem Zimmer gesammelt hatten, in jene Taschen, in denen ich sie schon hergebracht hatte, und ging dann – »beladen mit zwei Koffern, einem mannshohen Interrailrucksack sowie einer auf dem Interrailrucksack hockenden, überinterrailrucksackhohen, fußlahmen Maus«: als wäre ich gerade erst angekommen, als wäre dies immer noch mein erster Tag hier! (oder: als reiste ich wieder ab, wieder weiter?!) – vom Turm hinüber auf die Schotter- und Asphaltbrache, auf die ich von

der Dachterrasse aus, beim Rauchen, immer hinunterstarrte, dorthin also, wo früher der Hafen gewesen war.
Der Waschsalon lag direkt am Quai de la Fosse, einige Häuser vor dem Internetcafé, aber noch *nach* der Bar Aquarius – ein weiter Weg für einen, der so schwere Fracht geladen hatte. Es war ein alter, aber sauberer Salon, mit gelben Wänden und großen Fenstern, die auf den Quai hinausgingen und auf deren Fensterbrettern es sich, wie ich sofort erkannte, wunderbar sitzen und lesen lassen würde – dann, wenn die Maschinen sich erst einmal drehten.

Ich räumte meine Taschen aus, löschte die Ladung, verteilte die Wäsche also auf zwei der zehn, zwölf Maschinen dort und ging dann zu dem mächtigen Eisenapparat an der Rückwand des Raums, an dem eine Art Wählscheibe, Knöpfe, Fächer und Fensterchen angebracht waren, hinüber. Er stellte wohl das zentrale Steuerelement der Anlage dar.
Nachdem ich, gemäß der Tafel mit den Anweisungen, welche die Wand neben dem Apparat ausfüllte, mehrere Zehn-Francs-Münzen in den Eisenkasten geworfen, an dem Rad gedreht und auf mehrere Knöpfe gedrückt hatte, nachdem ich also eine Prise Waschpulver geordert, das Pulver in einem der Fensterchen aus einer Röhre in den vorbereiteten Plastikbecher rieseln gesehen, die Klappe geöffnet, den Becher herausgenommen, in die Maschine geschüttet, noch mehr Münzen eingeworfen, neue Rad- und Knopffolgen gewählt, die erste Maschine eingeschaltet und bald auch die zweite, mit weiteren Münzen, Handgriffen und Knöpfen, zum Laufen gebracht hatte, setzte ich mich auf eines der Fensterbretter, lehnte mich gegen die Maus, die ich zwischen die Seitenwand und meinen Rücken geschoben hatte, und schlug das Tristan-Fragment auf.

Draußen hatte es aufgehört zu regnen. Es waren auch kaum noch Schüsse zu hören. Mit den vielen Pfützen, die sich auf dem Quai gebildet hatten, und mit den Strahlen der unter dem Rand der Wolkendecke hervorblinzelnden Abendsonne auf den Pfützen schien es, als glitzerte dort, wo früher der Hafen gewesen war, jetzt die Loire, und als säße ich, hier, in meinem Fenster, auf dem eigentlichen, *wirklichen* Quai, als baumelten also meine Füße (die doch gar nicht »baumelten«, sondern gegen die Seitenwand gegenüber gestützt waren!) von der Hafenmauer, nein, einer Reling herab – als baumelten sie über dem Strom, dem Meer … Ab und an segelte ein Auto vorbei.

»Ich hätte es herausgeschrien
… als …
… heiliger …
…
… in dieser verrückten Leidenschaft.«
Röte schoss ihr ins Gesicht,
dann wich alle Farbe daraus,
wie es eben einer Frau geschieht, die
in Gewalt des Meeres ist.
Sie lehnte sich an Tristan,
nicht mehr, als angemessen –
es war ihr trotzdem sehr angenehm.
»Gottes Gnade kam auf mich –
das Meer hat mich in seinem Griff –
wie kann ich meinem Herzen Freude machen,
während ich auf dem Meer dahinsegle?
Hätte ich gewusst, wie das Meer ist,
dass es so ist, das Meer,
nie und nimmer wäre ich
an Bord gegangen.«

Während ich mit Tristan und Isolde auf dem Meer war, mich also nicht mehr mit dem Rücken gegen die Maus, sondern mit Isolde, an Bord des Schiffs, das sie von Irland nach England, zu ihrem zukünftigen Ehemann Marke brachte, gegen Markes Neffen Tristan lehnte (Tristan, der ihren Onkel Morold erschlagen hatte, dem sie aber, spätestens nach der gemeinsamen Einnahme eines Minnetranks, der eigentlich für Marke und sie bestimmt gewesen war, zugetan war – weit mehr, als es einer Tante zukommt!), während ich also mit Tristan an der Reling stand und spürte, wie sich Isolde gegen mich lehnte, wie ihr Körper mit dem meinen, mit dem Schiff, in ein und demselben Rhythmus, dem der Wellen nämlich, schaukelte, während die Maschinen stampften, rauschten, die Sonne draußen auf dem Wasser glitzerte und Isoldes Gesicht, das jenem Annemaries verblüffend ähnelte, bald rot, bald blass, aus den Zeilen zu mir aufschaute, genau in diesen Augenblicken also, glitt, eng umschlungen, ein Paar in den Salon.
Sie hatten nichts als einen Gitarrenkoffer bei sich. Wo aber sind die Taschen, dachte ich, ihnen über den Rand meines Buchs hinweg nachblinzelnd, wo ist eure Wäsche? Die beiden lösten sich voneinander. Die Frau, mit langem, hellem, ins Rote spielendem Haar, setzte sich, wie ich, aufs Fensterbrett – freilich ein Fenster weiter. Der Mann hingegen – ein hagerer, grimmig dreinschauender Typ im Unterhemd, mit Dreadlocks, Anker-Tattoo auf dem Oberarm – hielt geradewegs auf den Eisenapparat zu, in den ich meine Münzen geschmissen hatte. Er öffnete den Koffer. Erst jetzt bemerkte ich, dass sich darin gar keine Gitarre befand, sondern etwas anderes. Etwas *ganz* anderes. Tatsächlich handelte es sich bei dem Instrument, das der Mann aus dem Koffer zog, um eine Art Waffe (ein Beil?).
Ohne sich um die Schrifttafel mit den Anweisungen zu kümmern, setzte der Mann die Spitze seines Dings an den Schlitz

des Büchsleins, in das meine Münzen gescheppert waren. Er hämmerte es hinein, bog es nach unten, sodass sich ein breiterer Spalt öffnete, bog es dann so weit, dass die Münzen herausflutschten, fing sie mit dem Plastikbecher, der für das Waschpulver gedacht war, gekonnt auf und befestigte das Behältnis anschließend, mit einem knappen, präzisen Schlag seiner »Gitarre«, wieder am Apparat. Von außen war keine Veränderung zu sehen.

Als er sich umdrehte, entdeckte er mich. »Tu dis rien, eh?«, knurrte er.

»Non, non, Monsieur«, erwiderte ich beflissen, »je ne dis rien.« Sofort stellte sich mir die Frage, ob meine korrekte Behandlung der Grammatik (»je *ne* dis rien« statt seines saloppen »tu dis rien«) in diesem Kontext nicht falsch gewesen sein mochte. Dann las ich weiter. Die letzten Sonnenstrahlen unter den über den Himmel jagenden Wolken verwandelten den nassen Quai draußen in eine gleißende, bewegte Fläche. Aus der Koje nebenan, wo der Mann bei der Frau saß, drang dann und wann ein Rascheln, Kichern. Ich hörte sie tuscheln.

»[…] mein Freund,
wärst du nicht [hier], dann wäre ich es auch nicht,
und ich wüsste nichts über das Meer.
Seltsam, dass die Leute das Meer nicht hassen,
wo sie doch wissen, dass das Meer krankmacht,
dass es Qualen verursacht!
Wenn ich je wieder heil an Land komme,
werde ich mich niemals wieder
aufs Meer hinauswagen, denke ich.«

An dieser Stelle kehrte in der Nachbarskajüte Stille ein. Auch die erste der Maschinen, die ich eingeschaltet hatte, hörte auf zu rauschen. Ich stand auf und steckte die Ladung Wäsche in einen der beiden Trockner gleich links vom Eingang. Dann ging ich zurück zum Steuerrad, warf weitere Münzen in den Schlitz, brachte den Trockner auf Kurs und setzte mich wieder zu Tristan.

Tristan hatte auf jedes ihrer Worte geachtet,
war nun aber verwirrt,
weil Isolde das Wort »das Meer«
solchen Wandlungen unterzogen hatte.
Er wusste nicht mehr, ob der Schmerz,
an dem sie litt, vom »Meer« kam oder vom »Meer«,
und ob sie das »Meer« das »Meer« nannte,
oder ob sie meinte, das »Meer« sei das »Meer«.

Erst jetzt begriff ich, dass Isolde, wenn sie »das Meer« sagte, damit die unterschiedlichsten Dinge meinte. So bezeichnete sie mit »das Meer« sowohl das wirkliche »Meer« (»la mer«) als auch »das Bittere« (»l'amèr«) als auch »das Lieben« (»l'amer«)! Kein Wunder, dass Tristan durcheinandergekommen war. An die Möglichkeit, dass völlig verschiedene Dinge ein und denselben Namen tragen konnten, hatte ich bislang im Traum nicht gedacht. Ich fragte mich, ob das öfter vorkam – und was ich bisher wohl alles übersehen haben mochte …

Hatte etwa Annemarie, als sie beim Abschied in Graz sagte, sie wisse nicht, ob das, was sie für mich empfinde, noch »Liebe« sei, von derselben Sache gesprochen wie Carmen, die mich am *more* von Silba »amor« genannt hatte? Und hatte ich selbst, als ich Annemarie das erste Mal verlassen hatte, zurecht gemeint, ich »liebte« nun eine andere? Was, wenn es bei meinen Gefühlen für Annemarie und Carmen – in Wirklichkeit – um zwei völlig verschiedene Dinge gegangen war? So, wie die kroatische Adria zwar auch »Meer« genannt wur-

de, aber mit ihrem warmen, stillen Wasser, in dem ich mit Carmen gebadet hatte, eben doch etwas ganz anderes darstellte als der bretonische Atlantik mit seiner Brandung, seinen Sandstränden und Stürmen, Stürmen wie jenem, in den Annemarie und ich vor nur drei Jahren, beim Zelten, geraten waren?
Und wer weiß, dachte ich, während ich eine der Büroklammern, die ich wegen des Fotoapparats immer bei mir trug, als Lesezeichen in den Tristan steckte, wer weiß: Vielleicht war ich damals, als ich Annemarie das erste Mal verlassen hatte, gar nicht einmal so danebengelegen. Mit dem, was ich an jenem grauen Sommertag in Annemaries hellgrüne, mit Kindertränen gefüllte Augen gestammelt hatte, meine ich. Ja, vielleicht war ich damals, einfach so, aus dem Bauch heraus, der Wahrheit tatsächlich recht nahegekommen – und hatte trotzdem, wie ich mittlerweile wusste, ganz genau wusste (und wie mir die Maus mit einem Strampeln in die Nierengegend, das meinen Puls hochschießen ließ, noch einmal gerne bestätigte), das Falscheste, Schlimmste, ja, Brutalste gesagt: »Ich liebe eine andere, aber – ich hasse dich nicht.«

Da mittlerweile auch die zweite Waschmaschine, die ich eingeschaltet hatte, das Ende ihres Programms erreicht hatte, stand ich wieder auf und räumte die Wäsche in den zweiten Trockner. Dann warf ich meine letzten Münzen in den Schlitz. Das Geld reichte, gemäß der digitalen Anzeige, für eine Trocknerzeit von zwanzig Minuten. Ich drückte auf den Knopf für »Trocknen«. Der Trockner tuckerte los.
Kaum hatte ich mich wieder hingesetzt, stand Tristan, wie ich ihn mittlerweile in Gedanken nannte, schon wieder drüben am Steuer. Wieder zückte er sein Gerät, führte es ein, hämmerte; wieder schepperten Münzen – jene Münzen, die ich gerade erst hineingeworfen hatte! – in seinen Becher. Er

steckte sie zu den anderen in die Hosentasche. Die Frau trat zu ihm, schlang den Arm um ihn. Als die beiden, im Gleichschritt, an mir vorbei, aus dem Salon hinausmarschierten, leuchtete Isoldes Haar so hell, so bewegt wie der Quai draußen (»wie die letzte Sonne«).

»Au revoir, Madame!«, stammelte ich. Um mich gleich darauf zu fragen, ob ich nicht (schon wieder!) einen Fehler begangen hatte. »Mademoiselle« mochte richtiger gewesen sein.

Es war Bourrot, der mich an Bord brachte. An Bord des *Hercule*, meine ich. Der *Hercule* war eine ausgemusterte Brigg, die als schwimmende Bar genutzt wurde. Er ankerte nicht am Quai de la Fosse, sondern im Stadtzentrum, am Bassin Saint-Félix, genau dort also, wo die Erdre, jener zweite, kleinere durch Nantes fließende Fluss, wieder aus seiner Betonunterführung auftaucht, nur um sechshundert Meter weiter, knapp hinter dem Pont de Tbilissi, in den Madeleine-Arm der Loire zu münden.

In *Die Form einer Stadt* vergleicht Julien Gracq die Auswirkungen der in der Zwischenkriegszeit erfolgten »Überbauung der Erdre mitten im Stadtzentrum von Nantes« mit den »Bombenangriffen der Jahre 1943–44«. Ja, er behauptet sogar, dass sie die »einschneidendere« der beiden »Umwandlung[en]« gewesen sei, jene, die Nantes' »Gleichgewicht und [...] Fundament für immer« verlagert habe.

Mich, der ich damals, im Jahr 68 nach der Überbauung (und 57 nach dem letzten Bombenangriff), über die zugeschüttete Erdre hinweg, vom *Aquarius* zum *Hercule*, wankte, kümmerte das Gleichgewicht der Stadt freilich wenig – schließlich hatte ich genug damit zu tun, mein eigenes zu wahren. Und als ich, am Ende jenes langen Tages, von dem ich nun, gegen Ende der ersten Hälfte meiner Erzählung von Annemarie und mir, berichten will, als ich also am Ende jenes Tages Anfang November, nach Mitternacht, hinter Bourrot, von der Maus auf meinem Rücken mit peitschenden Schwanzhieben vorwärtsgetrieben, über den schmalen Steg vom Quai zum *Hercule* hinüberstolperte, war das schwarze Wasser, das ich unter mir gegen den Beton schwappen sah, weder das der Erdre noch jenes der Loire, sondern eines, das es in Nantes, wie ich längst wissen sollte, in Wirklichkeit gar nicht gab: das Meer.

Doch so weit sind wir noch nicht. Noch sind wir, die Maus und ich, in meinem Zimmer hoch über dem Quai, seiner sechsspurigen Brandung, noch liegen wir im Bett, sind unsere Augen geschlossen. Genauer gesagt: meine Augen waren es. Geschlossen, meine ich. Die Maus hingegen hatte immer ein Auge offen, zumindest halb offen – es war jenes Auge, das damals, bei ihrem Unfall, durch den zweiten, immer noch zu »zaghaften« Schlag, aus seiner Höhle gequollen war.
So gesehen behielt mich die Maus also, selbst wenn ich schlief, im Auge. Und vielleicht träumte ich deshalb an jenem Morgen, wie an jedem Morgen, damals, abwechselnd folgende beide Träume, die mit ihr zusammenhingen …
Im ersten sah ich Annemarie wieder – ganz nah, gleißend weiß, wie wirklich – wie damals, am Atlantik, vor dem Sturm, als das Licht der Morgensonne durch die Luke im Zeltdach auf ihre nackten Schultern, ihr rotes Haar gefallen war und wir uns geliebt hatten… Im zweiten hingegen stand jemand über mir, jemand Großes mit einer Waffe, einer Art Knüppel (einem Beil?), stand also jemand Riesiges neben dem Bett, in dem ich, ohne Annemarie, ja tatsächlich lag, und er (oder sie?) drosch auf mich ein. In diesem Traum hagelte es so lange Schläge, bis ich alles, selbst Annemarie, vergaß.
Der zweite Traum erschien mir damals – zumindest, sobald ich erwacht war – als der schönere.

Aber auch an jenem Morgen, von dem ich nun erzählen will, und der, im Grunde, ein Morgen war wie jeder andere damals, am Anfang meiner Zeit in Nantes, steckte ich, wie jeden Morgen wieder, die Schläge weg, machte die Augen

auf und wischte mir, im Aufsetzen, das Blut (und – um wieviel schwerfälliger, langsamer! – Annemaries Haar) aus den Augenwinkeln. Ich schob mit dem Fuß das Fenster auf und kickte die Maus aus dem Bett, vor mir her, erst Richtung Klo, das rechts von der Zimmertür, dann Richtung Bad, das links davon lag. Als ich zurückkehrte, brachte der Luftzug Bewegung in den Raum. Überall im Zimmer, über den Türen des Kleiderkastens, über der Lehne des einzigen Sessels, den leeren Vorhangstangen, dem leeren Koffer, über der Schnur, die ich zwischen Schreibtisch und Bett gespannt hatte, hingen meine (zu) großen, (zu) dunklen T-Shirts – sie waren im Trockner, mangels Kleingeld, nur halb trocken geworden. Als der Wind ins Zimmer fuhr, füllten die T-Shirts sich mit Luft, und überall im Zimmer blähten sich schwarze Segel.
Ich holte wahllos eines davon ein, nahm es vom Koffer oder von der Schnur, zog es über den Kopf, riss es mir wieder herunter (zu eng), warf es über die Maus (die sich darin verhedderte, stolperte, unter den Schreibtisch purzelte) und griff, für ein paar Augenblicke leichter atmend, nach dem nächsten, vom Kasten. Ich schlüpfte in eine meiner beiden Jeans, eine meiner drei (zu) großen, (zu) dunklen Kapuzenwesten, steckte die Packung Gauloises, Feuerzeug und Kugelschreiber in die Hosentasche. Als die Maus aus ihrem Loch heraus, von unter dem Tisch her, nach meinen Füßen schnappte, sprang ich zur Seite, stopfte ihr mein blaues Notizbuch in den weit aufgerissenen Rachen, schob Benn, Verlaine und Tristan hinterher. Dann warf ich die Windjacke über die eine, die Maus über die andere Schulter, stieg in die alten, zwei Nummern zu großen Wanderstiefel, die ich damals immer trug, und machte mich auf den Weg.

Es war noch früh am Morgen. Kurz vor elf. Damals, am Anfang meiner Zeit in Nantes, verließ ich das Zimmer morgens immer schnellstmöglich, ohne Frühstück. Schließlich war mein Kühlschrank, der im Badezimmer, gleich links vom Eingang, vor sich hinsummte, immer leer. Nie wäre ich auf die Idee gekommen, Vorräte anzuhäufen. Wenn ich hungrig war, was spätestens gegen Mittag (so um fünf, sechs) der Fall war, holte ich mir ein Kebab frites bei *Izmir*, dem türkischen Imbiss in der Allée Duguay Trouin, wo die Kebabs das meiste Fleisch und die *frites* die meisten Pommes beinhalteten. Oder ich rannte zum Hypermarché in der Avenue Carnot, um mir ein Baguette, Camembert und Orangenkekse zu kaufen. Meine Beute schleppte ich dann hoch und verzehrte sie auf der Stelle. Sollten ein paar *frites* oder ein Baguettestummel übrigbleiben (was selten genug vorkam), warf ich das weg. So etwas wie ein nächster Morgen, an dem man solche Reste brauchen hätte können, war nicht vorgesehen.

Als ich auf die Straße trat, waren da kaum Leute – weil es so früh sei, dachte ich. Heute weiß ich, dass es in Wirklichkeit an etwas anderem lag. Daran nämlich, dass der allmorgendliche Sturm zu den Arbeitsplätzen jetzt, um elf Uhr, schon längst vorbei war. Aber um solche Details kümmerte ich mich damals nicht. Es war einfach »früh«, weil es *für mich* früh war.

Mir begegneten also wenige Leute, während ich durch die Allée de l'Île Gloriette hinüber zur Place de la Bourse ging. Jetzt, im grauen Tageslicht, sah die Allée völlig anders aus als noch wenige Stunden zuvor, als ich nach Hause gegangen war. Da, wo ich in der Nacht noch »Büsche« ausgemacht hatte, parkten nun, von keinem Strauch, keinem Grashalm verdeckt, Autos. Auf ihnen, dazwischen und um sie herum, im Laub der Alleebäume, klebten Fetzen durchsichtigen Plastiks. Glassplitter knirschten unter meinen Füßen, leere Plastikflaschen bedeckten überall den Boden – als ob sie hier absichtlich verstreut worden wären, als ob man nächtliche Heimlichkeiten, ja, Angriffe, fürchtete, als ob man gewollt hätte, dass jeder

Schritt ein lautes Knacken erzeugte. Oder als wäre mit dem ersten Sonnenlicht gar eine Flutwelle – von einer Art Beben, Detonationen irgendwo weit weg (in Afghanistan, etwa) ausgelöst? – über die Allée geschwappt; eine Welle, die selbst so weit im Landesinneren alles durcheinandergewirbelt, die den Dreck von weit weg importiert und hier angeschwemmt hätte.

Damals wusste ich noch nicht, warum die Straßen von Nantes, insbesondere rund um meinen Turm, in diesem »Manhattan im Klein-Format« (das doch, wie ich heute weiß, so wenig vom echten Manhattan hatte!), warum also die Straßen in Nantes um so viel schmutziger waren als jene in Graz. Auch meine Eltern, die mich, später im Jahr, besuchen kamen, wunderten sich über die Schäbigkeit der Gehsteige – im Gegensatz etwa zu dem drüben, jenseits des Quais, in den Schaufenstern der Boutiquen der Passage Pommeraye ausgestellten Chic.

Mittlerweile habe ich natürlich längst erkannt, dass es ganz einfach der Wind war, der – anders als im chronisch windstillen Graz – den Dreck in den Straßen verteilte. Der Wind holte ihn aus den Kübeln, Tonnen, Ritzen und Winkeln, in die man ihn, wie in Graz, zu stopfen pflegte, der Wind war es, der uns, die wir auf dem Nantaiser Asphalt wandelten, den Dreck um die Ohren blies.

Wie jeden Morgen, an dem ich den Turm verließ, steckte ich, kaum dass ich die Straße betreten hatte, die Kopfhörer in die Ohren, drückte den Play-Knopf des in der Innentasche der Jacke verborgenen Walkmans. Ich nahm eine Gauloise in den Mund, zündete sie an (umständlich, in mehreren Versuchen – wegen des Winds) und überließ mich, im Weitergehen, die Augen halb zu, als ob ich noch träumte, halb schliefe, ganz den Böen. Ein Sturm wehte vom Paradiese her. Der Wind würde uns tragen.

Bei einem Bäcker an der Allée de la Bourse kaufte ich ein *pain au chocolat*, aß es auf dem Weg zur Place du Commerce, zündete mir auf der Allée Brancas eine weitere Gauloise an und rauchte sie, während ich den Cours des 50 Otages halb überquerte, um zur Haltestelle *Commerce* zu gelangen. Dort warf ich die kurz gerauchte Zigarette zu den anderen Zigarettenstummeln, Papierfetzen und Hundekotbrocken auf den Gehsteig, trat die Glut mit meinem Stiefel aus, wartete im eben jetzt einsetzenden Regen jene zwei Minuten, welche die in jenem Herbst neu installierte digitale Anzeige auf der Informationstafel versprochen hatte, und ging an Bord.
Die Straßenbahn der Linie 2 war, im Gegensatz zur Allée de l'Île Gloriette, dicht bevölkert. Ich zwängte mich auf den einzelnen Sitzplatz unmittelbar hinter zwei eng aneinander geschmiegten, tuschelnden Teenagern, holte den *Tristan* heraus, schlug ihn auf. Zum ersten Mal an diesem Tag schaute ich auf.

> Sie sprachen von ihren Bedürfnissen
> und geheimen Wünschen,
> sie küssten, liebkosten, sie hielten einander.
> Sie nahmen sich voneinander, was sie wünschten,
> nahmen sich, was ihnen Glück, Freude, Lust bescherte,
> wann und wo es ihnen gefiel.

Sie waren noch jung, 17 vielleicht, höchstens 18. So jung also, dachte ich sofort, wie Annemarie und ich gewesen waren – damals, als *wir* uns kennengelernt hatten. Und doch, wenn ich diese beiden so anschaute – und das tat ich: all die acht Stationen von *Commerce* bis hinaus zu *Facultés* schaute ich ihnen, während ich las, zu –, wenn ich sie mir also, mit ihren erhitzten Gesichtern, ihren so schlanken, geschmeidigen Körpern, in ihrer Straßenbahnkajüte genauer betrachtete, schienen mir diese beiden viel, viel jünger zu sein als wir damals. Und doch:

Wunderbar war ihr Treiben …
Sie hatten einander geschenkt bekommen –
wer sich da zurückgehalten hätte,
wäre wirklich ein Verlierer gewesen!

Ich dachte an Annemarie und daran, wie es gewesen war, damals, als wir einander geschenkt bekommen hatten. Und: Dass das lange her war. Und: Für immer verloren.
Dann dachte ich wieder an Carmen, und ich dachte daran, wie wir im Bus, in der letzten Reihe, genauso eng wie diese beiden neben-, nein, bei-, ja, aufeinandergesessen waren. Auch wir hatten uns damals, in jenen zwei Wochen im Sommer 2000, einfach genommen, was wir uns gewünscht hatten. Wann und wo es uns gefallen hatte. Wir hatten uns nicht zurückgehalten. Und auf welch grausames Mäuseschicksal wir auch immer zugesteuert waren – unsere Reise war doch nur eines gewesen: eine einzige Freude …

Die Reise der Liebenden war eine einzige Freude.
Sie segelten über das ruhige Meer
Richtung Festland mit geblähten Segeln.

Bei *Michelet-Sciences* umschlang ihr Bein seinen Gitarrenkoffer, bei *Morhonnière-Petit Port* strich seine Hand ihr das rote, nein, schwarze Haar aus der Stirn, und als wir schließlich auf die graue Küste von *Facultés* zusteuerten, als die Segel gerefft wurden, die Durchsage kam …

Als es hieß: »Land in Sicht!«
waren alle auf dem Schiff begeistert,

alle bis auf Tristan, den Liebenden.
Hätte er seiner Lust freie Fahrt lassen können,
er wäre natürlich auf hoher See geblieben,
auf dem Meer seiner Liebe zu Isolde,
und wäre immer so weiter und weiter gesegelt …

… und als die Straßenbahn dann tatsächlich in der Haltestelle ankerte – auf deren Quai bereits, waffenstarrend, König Marke und die Lords warteten –, gingen, mit der Schar von Studenten, die kichernd aus dem Bus drängte, auch wir, Carmen und ich, von Bord.
Und während in den Reihen der Lords erst leise Unruhe, dann bald Tumult ausbrach, während Marke Befehle brüllte, Streitrösser wieherten, die Studenten sich in ihre jeweiligen Felder flüchteten und Carmen zu der Hispanistik-Professorin ins Taxi stieg, das sie zum ersten Mal, seitdem sie mir Unterricht gab, fort von mir, in ihr Hotel-Zimmer, bringen sollte, fuhr die Straßenbahn in meinem Rücken, mit einem leisen Klingeln, wieder los, fuhr sie, mit zwei blinden Passagieren an Bord (blind für alles andere als für einander) weiter, fuhren sie weiter, Richtung *École Centrale-Audencia*, zur neunten Station.

Es war, wie gesagt, ein Morgen wie jeder andere. Der junge Mann, der ich damals war, stand allein im Dreck, im Regen, im Hafen. Von seinem Rücken baumelte, kopfüber, eine überdimensionale Maus. Mag sein, dass sie leise wimmerte. Oder nicht ganz so leise.
Ich aber hörte sie nicht. Ich drehte meinen Walkman lauter, zündete (umständlich, wegen des Winds) eine Gauloise an, stieß eine Wolke schwarzen Rauchs aus. Dann ging ich weiter.

Auf der Uni hielt mir Verlaine dann meine Sünden vor. Genauer gesagt: Es war *Professeur* Verlaine (nicht zu verwechseln mit dem echten, dem Dichter). Und eigentlich waren es ja auch gar nicht *meine* Sünden, die er anprangerte, sondern die der Maus. Jedenfalls sah ich das damals so. Da aber, wie gesagt, niemand außer mir die Maus sehen konnte, sahen es alle anderen anders. Oder: Sie hätten es anders gesehen – hätten sie denn hingeschaut.
Wie dem auch sei. Jedenfalls war die Maus, die sich doch derart aufblasen konnte, dass sie noch den hintersten, staubigsten Winkel meines Lebens ausfüllte, in jenem Seminar ganz klein. Zusammengeschrumpft auf die Größe eines Pickels (und doch zentnerschwer!) hockte sie zwischen meinen Schultern, drückte mich nach vorne, nach unten, duckte sich unter den Hieben von Verlaines moralischer Keule.

Und das, wo diese doch äußerst subtil geschwungen wurde! So vermied es Verlaine etwa – zumindest anfangs – geradewegs auf uns einzuhacken. Im Gegenteil. Der Professor sprach zu uns genauso wie zu allen anderen – gar nicht nämlich. Indem er nie jemanden anschaute, jedenfalls niemandem je direkt in die Augen, erweckte er eher den Anschein, er rede mit sich selbst.
Und er sprach auch nicht *von* uns, sondern von ganz anderen: von Toten nämlich, Leuten, mit denen die Maus und ich nichts zu tun hatten. Er konnte ja nicht ahnen, dass es mir damals ausgesprochen leichtfiel, mich mit anderen, insbesondere Toten, zu identifizieren! Leichter jedenfalls als mit jenem

ebenso verkaterten wie wohlgenährten Minnekranken, der da vornübergebeugt zwischen französischen Musterstudenten hockte, während ein dunkler, dickflüssiger Tropfen nach dem anderen (Regenwasser? Blut?!) aus seinem schäbigen, über die Sessellehne gehängten Rucksack fiel.

Die Subtilität seiner Angriffsführung ging so weit, dass Verlaine auch die Toten, von denen er sprach, schonte. Er klagte nicht an, sondern schilderte – zumindest anfangs – betont unbeteiligt nur die überlieferten Fakten.
So sei es etwa belegt, murmelte Verlaine, die rechte Hand auf der kahlen, hohen Stirn (als ob ihn, wie mich!, Kopfschmerzen plagten), bewiesen sei also, so Verlaine, dass Verlaine, schon mit Anfang Zwanzig, sprich: noch bevor er Rimbaud begegnet sei, ja, sogar noch vor seiner Hochzeit mit der sehr jungen Mathilde (sie sei »17, 18« gewesen), ein veritables Alkoholproblem entwickelt habe. Was insofern bemerkenswert sei, als es, zumindest allem Anschein nach, nichts gegeben habe, wovor sich dieser junge Mann in den Alkohol flüchten hätte müssen. Im Gegenteil. Verlaine sei ein behütetes Einzelkind gewesen, »er war«, murmelte Verlaine in seinen mächtigen Schnurrbart hinein, »auch ein braver Schüler«. Dann allerdings – Verlaine atmete hörbar aus – »so mit 17, 18«, habe er Gedichte zu lesen begonnen – und zu schreiben – und zu trinken.
Nach dem gerade noch so geschafften Schulabschluss habe ihm seine Familie eine Stelle im Pariser Rathaus verschafft. Man stelle sich einmal vor, so Verlaine, die müden, zusammengekniffenen Augen kurz aufreißend: ein volles Gehalt für ein Arbeitspensum, das in drei Stunden pro Woche erledigt gewesen sei! Kein Wunder, dass Verlaine seine Zeit am »Arbeitsplatz« für anderes genutzt habe. Morgen für Morgen sei er nicht vor elf Uhr im Büro aufgetaucht, habe dort, als

Zeichen seiner Anwesenheit, den Hut auf den Kleiderständer gehängt und: Gedichte geschrieben. Ein, zwei Stunden später sei er dann – hutlos, versteht sich – ins Café du Gaz, wo er weitergeschrieben habe, und getrunken. Abends zurück ins Büro, um den Hut zu holen, und dann weitergetrunken, weiter und weiter, bis es dann irgendwann Zeit war, sich durch weitere Bars, vorbei an den Frauen in der rue du Pélican, heimzuschleppen, in die Wohnung der Eltern. Dort sei er dann, Hut auf dem Kopf, ins Bett gefallen.

Schon damals aber – »noch vor Mathilde, vor Rimbaud, noch vor den Schlägen, den Schüssen, der Trennung!«, brummte Verlaine, ein wenig lebhafter, während er gleichzeitig, unter dem Tisch, in seiner alten, schäbigen Aktentasche nach etwas kramte (und die Maus in meinem Rücken sich kleiner und kleiner machte, immer kleiner und immer schwerer!) – schon damals seien die Themen von Verlaines Gedichten ausgesprochen düster gewesen. Nachdem jedoch sein Leben alles andere als düster gewesen sei, schnaubte Verlaine, eine Thermoskanne hervorziehend, habe er Inhalte erfinden müssen – genauer gesagt: sie aus Bildern von »richtigen Künstlern, Visionären wie Watteau!«, schmunzelte der Professor, den Verschluss der Kanne abschraubend, zusammenklauen.
Vielleicht sei Verlaines spätere, betont inhaltsfreie Poetik, man denke etwa an »Musik, Musik vor allen Dingen«, summte er, während er sich aus der Kanne eine dunkle, dicke Flüssigkeit in den Kannendeckel goss, vielleicht sei diese Poetik ja ganz einfach dem Umstand entsprungen, dass er – ebenso wohlhabend wie -genährt und tagaus, tagein mit nichts weiter als seinen Phantasmen beschäftigt – im Grunde nichts zu sagen gehabt habe. Er trank.

Beim glockenschlag
Denk ich zag
Und voll peinen
An die zeit,
Die nun schon weit[1]

... und so weiter«, seufzte Verlaine. Ja, vielleicht, setzte er nach einem langen Schluck fort, vielleicht erkläre sich daraus – aus Verlaines *Ratlosigkeit*, oder wie solle man dessen Unfähigkeit, die ihm gegebene Zeit sinnvoll zu nutzen, denn sonst nennen? –, vielleicht erkläre sich aus diesem paradoxalen, aus nichts als zu viel Freiheiten bestehenden Gefängnis am Ende auch die ungeheure, sein Leben letztlich in Stücke schlagende Leidenschaft für den 17-jährigen Arthur Rimbaud.
Schließlich habe dieser, so Verlaine, sich einschenkend, trinkend und mit dann wacheren, geradezu leuchtenden Augen zur Decke blickend, schließlich habe Rimbaud also, »im Gegensatz zu Verlaine«, raunte er, fast entrückt, sehr wohl gewusst, *weshalb* er trinke. Man denke etwa an seine Briefe aus dem Mai 1871: »›Zur Zeit wühle ich mich so viel wie möglich in Lumpereien hinein. Warum? Ich will Dichter werden, und ich arbeite daran, *mich sehend zu machen*!‹«
Verlaine schloss die Augen. Schwieg. Wir schwiegen. Dann sprang er auf.

»›Wir müssen‹, schrieb der junge Mann«, schrie Verlaine (und verschüttete dabei, während dunkle Tropfen auf den Tisch spritzten, einen Teil seiner dritten Verschlusskappe), »›wir müssen‹, schrieb er, und das hat er bestimmt« – nun flüsterte er plötzlich wieder – »auch Verlaine wieder und wieder ins Ohr geflüstert, wenn sie in der Brasserie des Martyrs oder bei

1 Paul Verlaine: *Herbstlied.* Aus dem Französischen von Stefan George.

Battur, abseits der Crocs, Valades und d'Hervillys, die Köpfe zusammensteckten, wir müssen uns, Paul, ›durch eine lange, unermessliche und durchdachte Entgrenzung sämtlicher Sinne: *zum Seher machen* … Alle Formen der Liebe, des Leidens, des Wahnsinns … alle Gifte!‹«
Er nahm noch einen Becher. Seine geröteten, leicht glasigen Augen weilten in der Ferne – sofern man die Asphaltfläche, die sich hinter dem Fenster zwischen dem fünften und sechsten Gebäude des Campus erstreckte, so nennen will. Dann fuhr er, wieder lauter, fort: »›Unaussprechliche Marter‹ … Doch ›er, der Dichter, kommt an im Unbekannten! Und wenn er dabei auch etwas närrisch werden sollte‹«, kicherte er, sich den letzten Rest, der sich in seiner Kanne befand, einverleibend, »›wenn er schließlich auch das Bewusstsein seiner Visionen verlöre, so hat er sie doch gesehen! Mag er beim Anprall an die unerhörten und unnennbaren Dinge verrecken: andere furchtbare Arbeiter werden kommen; sie werden an den Horizonten beginnen, wo er hingesunken ist!‹ Ha!«, trumpfte er noch einmal auf und – sank zurück in den Sessel.

»Doch so weit«, grummelte Verlaine, nun wieder stumpf, ermattet, »sind wir noch nicht«. Er gähnte. »Noch müssen wir, erstens, besprechen, wie es dazu kam, dass Verlaine Mathilde Mauté kennenlernte. Zweitens«, ächzte er, »wie es dazu kommen konnte, dass er, der, wie er davor behauptet hatte, ›selbst eine Königin, eine Kaiserin, oder ganz einfach nur eine ehrenwerte Frau‹ im Wissen um seine eigene Heruntergekommenheit zurückgewiesen hätte, wie um alles in der Welt also so jemand«, stöhnte er, »auf die Idee kommen konnte, um die Hand einer 17-jährigen, ›eine[r] Fromme[n] im Heiligenscheine‹,[2] wie er selbst dichtete!, anzuhalten. Und drittens …«

2 Paul Verlaine: *Eine Fromme im Heiligenscheine* … Aus dem Französischen von Graf Wolf v. Kalckreuth.

Er hielt inne, sammelte sich, fuhr fort:
»Und drittens, vor allem: Warum« – und dabei schaute er plötzlich auf, schaute uns, die Studierenden, zum ersten Mal an, nein: Er schaute tatsächlich nur *mich* an, schaute mir geradewegs in die Augen! (was die Maus zusammenzucken, erstarren und wie einen kalten, harten Angstschweißtropfen meinen Rücken hinunterkrabbeln ließ …), »warum zum Teufel also«, stieß Verlaine, mit letzter Kraft, wie es schien, hervor, »warum er sie, ›mit der er gleichen Schrittes immerdar / Hand in Hand gehen‹ wollte,[3] warum zum Teufel er eigentlich *sie*, und dann auch noch *so*: in mehreren, mit jedem Mal schmerzhafteren, brutaleren Etappen, einem entwürdigenden Hin und Her, das alle Beteiligten, Rimbaud, Mathilde, vor allem aber ihn selbst, Verlaine, letztlich voll und ganz zugrunde richtete, denn überhaupt verlassen hat …«
Ich schluckte. Die Maus schluchzte. Wir schwiegen. Es läutete.

»Dazu aber dann ausführlich in der nächsten Stunde!«, krähte der Professor fröhlich – mit einem Mal wie ausgewechselt. Er pfiff den *Marche des Gendarmes*, schob seine Unterlagen zusammen, wischte sie schwungvoll vom Tisch in seine Tasche, schlüpfte in sein Sakko und sprang aus der Klasse. Nur sein Hut hing noch über meiner Sessellehne – nein, das war ja gar kein Hut, sondern mein Rucksack, die Maus …
Auf diese hatte der Verve des Professors sich freilich nicht übertragen. Wie in Totenstarre hing sie da, und als ich ihr meinen Verlaine und den Notizblock einverleiben wollte, wehrte sie sich, machte sich noch steifer. Zweimal plumpste der Block zu Boden, dreimal Verlaine, und den Kugelschreiber spuckte sie überhaupt wieder aus. Ich spürte, wie mir der Schweiß auf die

3 Paul Verlaine: *Nicht wahr?* … Aus dem Französischen von Graf Wolf v. Kalckreuth.

Stirn trat. Ohne die Kollegen, die bestimmt schon herschauten, anzuschauen (von den Kolleg*innen* ganz zu schweigen), zwängte ich der Maus schließlich doch noch irgendwie den Kiefer auseinander, würgte ihr das Zeug in den Rachen und schnürte ihn mit einem doppelten Knoten zu. Dann warf ich meine Windjacke über, das Vieh über die Schulter und ging aus dem Raum, durch den Gang, nach draußen.

Es nieselte immer noch. Zwei der drei Stunden meines wöchentlichen Arbeitspensums waren nun vorüber, und als, beim Gebäudeausgang, unter dem Vordach, der Walkman stehen blieb (die Batterien waren leer), blieb auch ich stehen. Ich fragte mich, was ich mit dem Rest des Tages anfangen sollte – vom Rest der Woche ganz zu schweigen. Jetzt, da der Walkman stillstand, Bertrand Cantat für einmal schwieg, breitete sich die Zeit vor mir aus wie die grauen, endlos öden Asphalt- und Schotterflächen, über die ich zum Gebäude sechs, wo sich die *salle informatique* befand, hinüberschaute. Sollte ich etwa, wie ein Tourist, den Jardin des Plantes besichtigen? Oder die Maison de la Mer? Ins Kino? Oder gar zum Lernkränzchen der Erasmus-Studenten? Während ich den Walkman aus der Jacke zog und das Batterienfach öffnete, sah ich aus den Augenwinkeln, dass die sich wieder einmal zusammenrotteten – nicht weit von mir, auf der anderen Seite des Eingangs.

»Wir sind froh, dass die Freiheit da ist«, hörte ich eine Männerstimme sagen – auf Französisch – und das mit weit stärkerem Akzent als meinem. Vorbei, sagte der Mann weiter, sei die Angst vor der Polizei, die mit Strafe drohte, wenn der Bart zu kurz war, und die Unterhaltungsmusik ebenso verbot wie Fernsehen und Kino. »Wir haben jahrelang in einem Gefängnis gelebt.«

Erst jetzt erkannte ich, dass es keiner der Erasmus-Studenten

war, der da sprach, sondern dass die Stimme aus dem Inneren des Gebäudes kam, wo zwei Arbeiter, die ein unnennbares Ding in der aufgestemmten Wand reparierten, laut Radio hörten: »Ich hoffe auf Demokratie und eine offene Gesellschaft, in der Frauen unverschleiert spazieren gehen dürfen.«
Während die Stimme weiter von der »kampflosen Besetzung Kabuls« berichtete, von den damit einhergegangenen Plünderungen, den gewaltsam abrasierten Bärten und all den anderen spontanen Festen, bei denen sich die erleichterten Einwohner um »die Leichen erschlagener junger Kämpfer der Taliban, einige von ihnen abgeschlachtet wie Vieh«, scharten, lachte eine der Erasmus-Studentinnen hell auf. Ich schaute hinüber. Sie hatte schwarzes, ins Rötliche spielendes Haar und trug einen ausgefransten lila Wollpullover.
Einer ihrer Begleiter, ein Student mit Igelfrisur, bemerkte meinen Blick, und obwohl ich mich sofort wieder voll und ganz auf den Batteriewechsel konzentrierte, schien mir, dass der Igel mit einer Art Werkzeug (oder gar einer Waffe? Nein, es war ein Mobiltelefon!) herüberdeutete. Mag sein, dass er mir sogar etwas zurief.
Natürlich tat ich, als ob ich nichts gemerkt hätte. Ich schob die neuen Batterien in das Fach, klappte es zu, steckte die alten in die Innentasche meiner Jacke und die Kopfhörer in die Ohren. Dann drückte ich auf Play.

Die Zärtlichkeit, den Kugelhagel
Diese Wunde, die uns plagt
Den Palast der andern Tage
Von gestern und von morgen
Der Wind, er wird sie tragen

… sang Bertrand Cantat. Der Walkman ging wieder. Ich folgte ihm.

Kleine Helfer

»Was von Arthur Rimbaud in Erinnerung blieb, waren keineswegs seine Gedichte und Prosagedichte, sondern die Tatsache, dass er ›erstaunlich gut zu Fuß‹ war. Dies gilt zumindest für die Erinnerung jener Leute, die ihm während der letzten Jahre seines Lebens am Horn von Afrika begegneten, wo er, fern von Familie und Freunden, als Händler arbeitete: ›Er ging‹, schreibt Victor Segalen, ›ohne Unterlaß, mit offenem Überzieher und einem kleinen Fez auf dem Kopf.‹
Damals dachte Rimbaud schon lange nicht mehr an Gedichte, behauptete das jedenfalls, und als man ihm berichtete, dass er dank der Texte, die er mit 17, 18 verfasst hatte, in Frankreich ›zu einer legendären Figur‹ geworden sei, zeigte er keinerlei Reaktion. Ihm, der sich doch so früh, so euphorisch als ›Dichter erkannt‹ hatte, war am Ende offenbar ›das Bewusstsein seiner Visionen‹ verloren gegangen. Sein ›Ich‹ war nun tatsächlich – aber wie anders, als in den Briefen aus seiner Jugend vorhergesehen! – ›ein Anderer‹.
Den beiden so unterschiedlichen Leben, die Rimbaud hintereinander führte, war eines gemeinsam: die enormen Fußmärsche, die er sowohl als Dichter als auch als Händler unternahm. War er als Jugendlicher von zu Hause, seiner bestimmenden Mutter, wortwörtlich weg*gegangen*, hatte also die 224 Kilometer zwischen seiner Geburtsstadt Charleville und Paris mehrfach zu Fuß bewältigt, so wanderte er mit Anfang Zwanzig im Winter, bei teilweise brusthohem Schnee, über den Gotthardpass (235 km) und marschierte mit Anfang Dreißig, an der Spitze einer mit Waffen beladenen Karawane, zwei Monate lang durch die äthiopische Danakil-Wüste (1288 Kilometer).

Tatsächlich hatte er ja schon mit 17 oder 18, nein, 16, am 28. August 1871 nämlich, an seinen Freund Paul Demeny, geschrieben: ›Ich bin ein Fußgänger, mehr nicht‹. Dieser Satz sagte mehr über ihn aus, war *wahrer*, als seine viel berühmteren, das Schreiben von Gedichten betreffenden Pendants aus den *Seherbriefen*, die Rimbaud einige Monate zuvor, u. a. auch an Demeny, geschickt hatte.
Man denke etwa an: ›Die Leiden sind ungeheuerlich, aber man muss stark sein, als Dichter geboren sein, und ich habe mich als Dichter erkannt.‹ Ersetzte man hier ›Dichter‹ durch ›Fußgänger‹, ergäbe dies eine durchaus adäquate Beschreibung der Rimbaud'schen Vita … So, wie er durchaus auch hätte schreiben können: ›Ich arbeite daran, mich *gehend* zu machen‹ (statt: ›sehend‹). Oder: ›Ich ist ein *Wanderer*.‹ – Fakt ist: Das Gehen war jene Tätigkeit, die Rimbauds Leben bestimmte, seine *Bestimmung*, weit mehr als das Schreiben.
Rimbaud lebte nicht nur für das Gehen, er starb auch, wie er lebte. Der ›Mann mit den Sohlen aus Wind‹, als den Verlaine ihn erkannt hatte, erlag keiner der üblichen Schriftsteller-Todesarten (Alkoholismus, Suizid …), sondern: einem wehen Fuß. Das erste Anzeichen des fatalen Knochenkrebses war ein Schmerz im rechten Knie, den er selbst auf allzu ›anstrengende Fußmärsche‹ zurückführte – bald erfolgte die Amputation des rechten Beins.
Bezeichnend auch, dass er der Krankheit – wieder im wörtlichen, also örtlichen Sinn – zu ent*gehen* suchte. Da er freilich selbst nicht mehr gehen konnte, gingen andere für ihn: erst transportierten ihn Träger in einer Sänfte, dann reiste er per Schiff und Zug zurück zur Mutter. Als sich sein Gesundheitszustand dort nicht besserte, trat er wiederum den Rückweg nach Süden an – um schließlich auf halbem Weg, in Marseille, zu sterben. Die letzte Nachricht, die er seiner Schwester diktierte, war an den Direktor der Schiffsgesellschaft gerich-

tet. Darin beklagte er, ›vollständig lahm zu sein‹. Und äußerte die Hoffnung, bald wieder aufbrechen zu können: ›Sagt mir, zu welcher Stunde ich an Bord gebracht werden kann.‹«

Als die Straßenbahn in *Commerce* einlief, klappte ich das blaue Buch zu, in das ich meine Notizen zu der *dissertation* über Verlaine geschrieben hatte. Sie gefielen mir zwar (immerhin handelte es sich um eineinhalb Seiten einigermaßen zusammenhängende Sätze!), aber nun bekümmerte mich doch die Frage, ob die Tatsache, dass einzig und allein Rimbaud darin vorkam, nicht aber Verlaine, dem Thema gerecht werden würde.

Seitdem ich 17, 18 gewesen war, hatte ich jedes Schul- und dann Studienjahr mindestens ein Referat zu Arthur Rimbaud verfasst. Paul Verlaine spielte in meinen Ausführungen zu Rimbauds Leben – denn davon handelten sie: immer von Rimbauds *Leben*, nie von seinen Gedichten –, Verlaine also spielte immer nur eine Nebenrolle. Alles, was ich vor Nantes über ihn wusste, stammte aus den Zeittafeln im Anhang zu Rimbauds Gedichten. Verlaine war Rimbauds Förderer, sein Freund, sein Geliebter – und derjenige, der in Brüssel, am Ende ihrer zwei gemeinsamen Jahre, auf ihn schoss. Zweimal. Und daraufhin zwei Jahre im Gefängnis saß.

Überhaupt war Verlaine auf allen Bildern, die ich von ihm kannte, sitzend dargestellt. Etwa in der Fotoserie von Dornac: Verlaine in einer Bar, am hintersten Platz, vor sich das Glas mit Absinth und den Notizblock, daneben sein Hut. Womöglich, dachte ich, als ich aus der Straßenbahn auf den Bahnsteig hinaustrat, womöglich kam ja dem Sitzen in Verlaines Leben jene Rolle zu, die bei Rimbaud das Gehen einnahm …

Dazu passte, dass das einzige Bild, auf dem ich Verlaine jemals *gehen* gesehen hatte, eine Karikatur gewesen war. Die

Zeichnung stammt von Fréderic-Auguste Cazals, und sie zeigt ihn von hinten, wie er aus einer Bar torkelt. Darunter, grausamerweise, der Vers, den er einst, verliebt und voller guter Vorsätze, für Mathilde geschrieben hatte: »Oui, je veux marcher droit et calme dans la vie«.

Ich will, geführt von euch, ihr sanften Augenflammen,
Gestützt von dir, o Hand, wenn meine Hand erbebt,
Gerade gehn auch dort, wo Fußwege verschlammen
Und Fels und Stein sich auf unserem Pfad erhebt,

O ja, ich will gerade und ruhig durchs Leben gehen

Ich stolperte, als ich den Cours des 50 Otages zum zweiten Mal an jenem Tag überquerte. Diesmal ging ich in entgegengesetzter Richtung, ging gegen den Wind, der vom Meer kam, ließ mich von einer schwachen Hoffnung den Quai hinauftreideln und checkte im Cybercafé Internet 2000 mein E-Mail-Postfach. Nachdem ich festgestellt hatte, dass Annemarie immer noch nicht geantwortet hatte – seit 37 Tagen nicht geantwortet! –, musste ich wieder in den Wind hinaus. Es war jetzt kurz vor drei. Ich stand vor dem Internetcafé und schaute über die grauen, endlos öden Asphalt- und Schotterflächen des Quai-Geländes hinweg, am *Aquarius* vorbei, zu meinem Turm hinüber.
Da es zu früh war für das *Aquarius* und viel zu früh für zu Hause, ging ich am Turm vorbei zurück zur Allée de la Bourse zu *Izmir* auf ein *kebab frites*. In dem kleinen türkischen Geschäft nebenan kaufte ich eine »carte téléphonique pour l'Autriche«. Mit dieser ging ich dann wieder Richtung Turm, zu den Telefonzellen am Square Jean-Baptiste Daviais. In der Zelle tippte ich die lange Nummer ein, die auf der *carte* verzeichnet war. Eine Frauenstimme meldete sich, gab die Lei-

tung frei, und ich gab die Nummer ein, die Bonzos Festnetztelefon zum Läuten brachte und die ich – wie alle wichtigen Telefonnummern damals – auswendig wusste.

Wenn ich mit Bonzo telefonierte, sprachen wir jedes Mal exakt 30 Minuten lang – so lange eben, bis das Guthaben, das auf der *carte* gespeichert war, verbraucht war. Oft hatten wir uns so viel zu sagen, dass wir die ganzen 30 Minuten lang durchredeten, aber es kam auch vor, dass wir wenig sprachen, und manchmal schwiegen wir überhaupt die meiste Zeit über. Gerade dann, wenn wir schwiegen, sagten wir uns freilich am meisten – und ich weiß noch, wie es war, in der Zelle zu stehen und zu schweigen, von einem Fuß auf den anderen zu treten, zu zittern vor Kälte, und dass ich dennoch nicht fror, dass ich die Kälte nicht spürte, den Regen nicht spürte, weil Bonzo ja da war, da, ganz nah an meinem Ohr; weil ich ihn atmen hörte, rauchen hörte, weil ich ihn in seinem dicken, warmen Körper schnaufen, schniefen, sich am Bart kratzen hörte, weil ich ihm dabei zuhörte, wie er, wie ich, schwieg.

An jenem Tag aber, von dem ich hier erzähle, dem Tag, an dem die erste Zeit in Nantes zu Ende ging und an dem ich so gerne mit Bonzo gesprochen hätte (und wenn er kein einziges Wort gesagt hätte!), ausgerechnet an diesem Tag hob Bonzo, anders als sonst, nicht ab.

Was wohl passiert sein mochte? Ob ihn seine Ex-Freundin wieder in seinem eigenen Badezimmer eingesperrt hatte? Man konnte nur hoffen, dass auch diesmal – Zufall hin oder her – eine Flasche Wodka in der Badewanne eingekühlt gewesen war.

Ich steckte die *carte* ein und eine Gauloise an. Die Dämmerung brach herein, es regnete immer schärfer, und die Maus wurde unruhig. Ich nahm einen tiefen Lungenzug, aber der half nicht. Er half weder gegen die Tritte der Maus, die mein

Herz ins Stolpern brachten, noch gegen das taube Gefühl in der Schulter, über der sie hing, noch gegen das Brennen in meiner Brust, in die ihre Krallen sich bohrten. Im Gegenteil.
Nun wartete ich also schon seit 37 Tagen auf eine Antwort Annemaries. Und dabei war mein E-Mail, dachte ich, doch *so* lieb gewesen. Oder zumindest: so *lang* … Hätte sie mir nur jemals ihre neue, spanische Telefonnummer gegeben, dann hätte ich sie jetzt einfach anrufen können, dachte ich. Hätte ihr, und sei es nur kurz, irgendetwas Liebes sagen können. Wie sehr sie mir fehlte, zum Beispiel. Und wie ungemein schlecht es mir ging. Und dass das nur ihre Schuld war, ihre Schuld ganz allein (und die des Burgenländers!), weil sie ja damals, in Graz, nachdem ich sie zweimal verlassen hatte, nicht mehr zu mir zurückgekehrt war …
Warum nur – fragte ich mich damals –, warum nur hatte sie mir ihre Telefonnummer nie gegeben?!

Sie war doch, dachte ich, glücklich gewesen! O ja, ich wusste noch genau, *wie* glücklich sie gewesen war – damals, als ich das erste Mal zu ihr zurückgekehrt war. »Ich liebe eine andere, aber – ich hasse dich nicht«, hatte ich ihr gesagt, und als ich danach von dem Schlüssel, den ich ihr doch hatte zurückgeben wollen, nun aber immer noch in der Hand hielt, den Schlüssel, mit den drei blutroten Herzen dran, den ich einfach nicht und nicht loslassen konnte, als ich also von dem Schlüsselanhänger, den sie mir geschenkt hatte, hochschaute und sah, dass in ihrem Gesicht, hinter den gelben und roten Schatten all der Seidentücher, die sie in ihrer Dachkammer aufgehängt hatte, eine neue Sonne aufging, und dass die zu mir herüberleuchtete, ja, dass sie nur für mich schien, immer noch, *für immer*, da: packte mich die Sehnsucht nach Carmen.
Aber da: hatten wir uns schon gepackt, da steckte mein Gesicht schon in Annemaries Haar, das sie ja erst später, in ein

paar Tagen, nach dem zweiten Verlassen nämlich, abschneiden sollte. Und da hatte ich auch längst bemerkt, dass sie nun, weil sie, in den zwei Wochen des Wartens, zu rauchen begonnen hatte, nach Rauch roch – wie Carmen. Annemarie roch nun also wie Carmen, und ich roch, immer noch, nach Carmen, und so gesehen war es, so falsch es heute auch erscheinen mag, damals in jeder Hinsicht richtig, in Annemaries nach Rauch riechendes Haar hinein zu murmeln: »Ich liebe dich.«

Dann aber läutete das Telefon, das schon damals antik wirkende Drehscheibentelefon, das auf dem selbstgetischlerten, selbstbemalten Sessel neben der Tür stand, und es war Annemaries beste Freundin, oder ihre Mutter, oder Cousine, jemand jedenfalls, der mich (mittlerweile) hasste, und dann erzählte sie dem Telefon auch schon, dass zwischen ihr und mir nun wieder alles gut sei, »alles wieder *wie früher*«, und das auch noch *für immer*, und sie schaute vom Telefon zu mir herüber und lächelte, leuchtete, durch ihre Tränen hindurch, und ich grinste, holte eine Gauloise aus der Hosentasche, und kaum, dass sie aufgelegt hatte, als ich gerade etwas sagen wollte, läutete es schon wieder.

Und so gab ich auf, ließ es einfach geschehen, so holte ich also doch wieder die Telefonkarte aus der Hosentasche, gab noch einmal die Nummer der *carte* ein (und die Stimme der Frau sagte: »Sie haben ein Guthaben von 30 Minuten. Geben Sie nun die Nummer ein, die Sie wählen möchten«), und ich wählte die Nummer, die lange, lange Nummer, die ich immer noch auswendig wusste (und die Stimme der Frau sagte: »Haben Sie bitte etwas Geduld«), und dann knackste es in der Leitung, und dann tutete es, und: »Die Dachkammer, in der das alte Drehscheibentelefon stand, dessen Nummer Sie gewählt haben, gibt es nicht – nicht *mehr* – und Sie wissen, warum«, sagte die Stimme der Maus.

Und ja, es war auch die Maus, wer sonst, die mich danach, über allerlei Umwege, Richtung Innenstadt trieb. Um ihrem andauernden Gezerre zu entkommen (oder war es der Wind?), stolperte ich in eine Trafik. Der Raum war voller Leute, alle sprachen miteinander, durcheinander, vermutlich waren sie auf dem Weg von der Arbeit nach Hause, heim zu ihren Frauen, ihren Burgenländern, alle entspannt, erfüllt, selbstverwirklicht, so glücklich.
Während ich in der Schlange stand, schluckte ich eine lila Tablette. Damals war ich wie ein Zauberer. Ich gab vor zu husten, so, wie es jeder Asthmatiker machen würde, hielt mir die Hand vor den Mund und warf dabei die Tablette hinter die Zunge. Um dabei niemanden anschauen zu müssen, betrachtete ich die immer gleich fetten immer gleichen Schlagzeilen der Zeitungen. Flugzeug abgestürzt: ein Attentat?! Kriegsrecht wiedereingeführt: Militärgericht für alle! Angsterkrankungen nehmen zu: warum?
Unter den Sportblättern, die sich mit den »großen Hoffnungen« des FC Nantes in der zweiten Gruppenphase der Champions League beschäftigten (die Canaris sollten, wie man heute weiß, Gruppenletzter werden), entdeckte ich eine Zeitschrift, deren Titelseite mir gefiel. Unter anderem versprach sie ein Interview mit Michel Houellebecq. Titel: »Warum wir im Arsch sind«.
Wenn Annemarie mir schon ihre Telefonnummer nicht geben wollte, ja, mir noch nicht einmal per Mail antwortete, egal, wie lieb (oder zumindest lang) ich ihr schrieb, dann hätte ich zumindest eine kleine Ablenkung wie diese Zeitschrift verdient, dachte ich. Ich könnte sie ja anschließend hoch in mein Zimmer tragen und dort in Ruhe, im Bett etwa, ansehen. Und so nahm ich das Magazin aus dem Regal, wartete.

Als ich an die Reihe kam, legte ich es verkehrt herum auf den Tresen. »Zweimal Gauloises – und das da«, sagte ich, so forsch, wie es mir auf Französisch nur möglich war. Die Trafikantin, ein grauhaariges Mütterchen, das eine Lesebrille an einem Goldkettchen um den Hals baumeln hatte, gab mir flugs die Zigaretten, hielt aber inne, als sie das Magazin sah. Sie drehte es um. Schaute auf.

»Jeune homme«, sagte sie streng, »warum kaufen Sie denn *so was*?«

Das Stimmengewirr erstarb, alles hörte zu.

»Wie bitte?«

»Warum kaufen Sie sich *so ein* Magazin?«, insistierte die gute Frau.

»Nun ja«, murmelte ich, »ich studiere Geisteswissenschaften, und … es ist ja eine Literaturzeitschrift.« Zur Bekräftigung legte ich meine Zeigefingerspitze auf die Ankündigung des Houellebecq-Interviews auf der Titelseite.

Die Dame setzte die Brille auf, beugte sich über das Magazin. Zugegeben: die Ankündigung des Gesprächs mit Michel Houellebecq war etwas mickrig geraten – zumal im Vergleich mit Charlize Therons Ganzkörperporträt, das den Rest der Seite einnahm. Tatsächlich hatte es, vom Standpunkt der Trafikantin aus betrachtet (und bestimmt galt dies auch für jenen meiner Hinterfrauen und -männer), wohl den Anschein, als läge meine Fingerspitze ganz einfach nur auf Charlizes halb entblößter linker Brust. Ich versuchte, den Finger unauffällig etwas tiefer rutschen zu lassen.

»Junger Mann«, sprach aber da wieder die Frau – und schob dabei, mit ihrem eigenen Zeigefinger, meinen wieder etwas höher –, »das da« (sie schnaubte verächtlich) »ist eindeutig *keine* Literaturzeitschrift!«

»Nicht? Sind Sie sicher?« Verzweifelt bugsierte ich unsere beiden Fingerspitzen wieder tiefer (oh nein, das war wiederum *zu* tief …), »äh – sehen Sie doch, da steht …« Ich wollte, auch für die Zuhörerschaft, Michel Houellebecqs Namen ins Spiel bringen, war mir aber mit einem Mal – vor so viel Publikum! – nicht mehr sicher, wie man ihn korrekt aussprach. Ich nuschelte also etwas wie: »Schnell weg«, und während die Panik schon in mir hochbrodelte, japste ich noch: »Im Arsch … Verstehen Sie?«

Die gute Frau nickte. Sie setzte ihre Brille wieder ab, packte das Magazin weg und legte stattdessen eine weitere Schachtel Gauloises auf den Tresen.

»Tenez«, sagte sie, mir mütterlich zuzwinkernd. »Das ist besser für sie.«

Bourrot kam an jenem Abend nicht ins *Aquarius*. Ganz gleich, wie viele Gauloises ich auch rauchte, wie viele Biere die Maus bestellte, er kam nicht, und selbst als wir (die Maus und ich – Boutel trank nichts, nie ohne Bourrot) vom Bier zum Rum übergingen, vom kleinen Rum zum großen und vom großen zur Flasche (jener dickbauchigen, staubigen, aus der Boutel unter dem Label »du rhum africain« nur Stammgästen einschenkte), tauchte er nicht auf.
Tatsächlich trudelte Bourrot erst ein, als Boutel, der im Verlauf des Abends immer mürrischer geworden war, unverlangt die Rechnung gebracht und uns danach betont höflich die Tür aufgehalten hatte. Ich stolperte hinaus, hinein in die Asphalt- und Schotterwüste namens Quai de la Fosse, die mir jetzt, kurz vor Mitternacht, frei von Autos und Menschen, nicht mehr ganz so weit, nicht ganz so leer erschien wie noch am Nachmittag. Lange stand ich dort draußen, rauchte, sprach mit der Maus und schaute zum Turm hinüber. Um den Abend zu Hause zu verbringen, war es zu spät, zum Schlafengehen aber immer noch, wie spät es auch schon sein mochte, zu früh – was also sollte ich anfangen?
Da aber jaulte die Maus schon auf, schaute ich auf, da kam Bourrot – im geschlossenen Überzieher, Fez auf dem Kopf – daherspaziert. Und Bourrot war es dann, wie gesagt, auch, der mich von der Loire zur Erdre, vom Quai de la Fosse zum Bassin Félix und dort an Bord brachte. An Bord des *Hercule*, meine ich.

Die Zustände, die unter Deck herrschten, kann man sich heute kaum noch vorstellen. Wie die meisten solcher Schiffe war auch der *Hercule* nicht für diesen Zweck entworfen worden. Stattdessen hatte man eine alte Brigg umgebaut. Um möglichst viele Menschen an Bord unterbringen zu können (sprich: um möglichst hohen Profit zu erzielen), hatten die Eigentümer ein Zwischendeck in den Schiffsrumpf eingezogen. In der entsetzlichen Enge der unterseeischen Stockwerke (ein halber Quadratmeter pro Barbesucher?) wurde weniger getanzt, als dass man einander hin und her schubste. Die Glücklichen, die einen Platz auf einer der Pritschen gefunden hatten, saßen neben-, ja, aufeinander. Die Lautsprecher krachten, man brüllte, wedelte mit den Händen. Funken stoben. Es gab kaum einen, der nicht rauchte, und kaum einer rauchte, so wie ich, einfach nur Zigaretten.
In dieser unwirtlichen Atmosphäre stellte Bourrot mir seine Cousine vor. Caprice – so hieß sie – gehörte in der Unterdeckgesellschaft des *Hercule* zu den oberen Zehn. Zumindest saß sie auf einer der höchstens zehn Sitzgelegenheiten rund um die obere Theke, sogar auf einem Barhocker, saß dort ganz entspannt, unbedrängt – so, als wäre dies eine ganz gewöhnliche Bar, als wären wir, die wir uns hier unten versammelt hatten, ganz gewöhnliche Leute.
Aber Caprice, so viel stand von Anfang an fest, gehörte nicht zu uns gewöhnlichen Leuten. Tatsächlich schien Caprice hier unten, im stickigen, überfüllten Zwischendeck des *Hercule*, das Bob Dylan bestimmt auch »a dump like this« genannt hätte, nichts verloren zu haben. Mit ihrem schwarzen Haar (nicht »spanisch schwarz«, sondern weniger blauschimmernd, matter: »französisch schwarz«, dachte ich), mit ihrem *französisch schwarzen* Haar also (dessen eine Strähne »wie ein Krähenflügel«, dachte ich, in ihr trotz des Olivteints bleiches, auf eine sehr zerbrechliche Art schönes Gesicht fiel), mit diesem

ihrem schwarzen Haar und den ebenso schwarzen Augen, die halb traurig, halb spöttisch in einer nicht vorhandenen Ferne weilten, schien sie eher in eine der Pariser Cocktailbars zu gehören, von denen ich bei F. Scott Fitzgerald gelesen hatte, als hierher. Nur die selbstgedrehte Zigarette, die sie rauchte, war etwas zu dick geraten. Und auch, dass sich im Glas mit dem Rest Whiskey-Cola, das vor ihr stand, ein Rand gebildet hatte – so lange schon zögerte sie den letzten Schluck, der eine weitere kostspielige Bestellung nach sich gezogen hätte, hinaus! –, passte nicht ins Bild.

Bourrot erzählte ihr, wer ich war und woher ich kam (seinem Genuschel entnahm ich, unter anderem, die Worte »Aquarius« und »Belge«). Ich orderte unterdessen beim Bootsmaat hinter der Theke einen weiteren Whiskey mit Cola für die Cousine. Dazu drei Biere: eines für Bourrot, eines für mich, eines für die Maus.

Bourrot erläuterte gerade, etwas umständlich, eine Skizze, an der er »tagelang« gearbeitet hatte – sie zeigte ein um 90 Grad nach rechts gedrehtes Mc-Donalds-**M**, das somit ein **B** bildete: den ersten Buchstaben des Namens »**B**in Laden« (»Die **W**s [*les double-vs*] sind selbst schuld, versteht ihr?«, kommentierte er, verwirrenderweise) –, Bourrot also kasperte gerade aufgeregt vor Caprices Hocker herum, als das neue Whiskey-Cola eintraf. Sofort ging er seines Publikums verlustigt.

»Oh, das gefällt mir aber gut!«, rief die Cousine – in Richtung des Whiskeys. Und während Bourrot am Boden, zwischen den vielen Füßen, nach seiner Skizze suchte (Caprice hatte sie fallen gelassen, um ihr Glas entgegenzunehmen), betrachtete sie mich neugierig: »Bist du immer so durstig?«

Ich zuckte mit den Schultern – und die drei Biere in meinen Händen zuckten mit. Um nicht als der wortkarge Belgier dazustehen, als den Bourrot mich vorgestellt hatte, verwies ich auf die Leitkultur, der ich entstammte. Drei französische

Biere, erklärte ich, ergäben »bei mir zu Hause« die Menge eines einzigen Bieres.
»Das dritte Bier ist also immer noch mein erstes … hier«, stammelte ich.
Caprice nickte, drehte sich eine weitere etwas zu dicke Zigarette und hüllte sich in eine Rauchwolke. Dies sei auch erst ihr zweiter Joint heute, hörte ich die Wolke sagen – zumindest nach der hiesigen Zählweise.
Der Rauch verzog sich. Caprice lächelte. Ich lächelte. Der Rauch stand still. Und auch über das obere Unterdeck des *Hercule* – mit all seinen krachenden Lautsprechern, der Enge, dem ganzen Geschrei – legte sich, als wir, Caprice und ich, uns so anlächelten, Stille. Kein Wunder, dass die Maus in Panik geriet. Ich hörte sie (von sehr, sehr weit weg, wie durch einen Nebel: den von Caprices Rauchwolke?) quieken, ächzen, mit den Pfoten scharren – und erst, als sie, überraschend zaghaft, an meinem Hosenbein zupfte, bemerkte ich, dass es gar nicht die Maus war, die da quiekte und zupfte, sondern Bourrot! Bourrot, der sich, mit zusammengezogenen Augenbrauen, zitterndem Ziegenbart, seine Skizze zusammengeknüllt in Händen, gerade wieder aufrappelte. Er starrte wortlos zwischen uns, Caprice und mir, hin und her. Dann murmelte er: »Bigre!«, wandte sich ab. Und verschwand in der Menge. Erst jetzt begriff ich, dass Caprice gar nicht Bourrots Cousine war, sondern Bourrots »Cousine« …
Aber da lag auch schon ihre Hand auf meinem Ärmel.
»Kümmere dich doch um ihn, bitte«, hauchte sie, und weil sie immer noch lächelte und ihre Hand so weiß, so leicht (wie ein Grashalm? eine Feder?!) über meinen Ärmel strich, konnte ich gar nicht anders, als – auch immer noch lächelnd – ein Held zu sein. Sprich: ihrer Bitte zu folgen. Nun gut: Dass sich Caprices Aufmerksamkeit bereits einem weiteren, hinter mir aufgetauchten Cousin zuwandte, der mich, noch während ich

lächelnd nickte, vom Barhocker zu schieben begann, mochte meinem Heldentum nachgeholfen haben.

Bourrot freilich fand ich an jenem Abend, ganz gleich, wie heroisch ich suchte, nicht wieder. Auch Caprice war – für immer, wie ich dachte (wie Carmen! wie Annemarie!) – verloren. Ganz gleich, wie vielen jungen Männern mit Fez und Überzieher ich an jenem Abend im *Hercule* auch auf die Schulter klopfte, Bourrot war nicht darunter, und wann immer ich zur Theke zurückkehrte, um neues Bier zu holen, saßen dort zwar einige Cousins herum, aber keine Caprice.

Dennoch lernte ich auf diese Weise jede Menge Leute kennen: Viele, die ich anstupste, ließen mich von ihren Zigaretten kosten, und der Bootsmaat gab mir das dritte Bier, das ich für den verschollenen Freund immer pflichtbewusst mitbestellte, ab der dritten Runde gratis.

Es galt also, immer drei Biere zu trinken, und auch, wenn diese drei in Österreich nur ein einziges ergeben mochten, so stellte sich doch schon ab der vierten Runde ein Mittrinker ein: ein Flüchtling, dessen Akzent mich an den Sommer in Silba erinnerte (und damit an Carmen!) – denn selbstverständlich war Božo, wie alle Flüchtlinge, damals, Kroate. Als er, im Lauf der fünften Runde, dem hier wie überall auf uns herabdröhnenden Gesang Bertrand Cantats zum Trotz, am schiffseigenen Pianino eine Art Volkslied aus seiner Heimat zu intonieren begann, hatte ich schon einen Platz in einer der Kojen ergattert und schaukelte mit.

In Zagora, an der Quelle der Čikola
Standen wir, Schulter an Schulter
Die Genetik über der Schulter
Der Wind, er wird uns tragen
Thompsons, Schrotflinten, Kalaschnikows

Taxis für die Galaxis
Und was ist mit meinem fliegenden Teppich
Mit der Granate
Alles wird verschwinden, doch
Čavoglave werdet ihr nie erreichen

Božo grölte, Bertrand dröhnte, und ich stürzte das Bier der seltsam stillen Maus hinunter, lehnte mich nach hinten, hinein in den weichen Polster, der die Maus, der ein schon schlafender Sitznachbar sein mochte, und während der kroatisch-französische Zwiegesang seiner doppelten Lautstärke zum Trotz zu einem angenehm melodischen Rauschen anschwoll, mehr und mehr inhaltsfrei, wie ein Gedicht von Verlaine, sank ich tiefer, immer und immer tiefer, und spürte zum ersten Mal, seitdem wir auf dem *Hercule* waren, ja, zum ersten Mal überhaupt hier in Nantes!, die Wellen.
Es waren zarte, aber doch mächtige, immer heftigere Bewegungen, die mich erfassten und begannen, mich in der Koje hin und her zu rollen – als wäre ich eine der Zigaretten, die Caprice in ihren so zarten, weißen Händen drehte – nein, als wäre ich wieder auf dem Ausflugskutter, mit dem wir von Silba aus zur Nachbarinsel gefahren waren und auf dem ich mit Bertram und dem Bootsmaat das Gras »aus Bosnien« geraucht hatte. Damals hatte mich auch eine Art Seekrankheit befallen, und Bertram hatte mich unter Deck gebracht, wo ich, in immer üblerem Zustand, auf einem Matratzenlager hin und her gekugelt war.
Oben hatte Bertram gelacht, hatten die Studenten gelacht (von den Student*innen* ganz zu schweigen!), ich aber war dort unten gelegen, im Bauch des Schiffs, wie ein Embryo, der sich in den eigenen Geburtswehen wälzt. Am Ende jedoch kam ich dann freilich nicht nieder, sondern hoch: Am Ende, als das Schiff ankerte, stieg ich aus seinem Schoß empor –

falls es denn tatsächlich noch ich war, und nicht ein Neuer (Anderer?). Als das Stampfen aufgehört hatte, war ich jedenfalls wieder oben, an Deck, etwas blass, etwas zittrig, und das Erste, was ich im Hafen sah, war Carmen. Carmen in ihrem weißen Bikini. Es war ein wirklich sehr weißer Bikini, und sie war wirklich sehr braun, und ich weiß noch, dass ich, als ich über den Steg zu ihr, die am Quai wartete, wankte, kaum etwas sah – so geblendet war ich.
Und so schloss ich die Augen.

> Während die Flut steigt
> Hört die Botschaft des Propheten Elias
> In den Schoß deines Schattens
> Säe ich meinen Staub
> Ihr werdet Čavoglave nie erreichen
> Alles wird verschwinden, doch
> Čavoglave werdet ihr nie erreichen

Wir erreichten Čavoglave im Morgengrauen. Ich erwachte von dem Ruck, mit dem der *Hercule* gegen den Quai stieß, purzelte aus der Koje, kletterte an Deck.
Der Hafen ähnelte weniger einem kroatischen als jenem von Nantes: so menschenleer war er, so gar nicht vorhanden. Niemand wartete am Quai, schon gar nicht in einem weißen Bikini, um mich zu begrüßen, und als ich über den Steg an Land gegangen war und durch die Straßen wankte, die – auch wie in Nantes! – Quai Ferdinand Favre, Rue de la Biscuiterie, Avenue Carnot und Allée Baco hießen, war mein Kopf so schwer, mein Blick so verloren, dass ich den Eindruck hatte, ich trüge nicht die Maus, sondern meine eigene Leiche am Rücken.
Ich dachte an Rimbauds Träger, die ihn schließlich doch nicht »an Bord« getragen hatten, sondern zum Friedhof, dachte an

Verlaines Leichenzug, zu dem sich 5000 Menschen versammelt haben sollen (»das ganze Quartier Latin stand Spalier«). Aber das hier war nicht Paris, so viel stand fest, und ich war nicht Verlaine – von Rimbaud ganz zu schweigen. Ich war nur der kleine, dicke Dani aus Graz. Und der schleppte nun also seine Leiche durch eine Stadt, die er nicht kannte. Die eine Totenstadt war.

Auch hier gab es eine Allée de l'Île Gloriette, aber nicht einmal dort war jemand zu sehen, noch nicht einmal die schwarzen, schmatzenden Blumengesichter, die doch sonst immer da waren, und als ich, noch im Gehen, in der Tasche der Leiche auf meinem Rücken nach dem Schlüssel zu suchen begann, als mir die Last ein paar Schritte vor dem Tor des hiesigen Turms von den Schultern rutschte und der Notizblock und die anderen Grabbeigaben über den Asphalt kugelten, schnalzte mir niemand ins Ohr, fragte niemand: »L'amour ou la pipe?«

Nein, in dieser Stadt gab es keine Liebe. Hier gab es ja noch nicht einmal la pipe.

Ich klaubte mein Zeug zusammen, warf den kalten, steifen Lumpen wieder über meine Schulter, rappelte mich hoch, sperrte auf, fuhr mit dem Lift hinauf, wackelte zur Wohnungstür, lehnte mich gegen sie – und stolperte nach vorne, ins Leere. Gab es womöglich auch die Wohnung nicht mehr? Nein, es war einfacher: Die Tür stand offen. Ich schaute auf. Der Flur, in dem doch sonst nie jemand zu sehen war, war heute, der späten, nein, frühen Stunde zum Trotz, dicht bevölkert. Die ganze Familie Bouchedor hatte sich hier versammelt: der alte Monsieur, bei dem ich den Vertrag unterschrieben hatte, die noch ältere, blinde Madame, die doch sonst immer nur durch die hinteren Zimmer schlurfte, und da waren auch andere, Jüngere, die ich überhaupt noch nie zuvor gesehen hatte: ein Dutzend gepflegter Menschen mittleren Alters, um deren Beine sich die Enkel- (oder gar Urenkel-?)kinder der Vermieter drängten. Sie alle, auch die Kinder, waren ganz und gar in Schwarz gekleidet: schwarze Anzüge, Kleider, Röcke – als ginge es auf ein Begräbnis. Aber: Wer war denn gestorben?

»Ah, da ist er ja!«, rief Monsieur Bouchedor begeistert, geradezu väterlich die Arme ausbreitend. Ich aber murmelte nur etwas wie »Schnell weg!«, und während Bouchedor noch nach Luft schnappte, manch einer schnupperte, die Stirn runzelte, ein Kind zu weinen begann, nahm ich den letzten Rest meines *Hercule*'schen Heldentums zusammen und stürmte, durch das Spalier des Familienrats hindurch, die Treppe hinauf.

Bouchedor rief mir, mit etwas Weißem winkend, hinterher, das Kind brüllte los, mich aber konnte nichts beirren. Oh nein, die Trauergesellschaft da unten würde mich nicht aufhalten: Ich für meinen Teil wollte gerade und ruhig durchs Leben gehen, und zwar Richtung Bett, nirgendwo anders mehr hin, und deshalb warf ich, oben angelangt, die Tür gleich hinter mir zu, sperrte ab, fiel, den Hut, nein, den Rucksack noch auf, vornüber ins Bett.

Seltsam, dass man auch hier noch die Wellen spürte … Nantes lag ja gar nicht am Meer … Es waren zarte, aber doch mächtige Bewegungen, die mich ergriffen – und als es, schon im ersten Traum, an der Tür raschelte, kümmerte ich mich nicht weiter darum. Eine Maus, dachte ich – lächelnd.

*

Ich erwachte in der Gewissheit, angekommen zu sein. Die sechsspurige Brandung um den Turm schwieg still, der Wind pfiff nicht am Fenster, und in der Wohnung der Bouchedors war es still, so still wie gestern an der Theke, nein, wie eben noch im Traum – so still, wie es eben wurde, wenn Caprice lächelte. Selbst die Maus schien zu schlafen. Sie murrte nicht, als ich sie vom Rücken streifte. Ihr rechtes Auge stand zwar, wie immer, offen, aber es blinzelte nicht. Es schaute starr zum Plafond hoch.

Leise, ganz leise setzte ich mich auf. Es war ein grauer Tag, Regentropfen auf der Fensterscheibe, und obwohl ich doch gerade erst aufgewacht war, wurde es im Zimmer schon wieder dunkel. Das mochte auch an den T-Shirts liegen, die immer noch wie schlappe, schwarze Segel allenthalben herumhingen. Ich dachte an die bunten Tücher, mit denen Annemarie immer ihre Kammer geschmückt hatte, dachte an ihre Mandarinenschalen. Sofort bekam ich Kopfschmerzen – heute war es wohl besser, einfach im Zimmer zu bleiben. Nur irgendwann später, dachte ich, würde ich kurz hinuntergehen, ein *kebab frites* holen, Kekse, eine Packung Saft. Das sollte genügen. Keine Zigaretten. Kein Bier. Nur eine lila Tablette, vielleicht. Oder zwei. Und abends würde ich es mir zu Hause (ich dachte tatsächlich: »zu Hause«) gemütlich machen (ich dachte tatsächlich: »gemütlich«). Und dann würde ich einmal nichts anderes tun als: einfach nur fernsehen. Es gab ja diesen alten kleinen Schwarz-Weiß-Apparat im Zimmer. Irgendetwas Beruhigendes würde sich schon finden. Auf ARTE zum Beispiel lief, wenn ich es im Fernsehprogramm richtig gesehen hatte, *Carrie*.

Ja, es mochte zwar etwas gedauert haben, aber nun war es so weit. Nun war ich in Nantes angekommen. Wirklich angekommen. Endlich. Ich schlüpfte aus der Windjacke, aus der Kapuzenweste, befreite mich von den Jeans. Zog sogar die Socken aus. Und erst, als ich nach dem Fernsehprogrammheft zu kramen begann, das irgendwo im Stapel der Sekundärliteratur unter dem Schreibtisch stecken musste, erst also, als ich unter den Tisch gekrochen war und mich eben nach einer Literaturzeitschrift umdrehte, die vom Bücherstapel gerutscht war, erst jetzt: sah ich, weiß unter der Tür hervorblinkend, den Brief.

Eine halbe Stunde später hatte ich die T-Shirts abgenommen, zu Quadraten gefaltet und eingepackt. Auch die Toilettetasche, die Brieftasche mit den Ausweisen, der Bargeldreserve, der Versicherungskarte, steckten schon im Interrailrucksack – nun, da es schnell gehen musste, kam mir zugute, dass ich nie richtig ausgepackt hatte. Der Benn-Band, Tristan, Stendhal und Verlaine hingegen befanden sich ohnehin bereits im Bauch der Maus. Ebenso wie ein paar andere Bücher, der blaue Notizblock, die Stifte, der Fotoapparat. Die lila Tabletten. Tatsächlich war der alte, schäbige Rucksack, für den die Leute die Maus immer gehalten hatten, ja ohnehin von Anfang an zur Abreise bereit gewesen.

Erst jetzt begriff ich, dass ich während der letzten Monate, meiner ersten Zeit in Nantes, nicht unentwegt unterwegs gewesen war, sondern *gewartet* hatte. Auf eine Entscheidung. Das Zeichen zum Aufbruch. Oder so ähnlich. Und nun war es so weit. Dachte ich. Der Tag war gekommen. Ich nahm die frisch gewaschenen Jeans von der Kastentür, zog sie an, zog die frische Kapuzenweste über das frische T-Shirt, schlüpfte in die Windjacke und schob die Zigaretten in die Hosentasche, den Brief hingegen – »sicherheitshalber«, wie ich mir sagte – zwischen die Seiten des Benn-Bands, den ich wiederum in meinem blauen Notizblock versteckte.

Annemarie hatte mir einen Brief geschrieben. Einen Liebesbrief. Und was für einen!

Nicht, dass das Wort »Liebe« darin vorgekommen wäre. Nein, ganz im Gegenteil. Annemarie verwendete zwar Wörter wie »Traurigkeit« oder »Erschöpfung«, ja, sogar »Enttäuschung« und »Zorn«, aber: »Liebe« – nein. Sie bemühte sich auch nirgendwo um Freundlichkeit – ganz anders etwa als ich damals, als ich sie verlassen hatte. Das zweite Mal, meine ich. Damals, als ich ihr – so freundlich wie nur irgendwie möglich, flüsternd, dauerlächelnd! – im Café, im Kreise der Freunde, erklärt hatte, dass alles nur ein Missverständnis gewesen war. Die Nicht-Trennung nämlich. Das zweite Zusammenkommen, am Vortag. Die Küsse. Und der Geschlechtsverkehr danach.

Aber – obwohl man Annemaries Brief an mich nun weiß Gott nicht »freundlich« nennen konnte, so war er in Wirklichkeit doch einfach nur eines: ein Liebesbrief. Wenn ich damals eines wusste, dann das.

Annemarie schrieb, dass der Burgenländer sie in Sevilla besuchen kommen würde. Sie schrieb außerdem, dass sie der Meinung sei, es wäre besser, wenn wir uns von nun an nicht mehr schrieben. An dieser Stelle musste ich (wieder) lächeln. Wie hatte Professeur Stendhal doch so schön gesagt? »Sie wissen nicht, was sie schreiben!«

Und so, wie man – laut Stendhal – weder Erzählern noch Ich-Erzählern, ja, noch nicht einmal den Autoren jemals trauen durfte, so, wie etwa Stendhal (der Autor) nicht gewusst hatte, dass er mit *Le Rouge et le Noir* eben nicht, wie er behauptet (und wohl auch geglaubt) hatte, eine Liebesgeschichte geschrieben hatte, sondern, in Wirklichkeit, »eine frühe Analyse des kapitalistischen Gesellschaftssystems, in dem Sorel, der Zugereiste, der Wirtschaftsflüchtling, zwangsläufig als Verbrecher enden muss« (man habe ihn ja von vornherein als solchen abgestempelt gehabt, erklärte der Professor), genauso hatte Annemarie nun keinen Abschiedsbrief geschrieben, mit dem sie ihren Ex-Freund Dani ein für alle Mal in die Wüste schickte, sondern, wie gesagt: einen Liebesbrief. An mich.

Zugegeben: Ihre neue, spanische Telefonnummer hatte sie mir auch in diesem Brief nicht mitgeteilt. Und sie hatte auch nicht, à la Chimène, geschrieben: »Geh weg! Ich hasse dich nicht!« Der Brief war also nicht unbedingt eine Einladung. Nicht wirklich. Aber er war auch nicht wirklich unbedingt keine.
Denn schließlich stand in dem Brief genauso wenig, dass sie mich nun *tatsächlich* hasste. Auch davon, dass ich mich von Nantes von nun an nicht mehr wegbewegen dürfe: kein Wort. Und: Auf der Rückseite des Kuverts stand (blass, aber dank Annemaries Volksschulhandschrift ganz, ganz deutlich zu lesen!) ihre Absenderadresse.

Der junge Mann, der ich war, warf den großen, fast mannshohen Interrailrucksack über seine eine Schulter, den kleineren, schäbigen Rucksack über die andere, trat aus der Tür, sperrte hinter sich ab und machte sich auf den Weg: hinunter, hinaus in den Regen, in den Dreck, Richtung Hafen.
Genauer gesagt: zum Bahnhof.

II

»En hiver, nous irons dans un petit wagon rose …«
Arthur Rimbaud

Mit aller Gewalt

Es wurde dunkel, als ich ankam, und ich zwang mich, meine Ankunft nicht mit der Automatik ablaufen zu lassen, die sich in der Zeit des Unterwegsseins herausgebildet hatte: Bahnsteigtreppe runter, Bahnsteigtreppe rauf, Rucksack abstellen, beim Infoschalter um einen Stadtplan bitten, den Straßennamen auf der Rückseite des Plans suchen, die zu dem Straßennamen passenden Koordinaten auf der Vorderseite, den eigenen Standort finden, den Rucksack aufnehmen und los – in die ganz falsche Richtung.

Es war schon dunkel, als ich zu Hause ankam, und ich kämpfte darum, in die Automatik zurückzufinden, die sich durch das ständige Reisen herausgebildet hatte: Augen auf, aufsetzen, aus dem Sitz schälen, Rucksack auf usw. Tatsächlich musste ich mich zu jedem einzelnen dieser Schritte zwingen – so, wie ich mich, von nun an, zu jedem einzelnen Schritt, jedem Gedanken zwingen würde müssen, dachte ich.
Ich hob Heinrich Bölls *Ansichten eines Clowns*, das Buch, in dem ich gelesen hatte, bis mir die Augen zugefallen waren, vom Boden auf, packte es in den kleinen, schäbigen Schnürlsamtrucksack, in dem ich damals meine Wertsachen mit mir herumtrug, kletterte aus der Koje, nahm den großen Rucksack dazu und zwängte mich aus dem Abteil, aus dem Waggon auf den Bahnsteig.
Aber ich war nicht zu Hause.

Es war stockfinster, als wir in den Bahnhof einfuhren. Ich wischte mir über die Augen, um aus dem Traum, genauer gesagt: um aus den Sätzen herauszufinden, die sich im Traum

in mein Notizbuch geschrieben hatten. Sie hatten geklungen wie aus *Ansichten eines Clowns* – und erzählten doch eine ganz andere, schlimmere Geschichte:
Seitdem Annemarie mich verlassen hat, bin ich an keinem Ort der Welt mehr zu Hause. Ich wohne in Nantes, aber ich bin aus Graz, und wo auch immer ich mich befinden mag, ich kann doch nicht behaupten, dass ich dort lebe.
Der Zug kam mit einem Ruck zu stehen, und ich zwang mich, nicht in die Automatik zu verfallen, die dies in mir auslöste: aus dem Sitz springen, Rucksack auf, aus dem Waggon stürzen usw. Schließlich war ja noch lange nicht gesagt, dass der Zug auch tatsächlich den Endbahnhof erreicht hatte, dass er *wirklich* angekommen war – und nicht nur in meinem Kopf. Und siehe da: Mein Sitznachbar schlief tatsächlich noch, die Igelfrisur gegen die Lehne gedrückt, auch rundherum war alles noch ganz still, und als ich mein Feuerzeug aus dem Rucksack gekramt hatte, es aufflammen ließ, sah ich auf meiner Armbanduhr, dass es ein Uhr morgens war – viel zu früh, um angekommen zu sein.
Aber auch aus der Vierer-Sitzgruppe schräg gegenüber war, nach einem langen, tiefen Seufzen, ein Geraschel zu hören, eine Bewegung zu erahnen und dann – kurz, aber hell! – ein Licht zu sehen. Das Mädchen, das dort saß, war also auch erwacht. Als sie aufstand und nach draußen ging, nahm ich den kleinen Rucksack, den mit den Wertsachen, auf, wischte mir noch einmal über die Augen und folgte ihr.

Im Dunklen stolperte ich über ein Paar Beine, das in den Gang hinausragte, nein: es war eine Tasche – *womöglich einer der riesigen, ausgebeulten Koffer: »die Beute einer ganzen, langen Gastarbeiter-Saison«, wie der Bärtige aus Marokko gesagt hatte (Oder die Truhe? Die Wiege? Der Käfig mit dem Huhn darin? Dies war ja nicht nur der Zug nach Madrid, dachte ich, sondern auch der Zug nach Süden, der Zug nach Afrika!)* –, ich kämpfte mich also weiter und gelangte schließlich, indem ich die automatische Tür, die, wie alle automatischen Türen damals, klemmte, mit der Schulter zur Seite rammte, nach draußen. »Draußen«, das war der Ein- und Ausstiegsbereich des Waggons, dort, wo sich auch das Klo befand. Damals, als die ersten Züge unterwegs waren, in denen es keine Raucherabteile mehr gab, war dies der Bereich, in dem wir Raucher uns versammelten. Da es noch viele Raucher gab, war dieser Bereich des Waggons – nennen wir ihn, obwohl es kaum das richtige Wort dafür sein mag, doch einfach »Plattform« –, war die Plattform also generell gut frequentiert. Ich hatte Waggons erlebt, wo sich auf der Plattform kaum weniger Leute tummelten als im Rest des Waggons, und auch Waggons, in denen die Anzahl der Plattformpassagiere jene der restlichen Insassen weit überstieg.

In jener Nacht aber, als ich mich (*über die Hunde, die Hühner, die im Gang schlafenden Kinder hinweg*) durch den Gang auf die auch nachts beleuchtete Plattform hinausgekämpft hatte, war sie leer, und erst als ich mich, blinzelnd, auch zur Nische neben dem Feuerlöscher umdrehte, bemerkte ich dort, schräg hinter mir, einen massigen, drohend aufgerichteten Schatten. Im ersten Augenblick fürchtete ich, dass es mir nun ergehen würde wie Bonzo mit seiner Ex-Freundin – und so riss ich die Arme hoch, fuhr herum … Dann aber ging die Klospülung, die Klotür auf, und hervortrat – dem ungeheuren Schatten des Koffers im Gepäckfach genau gegenüber – das Mädchen, das ich in Nantes einsteigen gesehen hatte. Dieses Mädchen freilich war – wie sich nun, obwohl das Licht da draußen auf der Plattform mich nicht wenig blendete, bestätigte – alles andere als groß. Oder gar massig.

Tatsächlich war sie schlank, geradezu schmal. Dunkles, ja, schwarzes Haar umrahmte ihr schmales Gesicht, die ebenso

schmale, fast spitze Nase, die roten Wangen, und als ich mich endlich ganz um mich selbst gedreht hatte und sie in Ruhe anschauen konnte, sah ich, dass sie auch sehr dunkle Augen hatte – Augen, die mir, der ich sie offenen Mundes anblinzelte, spöttisch entgegenblitzten.
Sie fragte mich, ob ich eine Zigarette hätte. Ich bejahte, fand aber mein Feuerzeug nicht. Dann suchte sie nach ihrem Feuerzeug und ich nach meinen Zigaretten, und am Ende, nachdem mir mein Rucksack hinuntergefallen war und sie mir geholfen hatte, die Bücher aufzuklauben, die Wertsachen, den Fotoapparat, die Büroklammern, tauschten wir Zigaretten und gaben uns gegenseitig Feuer.

Wir verbrachten die halbe Nacht auf der Plattform. Das Mädchen kam aus Mexiko, sie sprach gebrochen Englisch, ich gebrochen Spanisch – was gemeinsam kein Ganzes ergab.
Ich redete und redete, redete und rauchte, rauchte 17, 18 Zigaretten da draußen, und sie keine einzige – sie rauchte ja nicht, sie war nur auf dem Klo gewesen! –, und trotzdem erzählte ich ihr alles. Warum ich hier in diesem Zug war, in welchen ich danach umsteigen musste, wohin der mich dann bringen würde, und zu wem, und warum …
Und sie, die den ganzen weiten Weg von Mexiko hierhergekommen war, sie: stand einfach nur da, groß und weich, und ganz still, und sie schaute mich an, schaute aus ihren großen, weichen, mexikanisch schwarzen Augen (während ich ständig in Bewegung war, nach dem Feuerzeug tastete, nach Zigaretten, dem Rucksack, während ich rauchte, hustete), und als ich, wieder einmal, alles zu Ende erklärt, alles aufs Neue, zum 17., 18. Mal, beendet hatte, sagte sie nur: »In Mexiko haben wir gar keine Züge.«

Es dämmerte, als wir in Brüssel einfuhren. Mein Sitznachbar hatte mich angerempelt, er kämmte sich schon, und während ich mich aufsetzte, hustete, mir das Haar der Mexikanerin aus dem Traum aus den Augen wischte, vergewisserte ich mich, dass der Zettel von gestern Nacht, den das Mädchen kurzerhand aus meinem auf den Boden gefallenen Notizblock gerissen hatte, noch in meiner Hosentasche steckte. Sie hatte ihren Namen darauf geschrieben (»Carine«). Und, was wichtiger war, ihre Telefonnummer: »Wenn du wieder in Nantes bist, ruf mich an!«

Mein Sitznachbar stellte mit seinem Handspiegel sicher, dass ihm die Haare zu Berge standen. Er hieß Billy. Billy war der andere österreichische Erasmus-Student in Nantes, ein sportbegeisterter, jovialer Tiroler. Damit stellte er im Grunde genau jene Sorte von Kollege dar, mit dem ich rein gar nichts zu tun haben wollte … Andererseits war Billy in Nantes – sieht man von Bourrot, den ich seit der Nacht im *Hercule* nicht mehr gesehen hatte, ab – der Einzige, der etwas mit mir zu tun haben wollte. Deshalb machte ich bei dem Meisten, was er vorschlug, mit – bei allem eigentlich (nur die Erasmus-Kränzchen hatte ich bislang verweigert). Und nun, an jenem grauen Morgen am Ende der Weihnachtsferien, Anfang Jänner 2002, befanden wir uns also in Brüssel.

Kaum, dass er mit seiner Frisur fertig war, zählte Billy auf, welche Sehenswürdigkeiten wir während unseres Wochenendtrips (unser so günstiges Retourticket musste innerhalb von 24 Stunden eingelöst werden), keinesfalls verpassen dürften: »die Grand Place, das Atomium, Mini-Europa, das Heysel-Stadion, das Afrikamuseum …«

Ich nickte, dachte aber an das Hôtel de Courtrai, wo Verlaine auf Rimbaud geschossen hatte. Davor hatten sie in London zusammengelebt. Verlaine verließ Rimbaud, um zu Mathilde zurückzukehren. Diese aber bestand auf der Trennung, die ja schließlich *er* eingeleitet hatte, ja, sie machte die Trennung endgültig, indem nun *sie* ihn sitzen ließ, woraufhin Verlaine in Brüssel, auf halbem Weg zwischen Rimbaud und Mathilde, strandete. In seinen Briefen drohte er mit Selbstmord. Prompt kamen Verlaines Mutter und Rimbaud angereist. Aber auch Rimbaud hielt Verlaine, der andauernd betrunken vor sich hinjammerte, nicht lange aus. Nach kaum 24 Stunden verließ er ihn wieder. Genauer gesagt: Er wollte ihn verlassen, aber da –

»Und, last but not least, den Manneken Pis«, schloss Billy. »Oder hast du andere Vorschläge?«

Ich hörte auf zu nicken, schüttelte hastig den Kopf.

»Alright«, brummte Billy, schaute mich noch einmal prüfend an und machte sich zum Aussteigen bereit.

Draußen wurden die »wipfellos-kleinen Bäume«, »die russ'ge[n] Feld[er]«, die Verlaine in den *Belgische[n] Landschaften* gesehen hatte, seltener, die »Spelunken« und »wohnlich[en Häuser]« hingegen dichter: Wir näherten uns dem Zentrum. Es wurde hell. Eine »Allee«, die Verlaine eben noch »weit«, »ohne Ende« und »im blassen Schein« gesehen hätte, entpuppte sich als Reihenhaussiedlung.[4]

Es wurde hell, und die Hütten, die so malerisch ins Brachland gewürfelt schienen, dass ich sofort nach einem Vers über sie zu suchen begonnen hatte, entpuppten sich als Hebungen und Senkungen eines Schrottplatzes. Unentwegt starrte ich durch das Fenster der Waggontür hinaus – ich wusste beim besten Willen nicht, was ich der Mexikanerin noch sagen sollte.

Hatte ich ihr denn nicht ohnehin schon meine E-Mail-Adresse aufgeschrieben? Dennoch stand sie immer noch neben mir auf der Plattform. Hinter uns hatte sich eine Schlange gebildet. Der

---

4 Vgl. dazu: Paul Verlaine: *Brüssel* und *Charleroi*. Aus dem Französischen von Graf Wolf v. Kalckreuth.

ganze Waggon wartete auf den Ruck, mit dem der Zug zum Stehen kommen würde, alles war zum Aussteigen bereit, den Blick auf uns, die Ersten in der Reihe, gerichtet. Die Mexikanerin aber schaute mich an, als wären wir immer noch allein – aus ihren immer größeren, immer schwärzeren Augen.

Billy bot mir Deckung, Billy stand vor mir, vor ihm hatte sich eine Schlange gebildet, und obwohl ich mir, so unauffällig wie möglich, den Hals verrenkte, konnte ich unter all den Hinterköpfen jenen einen schmalen, schwarzen, der Carine gehören musste, nirgendwo ausmachen. Auch die Sitzgruppe, in der sie geschlafen hatte, war leer. Das betrübte mich – obwohl ich nicht wusste, was ich ihr sagen hätte sollen. Und wie – über vier, fünf Wartende hinweg.

Noch einmal, um mich zu vergewissern, dass ich wirklich nicht nur geträumt hatte, holte ich ihren Zettel hervor, flüsterte mir ihren Namen vor, ihre Telefonnummer. Es war unvorstellbar: Ein Mädchen hatte mir seine Kontaktdaten gegeben – einfach so, nach zwei, drei Zigaretten. Solche Gesten kannte ich nur aus Filmen. Oder Träumen. Ich faltete den Zettel wieder zusammen und schob ihn – »sicherheitshalber«, wie ich mir sagte – zwischen die Seiten des Böll-Romans, den ich wiederum in meinen roten Notizblock steckte. Alles zusammen verstaute ich dann in dem kleinen Rucksack.

Sie drehte den Zettel, auf dem sie meine E-Mail-Adresse notiert hatte, in ihren braunen, weichen Händen hin und her. Immer und immer wieder faltete sie ihn auseinander, zusammen – als könnte sie einfach nicht wahrhaben, dass ich ihn ihr gegeben hatte. Ich fragte mich, was Carmen sagen würde, wenn ich ihr so – Hand in Hand, sozusagen, mit einer viel zu weichen Mexikanerin, die mich aus ihren viel zu schwarzen Augen viel zu groß anschaute – am Bahnhof in Madrid gegenüberträte.

Nun bereute ich es, sie vom Bahnhof in Bordeaux aus angerufen zu haben. Seitdem ich damals aus Madrid zurückgekommen war, hatten wir so gut wie nie miteinander telefoniert – und wozu auch. Silba war unerreichbar, war »ein für alle Mal verloren«, dachte ich, und Madrid? War fern. Nun aber, da sich herausgestellt hatte, dass sich, wenn man denn wollte (nein: musste, dachte ich), selbst Sevilla, das doch noch weitere 479 Kilometer/99 Stunden Fußmarsch weiter im Süden lag!, in einer simplen Zugfahrt von nur zwei Tagen (und einer Nacht) erreichen ließ, einer Fahrt, auf der selbst eine solche Stadt wie Madrid (»die Schöne!«, dachte ich) nicht mehr als nur Zwischenstation war, sah die Sache ganz anders aus. Madrid stand mir näher, als ich geahnt hatte. Und dass Carmen Madrid war, *das: dachte ich damals auch.*

Als der Ruck durch den Zug gegangen war, setzte sich die Schlange in Bewegung. Es war nun taghell draußen, und durchs Fenster sah ich, wie Carine, einen kleinen Trolley hinter sich herziehend, am Bahnsteig davonging. Was heißt: sie *ging*. Sie rannte!

Ich drängte mich an der Mexikanerin vorbei und schaffte es, mich trotz meiner beiden Rucksäcke an ihr und der Masse ihres Koffers vorbeizuzwängen. Bestimmt erwartete sie, dass ich mich unten wieder umdrehen, ihr helfen, den Koffer, den sie doch unmöglich allein stemmen konnte, entgegennehmen würde. Aber nein. Kaum, dass meine Füße den Bahnsteig berührten, kaum, dass ich mich von rufenden, hustenden, in alle möglichen Richtungen hastenden Fußgängern umgeben fand, rannte ich los.

Ich hatte nur kurz vorbeischauen wollen. Zwar ging mein Flugzeug erst in einer Stunde, aber von Carmens WG im Zentrum bis hinaus nach Barajas brauchte man mit der Metro doch eine halbe Stunde. Berücksichtigte man die fünf Minuten, die das Einchecken dauerte – das barbarische Zeitalter der Passkontrollen war glücklicherweise vorüber, aber ich musste doch den in Graz gekauften Flugschein am Schalter von AlItalia gegen einen Boarding Pass eintauschen –, zählte man also alles richtig zusammen, stand für unsere Abschiedsszene rund eine Viertelstunde zur Verfügung. In Anbetracht der Aufmerksamkeit, die Carmen mir während der zweiten Woche meines Aufenthalts in Madrid zukommen hatte lassen, war das nicht wenig. Ja, in Wirklichkeit war es sogar zu viel – viel zu viel, eigentlich … Und dann das.

Ich meine, damit war doch wirklich nicht zu rechnen gewesen! Hatte sie mich nicht aus der WG geworfen? Und war mir nicht – und nicht erst nach dem Rauswurf, nicht erst, als ich aus dem Fenster des billigsten Zimmers von Madrid in den Regen hinausgestarrt, Benn gelesen und von nichts anderem als Tetrapack-Weißwein und Hummerchips gelebt hatte – war mir also nicht in Madrid klar geworden, dass es ein Fehler gewesen war (und was für einer!), Annemarie zu verlassen? Und hatte ich denn nicht dort, beim Lesen keines Benn-, sondern eines Hölderlin-Gedichts (auf das ich durch Benn gestoßen war: »Wenn aus der Ferne, da wir geschieden sind …«) – hatte ich denn nicht ausgerechnet dort erkannt, dass Carmen mich gar nicht liebte? Und, vor allem: dass ich *sie* nicht liebte, sondern – wie ich mir, ein paar Hölderlin-Verse *summend* (es klang nach Red Hot Chili Peppers), eingestand – immer noch eine ganz andere?!

Und jetzt das. Wir fallen auf ihr Bett – das weiche, knarrende, das ich, angesichts ihrer katholischen Mitbewohnerinnen, in jenen ersten, so unruhigen Nächten in der

WG oft genug verflucht habe! –, wir fallen also auf-, fallen übereinander. Und dann: schlafen wir miteinander. Nein, es ist etwas anderes. Etwas, das wir zum ersten Mal tun. Wir lieben uns.

Hinterher meinte Verlaine, dass Rimbaud ihm aus eigenem Antrieb nach Brüssel gefolgt sei. Rimbaud hingegen sagte aus, Verlaine habe ihn zu sich gerufen. Wie auch immer. Fakt ist: Erst kam Rimbaud nach Brüssel, dann kaufte Verlaine eine Waffe. Einen Revolver, um genau zu sein. Der Schuss fiel oben im Zimmer. Die erste Kugel traf Rimbaud am Handgelenk. Die zweite, die Verlaine unbedingt – trotz des Knalls, der Schreie, des Bluts – noch nachschicken musste, verfehlte ihr Opfer.

Verlaines Mutter leistete erste Hilfe. Danach gingen sie zu dritt ins Krankenhaus. Rimbaud verzichtete darauf, Anzeige zu erstatten, wollte aber den nächsten Zug nach Paris nehmen – »mit aller Gewalt« (laut Verlaine). Mutter und Sohn begleiteten ihn zum Bahnhof. Als Paul auf dem Weg in seine Jackentasche greift, glaubt Arthur, er hole wieder seinen Revolver hervor. Vielleicht tut er das auch. Fakt ist: Rimbaud rennt los. Er rennt auf den erstbesten Uniformierten zu, den er sieht. Einen Polizisten. Rimbaud gestikuliert wild, schreit.

Ich springe auf. Carmen hilft mir, stellt den Interrailrucksack auf, ich werfe ihn über die Schulter. Wir schauen uns an. Kein Abschiedskuss. Ich renne los.

Ich rannte, so schnell ich konnte. Ich rannte die Gasse hinunter, hinaus auf die Gran Via, die Gran Via hinunter zur Metro, die Treppe hinunter, über den Bahnsteig, in den Zug. Ich keuchte die ganze Zugfahrt lang, kam nicht zur Ruhe, keuchte noch draußen in Barajas. Dort rannte ich die Treppen hinauf, die Gänge entlang, auf

Uniformierte zu, gab den Flugschein, den großen Rucksack ab, nahm den Boarding Pass entgegen. Ich rannte, unter dem Krachen der Lautsprecheransagen, die meinen Namen riefen, zum Gate, rannte allein die Gangway entlang, die Sitzreihen entlang, stolperte, fiel – tränenüberströmt?! nein, es ist Schweiß – in den Sitz.
Und erst jetzt, beim Hinsetzen, Durchschnaufen, in der Enge des Flugzeugsitzes, zwischen all den Passagieren, bemerke ich es. Bemerke ich *ihn*, meine ich. Meinen Rucksack. Den kleinen, schäbigen, den mausgrauen aus Schnürlsamt, mit den Wertsachen drin. Erst jetzt fällt mir auf: Ich habe ihn nie abgenommen. Seit Carmen schon trage ich ihn auf dem Rücken. Nein: schon seit davor.

Ein Knall! Das Triebwerk? Nein, ein Mann rennt an uns, Billy und mir, vorbei, rennt über den Bahnsteig auf die Halle zu. Der Mann, mit langem, schwarzem Bart, ruft, ja, schreit, nein: heult etwas, er rennt weiter. Er rennt – wie ich beim Stehenbleiben, beim Abnehmen der Rucksäcke sehe – auf einen Uniformierten zu.
Ich rannte auf die Halle zu. Hinter mir ein Knall: Der Koffer der Mexikanerin war aus dem Waggon gefallen. Im Rennen drehte ich mich um, sah, dass ihr der Marokkaner zu Hilfe gesprungen kam, rannte weiter. Und erst dann, als mir Carmen, in einem lehmgelben Mantel mit einer weit auskragenden, ihr spanisch schwarzes Haar hell umrahmenden Kapuze in den Weg trat, kam ich keuchend zum Stehen. Sie lächelt: »Bist du seit damals durchgerannt?«

Ich stellte meinen Rucksack am Boden ab, öffnete ihn, holte mein rotes Notizbuch hervor, den Böll, den Zettel mit Carines Nummer. Auf dem Weg in die Halle hatte ich Billy

von meiner nächtlichen Begegnung erzählt. Während er nun schon den Stadtplan studierte, zeigte ich ihm die Trophäe.
»Wow!«, grinste er. Er schien aufrichtig beeindruckt – geradezu erleichtert. »Siehst du«, sagte er, »alles wird gut!«
Er klopfte mir sogar auf die Schulter. Der Bärtige kam mit dem Uniformierten, offensichtlich einem Schaffner, zurück. Gemeinsam machten sie sich daran, einen Koffer – ein massiges, unförmiges Ding – von den Schienen des Nebengleises, auf die er gefallen war, heraufzuholen.
Vielleicht hat Billy ja recht, dachte ich. Vielleicht wird ja jetzt wirklich – endlich! – alles gut. Kein Wunder, dass ich begann, vor mich hinzusummen.

Du seiest so allein in der schönen Welt,
Behauptest du mir immer, Geliebter! das
Weißt aber du nicht

Als ich mich umdrehte, um den Notizblock und den Böll mit Carines Briefchen darin wieder bei den anderen Wertsachen zu verstauen, war mein Rucksack verschwunden.

Ich erspare Ihnen die Details. Meinen Aufschrei, das verdatterte Herumtapsen: auf meinem Rücken, dem Bahnsteig. Die Runzeln, die dieser Augenblick in Billys sonst so glatte Stirn schlug – sein erst verwirrtes, dann bitter enttäuschtes Gesicht. Unsere Suche nach einer *carte téléphonique*, meine Anrufe bei der Auskunft, die Auskünfte der diversen Sperrhotlines (für die Bankomatkarte, die Kreditkarte, das Mobiltelefon, das ich eben erst gekauft und dessen Handhabung ich, wie Billy oft beklagt hatte, »noch gar nicht richtig gecheckt« hatte), der Weg zur Polizeistation. Von all den Stunden dort im Wartezimmer, dann mit dem Beamten, den Fragen nach dem Rucksack, der unbeaufsichtigt gewesen und nun abgängig war, unseren Aussagen, den Widersprüchen darin, den Wiederholungen unserer Aussagen und Fragen wie der, wie viel die Summe, die mein Fotoapparat in Schilling gekostet hatte, in belgischen Francs ausgemacht haben und nun in Euro ausmachen mochte, einmal ganz abgesehen.

Fakt ist: Die Affäre kostete mich einiges, an Nerven und Geld, sie ließ sich weder vergessen noch verdrängen, ja, sie wird immer das Erste sein, was mir zu Brüssel einfällt – und doch nahm sie mich weitaus weniger mit als Billy.

Der nämlich kam, während wir im Wartezimmer der Polizeistation eine Liste des Geraubten erstellten, aus dem ängstlichen Starren auf die Zeitanzeige seines Mobiltelefons gar nicht mehr heraus. Wenn meine Berechnungen seiner Berechnungen stimmten, so stahl uns jede Stunde, die wir hier durch den Rucksack verloren, eine Brüsseler Sehenswürdigkeit. Den Verlust des EU-Viertels hatte er, mein Kronzeuge, ja noch verschmerzt, aber jener des Atomiums ließ ihn die Haare raufen, der Untergang Mini-Europas brachte seine Stacheln in eine gefährliche Schieflage, und der Manneken Pis gab dem Igel dann endgültig den Rest.

Ich schaute von meiner Armbanduhr auf. Carmen war mit dos grandes cafés *zurück an unseren Tisch gekommen. Sie lächelte mich an, und ich lächelte auch – erst aus Verlegenheit, dann aus Freude. Hätte ich geahnt, dass sie mich so freundlich empfangen würde – tatsächlich bemutterte sie mich wie seit meinem ersten Abend in der Stadt nicht mehr! –, wer weiß, vielleicht wäre ich öfter hergekommen. Madrid lag vielleicht gar nicht so fern, wie ich gedacht hatte …*
Während sie die Tassen abstellte, meine Rucksäcke hinter meinem Sessel hervorzog, um ein Auge darauf haben zu können, während sie mir Feuer gab, ein halbes Zuckerbriefchen erst in meinen, dann in ihren Kaffee schüttete, verlor ich mich in einer angenehmen Phantasie, in der dieses wortlose Einverständnis Teil eines alle paar Wochen wiederkehrenden, zärtlichen Rituals war … Nicht nur heute, nein, bei jedem meiner Besuche, auch in zwei, noch in drei Jahren!, würden Carmen und ich hier, an diesem kleinen, an die Wand geklatschten Cafétischchen in der Bahnhofshalle von Madrid-Atocha sitzen, umplappert vom Morgenverkehr … Und all diese Menschen, die jetzt, wie jeden Morgen, um exakt 7:37, in Scharen aus den Zügen taumelten, mit all ihren Sprachen, Religionen und sonstigen Problemchen, sie alle bildeten nichts weiter als die unscharfe Staffage unseres Frühstücksrituals, unseres warmen Nests außerhalb aller anderen Geschichten, außerhalb der Geschichte – jener, meine ich, die ich hier erzähle. Der von Annemarie und mir, genauer gesagt: wie es mit uns zu Ende ging.

Ein Knall riss mich aus meiner »goldnen Träumerei« (Verlaine): »Wie meinen?«

Der Polizist starrte mich an. Er hatte mit der flachen Hand auf den Tisch geschlagen.
»Er will wissen, aus welchem Material der Rucksack war«, übersetzte Billy leise. Er schien den Tränen nahe.
»Der Sack ist gemacht durch, äh, von – verdammt: Was heißt ›Schnürlsamt‹ auf Französisch?«, fragte ich Billy.
Dieser packte sein Reisewörterbuch aus und begann hektisch darin zu blättern: »Es steht nicht … steht nicht drin …« Nun würde er wirklich gleich weinen.
»Alors, der Sack ist gemacht vom … ›Schlumpf aus Blut‹«, sagte ich auf Französisch.
»Comment?«
»Das deutsche Wort heißt so – *Schnürlsamt* … Es ist weich, eine Art aus … Fell?«
»Eine Pelztasche?«
»Nein. Wenig Haare. Mit Schwanz daran. Nein, Schlitzen drin. Es ist voll mit dem Blut!«
»Monsieur! Wie meinen?!«
Wie versprochen: Ich erspare Ihnen die Details. Fakt ist: Das Wort »Schnürlsamt« blieb unübersetzbar – und das Corpus Delicti undefiniert … Kein Wunder, dass der Uniformierte wieder auf den Tisch schlug – diesmal mit der Faust.

Der Knall riss mich aus meiner Träumerei. Ich schaute auf. Männer mit Sporttaschen hasteten vorbei, Marokkaner mit Handys, Mexikanerinnen mit Koffern, kurz: Um Carmen und mich herrschte das totale Chaos – eines ganz normalen Werktagmorgens. An den Kiosken lagen die frischen Tageszeitungen, an allen Bahnsteigen trafen rot-weiße Züge ein, es war alles wie immer – so, wie es immer sein würde – oder zumindest: sollte … *Der einzige »gleißende Blitz« entfuhr dem Fotoapparat eines japanischen Touristen, nirgendwo bogen sich die Dächer der Züge »wie Deckel von Konservenbüchsen« nach oben, und niemand*

»taumelte mit blutverschmiertem Gesicht über die Gleise« – von im Schotter nebeneinanderliegenden, mit schwarzen Segeln verhüllten Körpern (über die Braillet bitter witzeln hätte können: nun endlich hätten sie ihr Ziel erreicht, nun endlich steckten alle in Burkas …) ganz zu schweigen. Nein, heute herrscht in ganz Atocha Frieden – nicht nur zwischen Carmen und mir.
Heute frage ich mich, ob ich an jenem Morgen die Zeit, wenn ich sie schon nicht anhalten hatte können, so doch zumindest einfach verstreichen hätte lassen sollen. Was, wenn der Zug nach Sevilla ohne mich abgefahren wäre? Was, wenn ich, anstatt Annemarie zu überfallen, einfach bei Carmen geblieben wäre? Dann aber sehe ich uns wieder dort sitzen, schaue Carmen an, sehe, wie schön sie war, wie akkurat gekleidet, wie gut der dezent aufgetragene Lippenstift mit dem Lehmgelb ihres Mantels harmonierte, ihrer hellbraunen Haut, dem spanischen Schwarz ihres Haars … Während ich bereit war, meine Ziele dem nächstbesten Tagtraum vor die Füße zu werfen, wusste sie ganz genau, wer sie war – und was sie zu tun hatte. Sie würde diesen Tag, Frühstück hin oder her, im Übersetzungsbüro verbringen, zwischen ebenfalls akkurat gekleideten Kolleginnen (und Kollegen!) – ein etwas zu dicker, leicht verdächtig wirkender Tramp passte da nicht ins Bild, von seinem nur auf den ersten Blick harmlosen Rucksack ganz zu schweigen …

»Als die Polizisten seinen Rucksack durchsuchen, was meinst du, was sie darin finden?«
»Weiß nicht.«
»Einen Notizblock, einen wie diesen hier, und darin« – ich klappte, des Effekts wegen, meinen eigenen Notizblock auf, zog den darin steckenden Roman Bölls hervor – »und darin: diesen Brief, der alles offenbart … Du musst dir das einmal vorstellen«, rief ich, mit Carines Zettel wedelnd, »die Polizei wühlte in seinen intimsten Aufzeichnungen herum!«

»Aha.«
»Das kann natürlich nicht gutgehen. Erst wird er verhaftet, dann inspiziert man das Hotelzimmer (samt Doppelbett!), dann ordnet der Untersuchungsrichter, der hinter diesen beiden schwarzbärtigen ›Touristen‹ von Anfang an gewaltbereite Fanatiker vermutet hat (Revolutionäre, Terroristen aus dem Süden!), eine Leibesvisitation an. Und rate einmal, was die zutage bringt?«
»Keine Ahnung.«
»Einen, ich zitiere, ›kurzen, wenig voluminösen Penis‹ sowie einen ›stark dehnbaren Anus‹. Der Richter weiß sofort, wie er diese Diagnose zu interpretieren hat, und verdonnert ihn zur Höchststrafe.«
»Wegen seines kurzen –?!«
»Na ja – *auch*! So kommt Verlaine schließlich für zwei Jahre in ein belgisches Gefängnis – kein Wunder, dass er sich dem Katholizismus zuwendet … Du siehst also«, sagte ich zu Billy, nachdem das Protokoll geschrieben, gelesen und auch unterschrieben war, nachdem Billy seinen Rucksack umgehängt, ich mein Notizbuch unter den Arm genommen hatte und wir wieder draußen, vor der Polizeistation, standen (es dämmerte bereits), »du siehst: Wir sind noch einmal glimpflich davongekommen!«
Billy hingegen schien davon keineswegs überzeugt. Im Gegenteil: Er wirkte so plattgewalzt wie sein Igel. Und als ich ihm vorschlug, zum Auftakt unseres touristischen Kurzprogramms, das sich freilich schon dem Ende zuneigte, die erstbeste ortstypische Bar zu besichtigen (ich glaube, es handelte sich um ein englisches Pub), hatte er nicht das Geringste einzuwenden.

Das erste Bier trank ich allein, noch am Flughafen. Carmen erwartete mich mit einer kalten Platte und

Sekt, doch als ich, nach all den Gesprächen seit Silba (all unseren Telefonaten, den Szenen mit Annemarie!), tatsächlich vor ihr stand, brachte ich kein Wort hervor. Im Gegenteil. Nun, wo alles geklärt sein hätte müssen, begriff ich, dass ich, in Wirklichkeit, gar nichts verstanden hatte.

Die ersten Nächte, noch in der WG: nervös, heiß, endlos – was war es noch einmal, das ich hier suchte? Erst schlief ich neben Carmen in ihrem Bett, dann auf einer Matratze, die wir neben das Bett legten, dann zog Carmen meine Matratze aus ihrem Zimmer hinaus in eine Art Abstellkammer. Abends, wenn ihre Zimmertür versperrt worden war, schlurfte ich, das Reisewörterbuch unterm Arm, an den Türen der Mitbewohnerinnen vorbei den Gang hinunter.

Obwohl Carmen nun also mehr und mehr schlief, wirkte sie zunehmend gereizt. Dies mochte an den Kommentaren ihrer Mitbewohnerinnen liegen, die sie mir weder simultan noch konsekutiv dolmetschte. Oder an ihrer neuen Arbeit im Übersetzungsbüro, einem 40-Stunden-Job, für den sie eben erst nach Madrid gezogen war. Wie auch immer. Fakt ist: Erst wollte sie während ihrer Mittagspause allein sein, dann auch beim Frühstück, dann beim Abendessen.

Was Carmen nicht sah: mein Leben auf der Straße. Kaum, dass der Weg morgens frei war, flüchtete ich hinaus, den Fotoapparat in der einen, den Notizblock in der anderen Hand. Ich schrieb über den Regen, der die Seiten meines Wörterbuchs verklebte, über den Kellner, der mir nachbrüllte (»*Gracias*, nicht *grazie*!«), über das Sprachgewirr auf der Gran Vía, das Geflüster im Museo Reína Sofía, die stummen Schreie der Gestalten auf Picassos *Guernica*. Ich lebte von nichts als von Bier und

Tapas, jenen Vokabeln also, die ich wusste, platzte in eine Messe, wich Prozessionen aus, pilgerte raus nach Ventas, zur Stierkampfarena, sah im Museum dort das zerfetzte, schwarzgeblutete *Lichtkleid* des Toreros Luis Miguel Dominguín. Ich notierte, dass Artefakte zu Antonio Ordóñez fehlten – dabei habe Hemingway in *Wem die Stunde schlägt*, nein, in *Tod am Nachmittag* Ordóñez' Leistungen höher eingeschätzt. Danach einziger Gast einer Bar gleich hinter der Arena, auf deren Bildschirm keine Stierkämpfe liefen, sondern Telenovelas: Mit bald entsetztem, bald verzücktem Gesicht verfolgte der Kellner (der Ordóñez ähnlich sah) die *verónicas* der nur auf mich steif wirkenden Dialoge. Ich saß mit meinem Notizblock an der Theke, ihm gegenüber, als würde ich ihn (wie Hemingway Ordóñez, wie Picasso Dominguín!) porträtieren. Ich schaute mir den jungen Mann genau an, *durch*schaute, ja, *erkannte* ihn – aber: Mir fehlten die Worte.

Nein, Carmen sah mich nur abends, wenn ich hereinstolperte, müde von Bier und keiner Arbeit. Als sie mich fragte, was ich eigentlich den ganzen Tag lang getrieben habe, ob ich denn wieder nur herumgegangen sei, erzählte ich, ich schriebe an einer Art Snuff-Film in Prosa, in dem sie die Hauptrolle spielte. Das mit dem »Snuff« war als zärtliche Anspielung gedacht – schließlich ging es in ihrem Lieblingsfilm, *Tesis*, den sie mir an einem der ersten Abende gezeigt hatte, um ebensolche Videos. Überhaupt war es Carmen, von der ich das Wort gelernt hatte. Doch sie verstand es ganz anders.

Am nächsten Morgen suchte ich mir ein Zimmer in der Nachbarschaft. Es war das billigste weit und breit, dennoch reichte mein Geld danach gerade noch für Tetrapack-Weißwein und Hummerchips. In wenig mehr als einer Woche in Madrid waren mir also die Freundin, drei Schlafplätze und mein ganzes Geld abhandengekommen. Andererseits, dachte ich, hätte ich viel gelernt. Was *Snuff* hieß, z. B. Und dies: dass es – Silba und den Grazer Trennungsszenen (besonders der zweiten!) zum Trotz – in Wirklichkeit immer noch Annemarie war, die ich liebte. Selbst wenn es dafür nun zu spät sein mochte. Selbst dann, wenn ich, was ich schon damals ahnte, in Wirklichkeit erst dort, in Madrid, damit begonnen hatte. Sie *wirklich* zu lieben, meine ich.

Heute frage ich mich, ob es nicht weniger meine Erinnerung an Annemarie war (oder meine Vorstellung davon), an die ich mich da so trotzig klammerte, als vielmehr Madrid selbst: *die Schöne* … Ich hatte hier zwar alles (und gleichzeitig nichts mehr) verloren, und doch stimmte mich nichts so traurig wie die Aussicht, schon in zwei, drei Tagen wieder abzureisen – und damit mein »Leben auf der Straße«, das aus nichts als Notizen, Fotos und endlosen Märschen bestand, aufgeben zu müssen.

Nachts, wenn ich nicht schlafen konnte, zeichnete ich die Schatten, die ich von der Arena auf die umliegenden gelben und roten Mauern in Ventas fallen gesehen hatte, in mein Notizbuch. Oder ich suchte nach Namen für die Gestalten auf einer Vorstudie zu *Guernica*, vor der ich damals (ich dachte tatsächlich damals schon: »damals«), als ich mir den Eintritt ins Museo Reina Sofía noch leisten hatte können, über eine Stunde lang bewegungslos gestanden war. Und wenn ich dann am Fenster meines Zimmers saß, in den Regen hinausstarrte und an dem Snuff-Movie in Prosa schrieb, in dem schon längst ich selbst die Hauptrolle spielte, als Täter *und* Opfer, dann war ich – so steht es zumindest in meinem Notizbuch – »so unglücklich, wie Sie es sich nur vorstellen können, und so glücklich zugleich«.

Nachdem man mich ausgeraubt hatte, war ich entspannt wie schon lange nicht mehr.
»Wenn man bis zum Hals in der Scheiße steckt«, sagte ich zu Billy, »bleibt einem nichts mehr übrig als zu singen!«
Zwar verriet ich ihm nicht, dass dies meine Übersetzung eines Samuel Beckett-Zitats war, das von einer Postkarte stammte, die ich in Madrid gekauft hatte, dennoch: Der Satz tat seine Wirkung. Nun gut, es könnte auch am Bier gelegen haben, das in den belgischen Bars in geradezu österreichischen Dimensionen ausgeschenkt wurde. Jedenfalls: Kaum, dass wir uns geschworen hatten, von nun an unsere Wertsachen (Billys Rucksack und mein Notizbuch) »keinen Augenblick mehr aus den Augen zu lassen«, kaum, dass ich meinen Beckett-Spruch und der Kellner den dritten Liter Bier gebracht hatte, warf Billy alle Bedenken über Bord. Er, dessen Familie selbst in einem Land, in dem niemand als wirklich arm galt, alles andere als reich war, er, der in Nantes in einem Studentenheimzimmer wohnte, das kleiner war als Carmens Abstellkammer, er, der stets in der Mensa aß und unsere gemeinsamen Abende meist bei einem einzigen Sportgetränk zubrachte, ausgerechnet er also bestellte nun, da er ohnehin schon für zwei bezahlen musste, mit einem Mal Mengen, als wären wir drei. Kein Wunder, dass sich gleich darauf Chantale zu uns gesellte.
Chantale war die erste und einzige Frau, die Billy und mir in ganz Brüssel begegnete – und, wie wir uns kichernd zuflüsterten, auch »die mit Abstand schönste«. Freilich: So, wie sie sich hinter ihrer Tulpe von Bierglas räkelte, unheimlich groß und schlank, die Beine übereinandergeschlagen, die Zigarette (mit Spitz!) zwischen den langen Fingern, passte sie eher nach

Paris als nach Brüssel. In Paris hätte sie an der Theke einer jener Bars, die F. Scott Fitzgerald so trefflich beschrieben hatte, sitzen können – neben Caprice, z. B. Ja, vermutlich hätte sie dort noch besser hingepasst als Caprice, schließlich war sie im Gegensatz zu dieser, die sich modisch im düsteren Niemandsland zwischen Gothic und Grunge bewegte, betont mondän gekleidet (Minirock, High Heels usw.).

Anders als Caprice hielt Chantale sich freilich nicht bei einem einzigen Getränk auf. Im Gegenteil. Ihre tiefe Stimme gurrte vor Begeisterung, als sie, auf Einladung Billys, ein weiteres Bier bestellte, und als sie dieses dann in langen, durstigen Zügen hinunterschlang, hüpfte ihr Adamsapfel gierig auf und ab. Noch nie hatte ich eine Frau *so* trinken gesehen!

Wenig später hakten Billy und ich uns links und rechts bei ihr ein und ließen uns von ihr willig abführen. Sie kenne eine Bar, meinte Chantale, die uns gefallen würde.

Carmen hakte sich bei mir ein, als es zum Zug ging. Sie hatte nicht gefragt, und ich hatte nichts erzählt. Wozu auch, dachte ich – gemessen daran, wie sie sich mir gegenüber verhielt, hatte sie ohnehin alles verstanden. Oder zumindest mehr, als ich ihr erklären hätte können. Wieder fragte ich mich, ob es nicht besser wäre, genauso, wie wir da nun gingen (aneinander gelehnt, ja, geschmiegt!), in exakt die andere Richtung zu gehen … Aber genau das (und das wusste ich, schon damals) war es auch, was eben nicht *ging: In die andere Richtung – in Richtung neuerlicher zwischenmenschlicher Übersetzungsversuche nämlich – wäre Carmen mit mir* so *ganz bestimmt nicht gegangen …*

Andersherum aber ging es vortrefflich. Ja, es ging sogar so gut, dass ich mich unweigerlich fragte, wie es zwischen uns überhaupt jemals anders zugehen hatte können. Und als ich eben damit begann, einem Tagtraum nachzuhängen, in dem es mit Carmen und mir tatsächlich so, und zwar genauso, *wo-*

hin auch immer, immer und immer weiterging, erreichten wir eine rot-weiße Banderole. Damit war der Zugang zum Hochgeschwindigkeitszug gesichert worden. Ein Unfall? Nein, nur eine zusätzliche Sicherheitsmaßnahme »angesichts der jüngsten Ereignisse«, erklärte der dahinterstehende Sicherheitsbeamte. Keine Ahnung, wovon der redete. Ich löste mich von Carmen, stellte meine Rucksäcke ab, drehte mich wieder zu ihr um und hob an: »Wenn man bis zum Hals in der Scheiße steckt, bleibt einem nichts übrig als –«
Aber da hatte Carmen schon meinen Nacken umfasst, zog sie mich näher, ganz nah zu sich heran. Und dann holten wir nach, was wir bei unserem letzten Abschied vergessen hatten.

Als ich meine Augen wieder öffnete, schaute ich in jene Billys. Wobei seine noch geschlossen waren. Ansonsten aber steckten wir im selben Schlamassel: Unsere Köpfe lagen, wie man es sonst nur von gekochten Tierschädeln kennt, nebeneinander auf der Platte eines Tisches – wo wir, allem Anschein nach, tief und fest geschlafen hatten. Ich richtete mich auf, schaute mich um. Wir befanden uns in dem Club, in den Chantale uns gebracht hatte. Die Karaoke-Show war vorüber, die so großen, so schönen Frauen, die gesungen hatten, waren verschwunden. Dafür sah ich mehrere Männer in Netzstrumpfhosen, die die Tische abräumten. Aus den Lautsprechern dröhnten die Red Hot Chili Peppers:

At least I have her love
The city, she loves me
Lonely as I am
Together we cry

Ich stand auf, hob Billys Rucksack auf, der hinter seinem Sessel lag, steckte seine Brieftasche, die herausgefallen war,

hinein. Auch mein Notizblock lag am Boden. *Ansichten eines Clowns* fand ich unter dem Nebentisch. Nur der Zettel Carines war verschwunden.
Ich rüttelte Billy wach, hängte ihm seinen Rucksack um. Sobald er stehen konnte, wackelten wir hinaus – Richtung Bahnhof.

Mittlerweile war die Sonne vollständig aufgegangen, und ich musste blinzeln, als ich die Stufen zum Waggon hochstieg. Oben drehte ich mich noch einmal um. Hinter der Absperrung stand Carmen. Sehr klein, sehr hell und: für immer verloren.
Sie winkte. Ich winkte zurück. Dann stieg ich ein.

Es war schon hell, als der Zug ankam. Aber kaum, dass er stillstand, kaum, dass Bonzo herausgeklettert war und ich ihn umarmt hatte, stiegen wir schon wieder ein. In einen anderen Zug freilich, einen *ganz* anderen: einen, mit dem wir nicht nur um einiges länger unterwegs sein sollten als die rund sechzehn Stunden, die Bonzos Intercity von Graz nach Paris gebraucht hatte, sondern einen, der auch viel schneller fuhr. Wie anders aber gebärdete sich dieser unser Hochgeschwindigkeitszug als jene, die ich bislang auf meinen Reisen kennengelernt hatte! Sowohl der TGV (zwischen Paris und Nantes) als auch der AVE (Madrid-Sevilla) waren immer »in gedämpfter Stille … behutsam … dahingeglitten« – wie der Zug in einem Prosagedicht von Michel Houellebecq, das ich in jenen Tagen, zu Übungszwecken, zu übersetzen versuchte. Der Waggon mit Bonzo und mir drinnen aber ratterte so ruppig über die Gleise, dass uns dabei Hören und Sehen verging! Tatsächlich erinnerte dies eher an den »rhythme du wagon brutal«, den Verlaine in Gedicht VII aus seinem Band *La bonne chanson* beschreibt. Damals war er gerade erst Mathilde Mauté begegnet. Berauscht von ihrer Erscheinung, hatte er aufgehört zu trinken und schrieb erstmals in seinem Leben Gedichte mit Happy End.

Und so ähnelt die Eisenbahnfahrt, die Verlaine in *VII* schildert, auch nur die ersten zwei Strophen lang einer *Geisterbahnfahrt* (tausend Riesen rasseln mit tausend Ketten, etwas macht gespenstisch: »Huhuh!«). In der dritten und letzten Strophe jedoch verkündet das lyrische Ich, dass ihm nun selbst diese Schrecknisse nichts mehr anhaben könnten: Schließlich habe er noch »die weiße Vision, die mein Herz fröhlich macht, vor Augen«, höre er »die sanfte Stimme immer noch wispern«, füge der »so schöne, so edle, so wohlklingende Name« sich »als reiner Angelpunkt all dieses Gewirbels / süß in den brutalen Rhythmus des Waggons«.

Hier endet freilich nicht nur das Gedicht, sondern auch die tröstliche Parallele zwischen Verlaines liebestrunkenen Versen einerseits und Bonzos und meiner Wirklichkeit andererseits – schließlich blieb uns auf unserer Zugfahrt ein solcher Trost am Ende verwehrt ... Aber das tut (noch) nichts zur Sache. Fakt ist: Der Zug, mit dem Bonzo und ich in jenen Tagen unterwegs sein sollten, war alles andere als ein »mit beängstigender Effizienz« (Houellebecq), auf der Höhe (oder Tiefe?) zeitgenössischer Vorstellungen dahingleitendes Transportmittel, bei dem – aus (falscher?) Rücksicht auf die Passagiere – jede Unebenheit, jede Biegung von vornherein ausgemerzt worden waren. Nein, der Zug, der uns bewegte, war an die Gegebenheiten der Wirklichkeit angepasst. Er ruckelte auf höchst kurvenreicher Strecke über unregelmäßigstes Gelände, holperte abwechselnd schneller und langsamer dahin, setzte auch einmal in sprunghafter Beschleunigung über alle möglichen Abgründe hinweg, nur um bald wieder abrupt abzubremsen und vom Nebengleis eines aufgelassenen Bahnhofs, unterbrochen nur von den heftigen Stößen undurchschaubarer Verschiebeaktivitäten, verstörend lang auf irgendein obskures Hinterland hinauszuschauen.

Und selbstverständlich war der Zug, mit dem wir fuhren, in Wirklichkeit auch gar kein Zug. Zumindest kein richtiger. Aber ganz so, als sei sie eine, ließ uns auch die Geschichte, in der Bonzo und ich steckten, nachdem wir einmal drin waren, nicht mehr aus. Sie riss uns mit sich fort, trug uns davon, und als wir, nach all dem Gerüttel, endlich zum Stehen kamen und wieder ausgespuckt wurden, befanden wir uns – genau-

so, als wären wir wirklich Zug gefahren! – ganz woanders als zu Beginn unserer Reise.
Und noch etwas war wie im Zug: Wie im TGV oder gar im AVE wirkte auch von den Fenstern unseres (Nicht-)Zugs aus das, was weit von ihm entfernt war (*die Berge*, etwa, *hinter der ganz roten oder ganz gelben Erde, den so reinen Farben Andalusiens!*), je schneller der *wagon brutal* dahinschoss, immer deutlicher, klarer – als wäre es nah. Und das, was in Wirklichkeit nah war, schien immer verschwommener. Sprich: fern.
Nur, dass dieser sonderbare Effekt der Perspektive in unserem Zug nicht nur *die dicht vor dem Fenster vorbeihuschenden Masten* oder *den am Boden zu grauem Schlamm zerfließenden Schotter der Trasse* betraf, sondern auch Dinge, die sich *innerhalb* des Waggons befanden. Ganz harmlose Dinge wie meinen neuen roten Notizblock. Und den weißen Plastiksack von *Galeries*, den ich seit Brüssel statt eines Rucksacks benutzte. Oder eben auch, weit weniger harmlos, den neben mir schnaufenden, lachenden, sich an der Scheibe die Nase plattdrückenden Freund.

Doch so weit sind wir nicht. Noch nicht. Noch ist tatsächlich alles harmlos, und wir, Bonzo und ich, steigen an einem grauen Morgen zu Beginn der *vacances d'hiver* im Februar 2002 an der Gare de l'Est in Paris die Bahnhofstreppe hinunter, hinauf, treten vor den Bahnhof hinaus, steigen um: in einen anderen Zug. Einen unsichtbaren. Und noch fährt dieser Zug ganz langsam, fährt erst an, und Bonzo, den ich monatelang, nicht erst seit meiner Rückkehr aus Sevilla, herbeigesehnt hatte (auch während meines Weihnachtsbesuchs in Graz hatten wir uns verpasst: er war ja bei seiner Familie im Gurktal gewesen!), Bonzo also, »mein dickster Freund«, wie wir lachen, geht neben mir, schnauft mir ins Ohr – so nah, als stünde ich wieder in der Telefonzelle in Nantes. Und wieder zerrt ein Wind an mir, einer, der mich (aus der Zelle? dem noch offenen Waggonfenster?) reißen, der mich mit sich davontragen will, der mir jedoch nichts anhaben, mich nicht vom Fleck bringen kann … Und warum nicht? Weil da mein Bonzo ist, weil ich ihn atmen, sich am Bart kratzen höre – da an, ja, *in* meinem Ohr.

Und so, mit Bonzo im Ohr statt Bertrand Cantat, mit Bonzos Fragen, Witzen, seinem Gekicher, rollte ich, rollten wir langsam hinaus: über die Weiche Rue Alibert/Rue Bichat hinüber auf die Rue de la Fontaine au Roi und deren Schienen hinunter bis zu der noch breiteren Trasse des Boulevard Voltaire. Und noch bevor der Zug, in dem wir gehend fuhren, richtig losgelegt hatte, hielt er schon wieder, hielt in ein, zwei, dann drei kleinen Stationen, vergleichbar den Vorort-Bahnhöfen, in denen auch die großen Züge, die »langgezogenen, schlanken« (Houellebecq), bevor sie »mit 300 km/h« dahinrasen, oft noch einmal, als wären sie nichts weiter als eine harmlose S-Bahn, kurz Halt machen. Wir hielten im Café *Le Carillon*, der Bar *Bonne Bière*, setzten uns immer in den ebenerdigen Erker gleich neben dem Eingang, den es in jeder Pariser Bar gibt, und schauten durch dessen Butzenscheiben wie durch die Fenster eines Waggons, schauten auf die Autos und Passanten auf dem Boulevard draußen wie auf eine langsam vorbeiziehende Vorstadtlandschaft hinaus.

Damals war alles noch gut, und so tranken wir große Kaffees, dann kleine *kros*, wir aßen Croissants, dann Croque Monsieurs, und erst als wir, schon lange satt, aber immer noch durstig, hinter den Flaschenbödenfenstern eines dritten Bistros saßen und auf die Bogenkreuzungsweiche hinausschauten, mit der der Boulevard Richard-Lenoir, über den ich mit Annemarie, damals, während unserer Frankreich-Reise 1998, so oft gegangen war, in den Boulevard Voltaire mündet, war es so weit. Erst als Bonzo dort, auf Höhe der Passage

Saint-Pierre Amelot, wo später zwei Männer auf Fahrrädern vorbeifuhren, ein schwarzer Seat Leon parkte und ein Bärtiger sich an die Theke lehnte, während er irgendeine harmlose Bestellung aufgab, die Bombe platzen ließ, kichernd verkündete, dass er – benutzen Sie die Haltegriffe! – nun tatsächlich so etwas wie *eine Freundin* habe, und das schon *seit Wochen*, dass diese den Namen *Chappi* trüge und ich das für einen Witz hielt, als ich auch dann, als er, ernster geworden, seine Worte wiederholt hatte, weiter und weiterlachte (»Warum nicht gleich *Whiskas*, haha«), erst da: nahm der Zug langsam, aber unaufhaltsam, Fahrt auf.

Natürlich tat ich alles, um diesen Zug, kaum, dass er losgefahren war, irgendwie wieder anzuhalten. Schließlich musste auch er, wie alle Züge, über eine Notbremse verfügen. Was heißt eine. Mehrere! Aber egal, welche davon ich auch betätigte: Sie funktionierten einfach nicht!

In meiner Panik zog ich erst an meiner Zigarette, dann am Ärmel des Kellners, um weitere *kros* zu bestellen, und schließlich auch an jenem Bügel, der *meine* neuen Freunde ins Gespräch brachte. Billy, z. B. Billy und ich, erwähnte ich beiläufig (aber mit Nachdruck!), würden uns zwar erst seit Kurzem kennen, wären erst ein einziges Mal miteinander verreist – dennoch hätten wir überhaupt *kein* Geheimnis voreinander …

Aber auch das Thema Billy erwies sich als Bremse wirkungslos, ja, kontraproduktiv. Bonzo schaute nicht einmal auf und fuhr stattdessen noch schneller fort, noch atemloser als vorhin, von Chappi zu berichten. Es ratterte nur so aus ihm heraus: was sie studiere (Politikwissenschaften), wo er sie getroffen habe (bei einer der Demonstrationen gegen die Regierung), dass sie gerade auf dem Weg von Amsterdam, wo sie Familie habe, nach Wien sei, und zwar über Paris, wo sie auch bei

Verwandten übernachte, weshalb sie schon bald, heute Abend nämlich, unweit von hier, an der Gare de …

Hastig zerrte ich am nächsten Henkel. »Claudia!«, pfiff es aus mir hervor. Diesmal brachte ich Bonzo zum Stehen. »Ich habe auch eine neue Freundin«, keuchte ich, »sie heißt Claudia!«

Bonzo lehnte sich zurück. Er stieß eine Rauchwolke aus, tankte Bier. Dabei musterte er mich mit derselben Überspanntheit, die man den belanglosen Vorgängen auf einem Vorstadtbahnsteig entgegenbringt, wenn der Zug, in dem man sitzt, dort wegen einer »technischen Störung« halten muss: »*Du* hast eine Freundin?!«

»Na ja«, sagte ich.

Sollte ich ihm nun also tatsächlich, im Gegenzug, von Claudia erzählen? Sollte ich ihm lang und breit erklären, dass sie in Wirklichkeit nicht meine *Freundin* war? Sondern: *eine* Freundin? Genauer gesagt: eine von Billy? Oder, noch genauer: Dass sie glaubte, mit Billy befreundet zu sein, der sie aber, in Wirklichkeit, überhaupt nicht leiden konnte, weshalb sie mir leidtat? Sollte ich ihm erzählen, dass ich sie sogar einmal zum Abendessen eingeladen hatte? Und zwar in eine Crêperie im Quartier Bouffay. Nur, dass ich dort dann ihre Schnurrhaare bemerkt hatte … Nicht ihre wirklichen (von denen nichts zu sehen war), sondern ihre, nun ja, unsichtbaren. Sie wissen schon, was ich meine. Woraufhin ich das Essen sofort beendet hatte … Ob Bonzo das nachvollziehen würde können? Er, der sich von seiner Ex-Freundin, einer Sorbin, so lange mit deren Teigvögeln hatte mästen lassen, bis ihm keine Hose mehr gepasst hatte. Ach, Claudia – mit ihren dunkelblonden Zöpfen, den schwarzen, so großen Augen … Und ihrem ebenso unsichtbaren wie murinen Schnurrbart.

»Claudia«, begann ich also, »ist die – nun ja – ist *nur* die andere Erasmus-Studentin aus Österreich. Sie kommt aus Wien.«

»Ach so«, schnaufte Bonzo. »aus Wien – wie Chappi! Was für

ein Zufall! Oder Schicksal? Wer kann das wissen! Aber weißt du, was das größte Glück ist? Sie, also Chappi, sie –«
Und schon rollte der Zug wieder los.

»›Let it roll, let it roll‹ – der Roadhouse Blues *überrollt mich, draußen die spanischen Landschaften, ihre so reinen Farben, gelbe Wellen, rote Wellen, dazwischen aufgepeitschtes Grün, und die Berge, immer weit weg, Inseln in der Ferne …«*
Ich schlug den Notizblock zu, packte ihn zurück in den Schnürlsamtrucksack, drehte den Walkman noch eine Spur lauter, ließ mich von der Geschwindigkeit in den Sitz pressen …
Der AVE rauschte mit vollen Segeln durch den Morgen. In den Fenstern tobte das Farbspektakel der andalusischen Ebene, in meinen Ohren tobten die Doors, und auch an Bord des Waggons ging es rund. Ständig wanderte jemand vorbei – auf dem Weg zur Plattform, zu den Toiletten, zu Bekannten. Überall bildeten sich Gruppen, man unterhielt sich, diskutierte, feierte. Wo immer der Schaffner auftauchte – klein und dick mit rosa Wangen, hinter ihm seine fast doppelt so große, stark geschminkte Assistentin – nahm er an den Gesprächen teil, lachte mit. Ab und an klopfte er jemandem auf die Schulter. Als er auch mir im Vorbeigehen einen freundlichen Klaps versetzte, verstand ich das Zeichen. Ich nahm meine Kopfhörer ab, stand auf, warf meinen Rucksack über die Schulter und machte mich auf den Weg zur Plattform.
Unter der Tür kam mir mein unmittelbarer Sitznachbar entgegen.
»Un largo viaje para fumar un cigaro!«, rief er.
»Ich dich auch!«, rief ich.
Wir grinsten uns an. Während er wieder im Waggon verschwand, stellte ich draußen, auf der Plattform, den Rucksack auf dem Boden ab und kramte die Zigarettenschachtel hervor. Als ich eine Gauloise anzündete, strich die Hitze der Flamme wie die sehr

*zarte Berührung unendlich weicher Haare über mein Gesicht …
Ich zuckte zusammen.*

Ich schrie auf, winkte nach dem Kellner, bezahlte. Wir wankten aus dem Bistro – genauso taumelig, als verließen wir den Speisewagen eines Zuges, der auf seinem Vorstoß ins offene Land eben über den letzten Weichen der Vorstadtgleise ins Schaukeln gerät.

Ich zog Bonzo hinter mir her, hängte ihm draußen die Jacke um – wie damals Claudia, als ich sie vom Abendessen zurück zur Straßenbahn gebracht hatte. Bonzo kaute zwar nicht mehr (wie Claudia damals), sprach jedoch ungerührt weiter. Immer noch steckte er mitten in Chappis und seiner erst so kurzen (und doch schon zu langen!) Geschichte. Er erzählte, als wir vom Boulevard Voltaire auf den Boulevard Richard-Lenoir hinüberwechselten, er erzählte in der Allée Verte, wo wir durch eine Schar gewaltbereit wirkender Hooligans (Fußballfans? Vorstadtbewohner? Hardrocker?) pflügten, und als wir in der Rue Nicolas Appert länger halten mussten, weil ein Konvoi von Polizeiautos mit heulenden Sirenen die Straße hinaufraste (wegen der Hools?), erzählte er immer noch – immer und immer weiter. Und obwohl Chappi doch noch gar nicht da war, obwohl sie erst am Abend, erst nach vielen weiteren Stationen, Abstellgleisen, verspielten Läden, Bars und Bieren, die noch vor Bonzo und mir lagen, bei ihrer Ankunft an der Gare de Lyon von Bonzo (und mir) am Bahnsteig »überrascht« werden sollte, war sie, wenn es nach mir ging, schon viel zu lang hier – stand sie doch, wohin wir wie schnell oder langsam auch immer gingen, ebenso unsicht- wie unübersehbar zwischen uns.

So kam es, dass ich – der ich Bonzo doch so sehr vermisst hatte, der ich mich wie wild darauf gefreut hatte, ihn erst durch Paris, dann durch Nantes zu führen, ihm all »die

kleinen Asyle«, »die speziellen Zelte«, die »Tavernen«, »Geschenke des Himmels« und alle weiteren Arten von Bars, die Verlaine in *Walcourt*, dem Gedicht über die erste Zugfahrt mit Rimbaud, zu benennen gewusst hatte, zu zeigen und ihm dabei, auf diesen unseren »fröhlichen Irrwegen«, endlich alles zu sagen, alles, mit allen Details, zu erzählen: von Sevilla, von Annemarie und mir!, meine ich –, so kam es also, dass ich, nachdem ich das Attentat dieser unsichtbaren, ihn von mir wegzerrenden Chappi doch nicht verhindern konnte, vor den Tatsachen kapitulierte und mich, so wie ich es eigentlich umgekehrt, sprich: von Bonzo, erwartet hätte, wie ein Luftballon oder ein Trolley (nein, wie ein Wägelchen, ein Spielwaggon!), schicksalsergeben an ihn dranhängte.
Ich zog die Kopfhörer aus meiner Jackentasche, steckte den einen in mein eigenes Ohr, den anderen – ebenso kommentarlos wie ich damals die leise fiepende Claudia, noch bevor sie hinuntergeschluckt hatte, in die Straßenbahn geschoben hatte – ins Ohr des Freundes. Die Türen der Tramway hatten sich geschlossen. Claudia winkte. Dann ging ein Ruck durch das Kopfhörerkabel, es spannte sich, Bertrand Cantat begann zu singen, und: Der Zug fuhr ab. Und ich? Ließ mich ziehen.

Langgezogen und schlank, bis auf das Symbol der beiden blauen Flügel am Bug ganz in Weiß, umfasste der AVE der Baureihe hundertdreiundzwanzig Waggons. Tausendfünfhundert bis zweitausend Menschenkinder befanden sich an Bord. Mit 300 km/h rasten wir auf die südliche Küste des Kontinents zu.
Und plötzlich hatte ich den Eindruck (die Morgensonne färbte das Waggoninnere rosa, ein Abteil weiter sang man Leonard Cohen, und eben waren draußen die ersten Palmen aufgetaucht, hoch und elegant, »wie Minarette! Oder Leuchttürme?«), plötzlich hatte ich also den Eindruck, dass Sevilla womöglich gar nicht zwangsläufig, wovon ich noch in der Nacht, im Gespräch

mit der Mexikanerin, überzeugt gewesen war, das Ende bedeuten musste. Das endgültige *Ende der Geschichte von Annemarie und mir, meine ich.*

Nein, es war genauso gut möglich, dass mich dort etwas Neues erwartete, der Anfang von etwas – vielleicht sogar »ein neues Leben«, dachte ich. Und wenn das schon nicht bedeutete, dass Annemarie und ich, was ich natürlich insgeheim immer noch hoffte, ein weiteres Mal zusammenfänden (und -blieben*?), so könnte es doch zumindest geschehen, dachte ich, dass ich dort, ob nun mit ihr oder ohne sie, jenem echten, geradezu unwirklich* wahren *»Leben«, dem Rimbaud ein Leben lang nachgegangen, -gelaufen und -gefahren war, das, von dem er geschrieben hatte, es sei (immer) »anderswo«, ein Stückchen näher käme …*

Ich zog an meiner Zigarette, lehnte die Stirn gegen die vom Sonnenlicht ganz warme, im Rhythmus der Wellen vibrierende Fensterscheibe, und schloss die Augen.

Sie ist wiedergefunden.
Was? – Die Ewigkeit.
Ist das Meer verbunden
Mit dem Sonnenschein.

, summte ich.

Zehn Minuten später erreichten wir Sevilla.

Als der Zug hielt, prallte ich von hinten gegen Bonzo. Er bemerkte es nicht. Ich schaltete den Walkman ab, nahm meinen Kopfhörer ab und riss ihm seinen mit aller Gewalt aus dem Ohr. Aber auch das holte ihn nicht aus seiner Trance.

Einen Augenblick später öffnete sich die Tür des Waggons: Zischen, Dämpfe, weißes Licht. Daraus hervor sprang – selbstbewusst, energisch und mit schwarzen, zu einem mächtigen, langen Zopf gebundenen Dreadlocks (ganz genauso also, wie Bonzo sie den ganzen Tag lang beschrieben hatte) – Chappi.

Sie starrte erst Bonzo an, dann mich. Die zarten, hohen Bögen ihrer Augenbrauen bewegten sich noch ein Stückchen weiter nach oben.

»Oh.«

»Überraschung!«, lallte Bonzo.

Chappi nickte, doch als er, die Arme ausgebreitet, auf sie zuschwankte, marschierte sie los. Den Bahnsteig hinunter, ihren Trolley nachziehend. Ohne sich umzudrehen.

Bonzo, die Arme immer noch ausgestreckt, immer noch grinsend, schaukelte hinter ihr her.

Und ich hinter ihm.

Später lachten Chappi und ich über unser erstes Zusammentreffen. Aber was hätten wir auch anderes tun sollen? Nicht später, meine ich, sondern damals. In Paris. Wo ich nicht mit Chappi gerechnet hatte, Chappi nicht mit Bonzo, und Bonzo nicht damit, dass Chappi – doch dazu kommen wir noch.

Fakt ist: Damals, an der Gare de Lyon, blieb einem – oder *einer* (Chappi achtete sehr auf solche Feinheiten) – ja gar nichts anderes übrig, als einfach loszulaufen. Bzw.: hinterherzulaufen. Und sobald alles einmal ins Laufen geraten war, konnte es natürlich auch schieflaufen. Das tat es dann auch.

Zunächst einmal aber ging es ganz gerade dahin: geradewegs hinaus nämlich. Hinaus aus der Gare de Lyon auf die gleichnamige *rue*, diese dann immer weiter bis zur Place de la Bastille, und dort nicht nach rechts, den Boulevard Richard-Lenoir (auf dem ich mit Annemarie so oft gewandert war!) hinauf, sondern weiter geradeaus, die Boulevards du Beaumarchais, du Temple und de Magenta entlang, über den Boulevard de la Chapelle hinweg, hinein in eine Gegend, in der ich mich (damals noch) gar nicht auskannte, und damit: raus aus allen Plänen, die ich gemacht hatte. Für Bonzo und mich, meine ich. Aber auch darüber hinaus.

Tatsächlich würde ich mich schon bald darauf fragen, ob es mit Chappis Auftritt an der Gare de Lyon, ihrem lokmäßigen Losstürmen und Bonzos und meinem Hinterherschaukeln, nicht nur aus meinen Vorhaben für die »fröhlichen Irrwege«, die ich mit Bonzo gehen hatte wollen, sondern sogar aus meinem Leben – zumindest: dem Leben, wie ich es bislang gekannt hatte – hinausgegangen sei. Und ob ich nicht, wie

Dante Alighieri in *La vita nuova* von seiner Begegnung mit Beatrice, von Chappis Eintreten in meine Geschichte behaupten hätte können: »An jener Stelle im Buch meines Lebens, vor der es nur wenig zu lesen gäbe, findet sich eine rote Überschrift: INCIPIT VITA NOVA – es beginnt ein neues Leben.«
Und ja, es mochte wirklich eine Zeit gegeben haben, in der ich mich dies nicht nur fragte, sondern allen Ernstes so dachte, eine Zeit also, in der dies ganz einfach wahr war. Aber: Diese Zeit war kurz. So kurz, dass man von einem »neuen Leben« in Wirklichkeit nicht sprechen kann. Und, genau genommen, schon »neuer Lebensabschnitt« übertrieben wäre … Fakt ist aber auch: Was immer mir *nach* dieser so knappen Zeitspanne, in der Chappi und ich dasselbe Gleis befuhren, auch begegnen sollte, es fühlte sich (auch dann noch, als es rein gar nichts mehr mit ihr zu tun hatte!) mit einem Mal ganz anders an – ganz, ganz anders als die Dinge *vorher*.
Und so findet sich in meiner Geschichte – der von Annemarie und mir (und wie es mit uns zu Ende ging, meine ich) – ganz genau an jener Stelle, an der, dank Bonzo, Chappi hereinplatzte, wenn schon keine »rote«, in Großbuchstaben gehaltene »Überschrift«, so doch ein auffälliger, den Erzählpausen, die man erwartet haben mochte, völlig zuwiderlaufender Einschnitt. Eine Zäsur, die stärker ist als ein Absatz, und dennoch – zumal sie an überraschender Stelle auftaucht: eine Synkope! – kein neues Kapitel einleitet. So etwas wie ein aus dem Nichts kommender, im Kontext dieses einen Lebensbuchs bis dato beispielloser Seitenumbruch.

»No 8 Do« stand rot, in Großbuchstaben, auf dem Stadtplan, den ich am Infoschalter der Estación de Sevilla-Santa Justa erhalten hatte. Ich sah die Zeichenfolge, ja, aber ich bin mir sicher, dass ich damals, auf den gelben Stufen, die vom Bahnhofsgebäude zur Stadt hinabführten, keinen Gedanken an die kryptische Botschaft verschwendete.
Und das war auch gut so. Schließlich hätte es nichts genützt. Womöglich wäre ich gar auf die Idee gekommen, das Omen, mit dem mich Sevilla da begrüßte, als eine Art unendliches »Don't« zu übersetzen …
Und wäre es mir, durch welchen verrückten Zufall auch immer, gelungen, tatsächlich die wahre Bedeutung des Kürzels zu ergründen, so hätte dies wohl nur noch mehr Schaden angerichtet, als es jede mögliche Fehlinterpretation vermocht hätte. Wer weiß, zu welchen Verrücktheiten ich mich verstiegen hätte, wäre mir denn schon dort, westlich von Santa Justa, ein vorlauter Universalgelehrter zur Seite gesprungen – wie neulich Braillet, als wir (wegen eines gemeinsamen El Cid-*Symposiums) ein WhatsApp-Videotelefonat führten.*
»Ah, das berühmte Wortspiel!«, unterbrach mich Braillet, kaum dass ich ihm – wir waren, wieder einmal, abgeschweift – von meiner Ankunft in Sevilla erzählt hatte. »Die ›8‹«, leierte er mit erhobenem Zeigefinger herunter, »symbolisiert ein Wollknäuel – auf Spanisch: ›madeja‹. ›No 8 Do‹ wird also ›no-madeja-do‹ gesprochen. Teilt man die Silben an der richtigen Stelle ab, ergibt sich daraus der Satz ›no me ha dejado‹. Das heißt: ›Sie hat mich nicht verlassen.‹ Der Spruch wird König Alfons X. zugeschrieben, der in Sevilla – völlig heruntergekommen und von Gott und der Welt, aber eben nicht von dieser einen Stadt und ihren Bewohnern verlassen – seine letzten Jahre verbrachte … Aber das weißt du ja alles bestimmt.«
Ich nickte ausweichend … Damals freilich, in Sevilla, als ich die Stufen hinabstolperte, hätte die Information, dass der erste Satz,

der mir hier ins Auge sprang, »Sie hat mich nicht verlassen« bedeutete, gewiss völlig andere, viel heftigere Reaktionen ausgelöst. Bestimmt hätte ich den Stadtplan weg- und Annemaries Brief ausgepackt. Hätte ihn – wie einen wirklichen Liebesbrief! – an meine Brust, gar an meine Lippen gedrückt, hätte geseufzt und zum Himmel geschaut. Und ganz sicher hätte ich auch, zum tausendundersten Mal, die Absenderadresse gelesen … Als ob ich sie nicht längst auswendig gewusst hätte.

»Sie hat mich nicht verlassen«, murmelte ich.
»Nein. *Du* hast sie verlassen.«
Ich schaute auf.
»Du musst nichts erklären. Bonzo hat mir alles erzählt. Eure ganze, lange Geschichte. Mit allen Details.«
Chappi sprach schnell und bestimmt. Widerspruch – oder gar -stand – waren zwecklos.
»Aber siehst du«, fuhr sie, noch etwas schneller, fort, »auch im Buch *meines* Lebens gibt es eine Annemarie. Fast jeder hat eine – und jede. Das ist nichts Besonderes.« Über ihre so glatte Stirn huschten ein paar Falten. »Nur, dass in meinem Fall wirklich ich diejenige war, die verlassen wurde. Von ihr – von *ihm*, meine ich.«
Dafür, dass wir uns gerade erst kennengelernt hatten, ging das ja erstaunlich rasant dahin – »mit beängstigender Effizienz«, dachte ich. Warum erzählte sie mir denn jetzt schon *so was*? Wir hatten uns doch noch nicht einmal richtig vorgestellt!
Ich drehte mich nach Bonzo um. Der aber saß zwei Tische weiter, über das bareigene Schachbrett gebeugt, und raufte sich die Haare. Ihm gegenüber thronte, grinsend und in eine farbenfrohe Mu'umu'u gehüllt, ein ebenso massiger wie scharfzüngiger Afrikaner. Dieser war der Local Hero jenes Bistros im Goutte d'Or, in dem unser Zug fürs Erste zum Stehen gekommen war – nach zwei Zwischenstationen: Erst hat-

ten wir in einer schicken Wohnung in Montmartre gehalten (wo Chappi bei einer ihrer reichen Tanten schlafen würde), dann in einem gleich um die Ecke, aber in einer anderen Welt gelegenen, völlig heruntergekommenen Hotel am Boulevard Barbès (wo, laut Chappi, nicht nur ich, sondern, zu meiner Sicherheit, auch Bonzo die Nacht zubringen sollte).

»Ich wusste gar nicht, dass er Schach spielt,« sagte ich – um das Thema zu wechseln.

Chappi lächelte milde.

»Nun, es gibt vieles, das du über Bonzo nicht weißt. Vielleicht solltest doch einmal du ihm zuhören, anstatt immer selbst … Ja, er kennt die Regeln. Aber er spielt nicht besonders gut.«

Ich nickte. Natürlich war mir klar, dass Bonzo nur deshalb da drüben saß, damit ich, warum auch immer, ungestört mit Chappi sprechen konnte. Ich hätte es genauso gemacht – und hatte es tatsächlich auch eben erst getan. Als wir vorhin in die Bar ein- und dabei fast in den Tisch mit den Schachspielern hineingefahren waren, hatte ich diese Chance sofort genutzt, um mich von Bonzo und Chappi abzukoppeln. Sollten sich die beiden doch einmal allein unterhalten – schließlich war sie ja *seine* Freundin, nicht meine. Wenig später jedoch – gerade erst war es so weit gekommen, dass ich selbst eine Partie beginnen konnte – trat Bonzo ans Brett und packte mich am Arm: »Auf, auf!«

»Warum denn?«

»Chappi wünscht dich zu sprechen!«

Er wirkte nervös, sprach seltsam gespreizt – als ob es um Uni-Dinge ginge, etwa. Und braver, als ich es auf der Uni gewesen wäre, hatte ich meinen Gegner auch tatsächlich sitzen lassen und saß nun ein paar Tische weiter – die Beine überschlagen, an den Fingernägeln kauend: nervös wie vor der mündlichen Prüfung bei einem strengen Professor. Nein, einer Professorin.

Bonzo hingegen hatte meinen Platz eingenommen und spielte die Partie für mich weiter. Augenscheinlich war seine jetzige Lage jedoch kaum entspannter als meine. Ich sah, wie er kopfschüttelnd seinen König ein Feld weiterschob, in die äußerste Ecke des Bretts (h8). Dies konnte nichts Gutes bedeuten. Dabei war die Eröffnung doch ansprechend verlaufen …
»Also, was denkst du?«, fragte Chappi.

> Weiß hatte mit dem Königsbauern eröffnet. Da ich zuvor beobachtet hatte, dass mein Gegner dazu neigte, inkorrekte, aber mit Fallen (und Witzen) gespickte Gambiteröffnungen zu verwenden, war ich von meinem gewohnten klassischen Sizilianer abgewichen. Ich wollte Verrücktheiten wie das Flügel- oder das Morra-Gambit vermeiden. Stattdessen entschied ich mich für die Skandinavische Eröffnung: 1. e4 d5. Dem aber machte Weiß mit 2. d4 einen Strich durch die Rechnung. So erreichten wir eine Stellung, die üblicherweise nach der Zugfolge 1. d4 d5 2. e4 entsteht. Obwohl ich also alles versucht hatte, um genau das zu vermeiden, fand ich mich nun mit einer aggressiven Nebenvariante (und Bemerkungen über den angeblichen Zusammenhang zwischen Eröffnungswahl und Größe gewisser äußerer Geschlechtsmerkmale) konfrontiert.

»Die Stellung ist ausgeglichen« sagte ich. »Aber Schwarz muss höllisch aufpassen.«
Chappi lächelte.
»Nein, was du über Bonzo und mich denkst, meine ich«, sagte sie. »Er hat dir doch bestimmt alles über uns gesagt.«

> Obwohl ich mit der Theorie der Damenbauernöffnungen vertraut war, musste ich mir eingestehen, dass ich von den Varianten des angenommenen Blackmar-Diemer-Gambits (1. d4 d5, 2. e4 ed:, 3. Sc3 Sf6, 4. f3 ef:) nicht den leisesten Schimmer hatte. Auch für

die Verwicklungen der O'Kelly- oder der Wiener Verteidigung (4. … c6 bzw. 4. … Lf5) sah ich mich alles andere als gerüstet. Dies war der Grund – und nicht »*soumission* unter die Kolonialmacht!«, wie mein Gegner prompt grimmig grinsend vermeldete –, weshalb ich für 2. … e6 optierte, und damit (über Zugumstellung) für die Verteidigung namens *Französisch* …
Und tatsächlich gelang es mir auch, einige Züge später eine einigermaßen solide Position zu erreichen. Wenn man Bonzo nun jedoch dabei zuschaute, wie er die Stellung behandelte – eben schielte er zu Chappi und mir herüber, fühlte sich von meinem Blick ertappt und fegte daraufhin, zusammenzuckend, seinen eigenen Randbauern vom Brett –, so war es mittlerweile eindeutig Weiß, der am Drücker war …

»Nun?«, fragte Chappi.

»Die Stellung ist immer noch ausgeglichen« sagte ich. »Aber Schwarz muss höllisch aufpassen.«

Es war nicht schwierig, die Calle Jimena zu finden. Tatsächlich reichte es, die Calle Juan Antonio Cavestany zehn Minuten lang hinunterzuwandern und dann, an der richtigen Stelle, nach rechts abzubiegen. Es gab sogar drei oder vier verschiedene richtige Stellen, und ich weiß noch, dass ich, nachdem ich erst den kürzesten Weg von der Estacion Santa Justa zur Calle Juan Antonio Cavestany eingeschlagen hatte, nun eine Abzweigung nach der anderen verstreichen ließ, bevor ich in die letztmögliche der kleineren Querstraßen hineinging, die hinüber in die Avenida de Menéndez Pelayo führte.

Die musste ich dann praktisch nur noch überqueren. Aber meine Schritte, die beim Aufbruch am Bahnhof noch rasch und weit ausgegriffen, beim Hinunterlaufen über die gelbe Treppe dort jeweils zwei, drei Stufen auf einmal genommen hatten, waren mittlerweile immer zaghafter geworden, immer kürzer, und tatsächlich brauchte ich – mit den Zigarettenpausen, die ich einlegte, dem jeweiligen Absetzen der beiden Rucksäcke, dem Herausholen des Briefs, seinem Auf- und Wiederzusammenfalten – für die letzten hundert Meter (von der einen Seite der Avenida hinüber auf die andere und die paar Häuser in die Calle hinein) um einiges länger als für die davor zurückgelegten »1,3 km (Fußweg)«, die mir Google Maps heute für den Weg von der Estacion de Santa Justa in die Calle Jimena, 12 berechnet.

Google Maps' Street View sieht das anders, aber in meiner Erinnerung steht vor dem Haus mit dieser Adresse eine Zeile von Bäumchen mit kugelrund gestutzten Kronen. Und in den dunkelgrünen Baumkronenkugeln hängen wiederum viel kleinere, viel hellere Bälle: Orangen.
Ich weiß zwar nicht, wo die Orangen hingekommen sind – Street View meint, in der Gasse stünden überhaupt keine Bäume, dafür sei sie schlicht zu schmal, und das nächste Grün finde sich erst ein paar Häuser weiter, auf der Plaza, in welche die Straße einmündet (aber sind das nicht andere Bäume, größere? Das sind doch keine Orangen?!) –, ich weiß also nicht, was aus den Orangen in der Zwischenzeit wurde, aber wann immer ich an Annemaries Wohnhaus in der Calle Jimena zurückdenke, treten sie mir deutlich vor Augen.
Ja, die Orangen dort sehe ich deutlicher als alles andere, was mir Street View anbietet (das Kopfsteinpflaster, die neu wirkenden Poller, die sehr schmale Gasse …). Und so kann ich Sie nur bitten, meiner Erinnerung mehr Vertrauen zu schenken als dem Zusatzservice zu Googles Onlinekartendienst, der damals, als ich tatsächlich in Sevilla unterwegs war, noch gar nicht existierte. Treten Sie also mit mir gemeinsam unter jenes der Bäumchen, das dem Haus mit der Nummer 12 am nächsten lag, nehmen wir gemeinsam einen letzten Lungenzug und werfen wir, weit

ausholend, aber schon etwas schlapp (»mit letzter Kraft«?!), die zum Stummel gerauchte Gauloise neben einen der am Boden zerplatzten gelben Bälle.
Und ob Sie es mir nun glauben oder nicht: Damals, in diesem Augenblick, als die Funken der Zigarette rot neben den Orangenschalen aufstoben, just dann, als ich mich bereit machte, vor das Haustor der Calle Jimena, 12, zu treten (um nach dem richtigen Namensschild zu suchen, zu läuten, anzuklopfen, es einzutreten, einzutreten, was auch immer), erst jetzt: machte ich mir zum ersten Mal so etwas wie – nun ja, einen Kopf. Sprich: Gedanken.
Den z. B., der sich (und mich) fragte, ob Annemarie denn überhaupt zu Hause sei. Dass sie die Absenderadresse angegeben hatte, musste ja nicht heißen, dass sie auch tatsächlich hier anzutreffen sein musste … Was, wenn sie bis zum Abend auf der Uni war? Auf einer mehrtägigen Exkursion? Oder gar auf einer Reise, einer mit ungewissem Ausgang, wie ich?
*Und was sollte bloß geschehen, wenn sie in einer WG wohnte – und an ihrer Stelle eine ihrer katholischen Mitbewohnerinnen öffnete? Oder gar: ein Mitbewohn*er*? Womöglich schon: ein burgenländischer?! Oder sonst irgendein grimmig grinsender, gewaltbereiter Typ!?*

Sein Name war Branko. Er kam aus Graz wie ich, aber ich kannte ihn nicht. Kein Wunder, schließlich lebte er in einer anderen Welt. Diese Welt war mir neu – so, wie mir Chappi selbst neu war, und alles, was sie tat, sagte, erzählte.
Als Chappi erstmals Branko erwähnte, schob Bonzos Gegner seinen Randbauern ein weiteres Feld nach vorne. Selbst aus den Augenwinkeln betrachtet, wirkte der weiße Königsangriff mittlerweile brandgefährlich. Bonzo aber schaute nicht einmal aufs Brett, sondern zu uns herüber. Ich versuchte, ihm durch Gesten zu verstehen zu geben, dass er sich nun nur ja

nicht mehr ablenken lassen dürfe, aber er achtete nicht auf mich. Er hatte nur Augen für Chappi.

Just in diesem Moment riss Branko – er war damals erst 17, 18 – von zu Hause aus. In Chappis Geschichte, meine ich. Als er auf Landstraßen, durch Felder wanderte, als er ging und ging und weder wusste, wo er ging, noch wohin, bis die Polizei ihn schnappte und zurückbrachte nach Charleville, nein, Graz, hängten Bonzo und ich, zwei, drei Jahre älter als er, bereits Morgen für Morgen unsere Hüte auf die Kleiderständer vor dem Hörsaal. Anschließend setzten wir uns – hutlos, versteht sich – ins hiesige Café du Gaz, tranken Absinth und sprachen darüber, wie traumhaft es wäre, von hier wegzugehen. Aber erst abends brachen wir tatsächlich auf: zurück zur Uni, um unsere Hüte zu holen.

Es geschah am 4. Februar 2000. Während sich der Opportunist Wolfgang Schüssel vom Faschisten Jörg Haider zum Bundeskanzler krönen ließ, während das Heer der Demonstranten, Branko an vorderster Front, Chappi, die (damals noch) seine Freundin war, weiter hinten im Tross, am Ballhausplatz aufmarschierte und die Polizei ihnen entgegentrat, als wären sie Terroristen, als die Beamten erst mit Wasserwerfern und schließlich auch Knüppeln und Schilden auf sie einschlugen, feierten Bonzo und ich einen unserer größten Triumphe. Lang nach dem Ende der letzten Vorlesung standen wir, Schulter an Schulter, im zweiten Unterdeck des Cafés dem neuen (und alten!) Freund von Bonzos ominöser Ex-Freundin und seinem ebenso grimmig dreinschauenden, massigen Sekundanten gegenüber. Zum letzten, alles entscheidenden Duell. Im Tischfußball, meine ich.

Bonzo galt als technisch exzellenter, aber leicht abzulenkender Stürmer, ich hingegen machte meine Beschränkungen in der Ballführung durch Hingabe wett. Dennoch hätte es niemand für möglich gehalten, dass es ausgerechnet uns beiden gelingen könnte, Bonzos teuflisch flink agierenden, seit mehreren Abenden unbesiegten Erzrivalen tatsächlich –

»Hörst du mir überhaupt zu?«

Chappis Augen blitzten über den Tisch. Mir fiel auf, dass es blaue Augen waren, in die ich da schaute. *Sehr* blaue. Auch das war neu.

»Ja«, sagte ich, blinzelnd, »ich erinnere mich. Schüssel, der Verräter, musste wegen der Straßenschlachten durch einen unterirdischen Gang zur Angelobung. Und Branko und du, ihr habt damals also … äh … ihr … äh … Weißt du, Bonzo und ich, wir haben an jenem Tag auch, wie ihr … äh … gekämpft, wir … wir haben zwei Flaschen besiegt. Und dann, nun ja, dann haben wir welche geleert, wir –«

»Branko hingegen«, unterbrach mich Chappi, »hat Flaschen *geschleudert*!«

Sie funkelte mich an. Ich wusste nicht, was ich sagen sollte.

Ich wusste nicht, was ich sagen sollte. Das wurde mir klar, kaum, dass ich den Knopf gedrückt hatte, neben dem, in Annemaries Volksschulhandschrift, deutlich lesbar ihr Nachname stand. Und: Dass ich mir auch darüber (was ich Annemarie denn eigentlich sagen wollte, konnte, ja, überhaupt zu sagen hatte!) während all der Stunden der Reise, allein in den Zügen, dann mit der Mexikanerin, mit Carmen, keinen Kopf gemacht hatte. Oder gar Gedanken.

Panisch suchte ich nach einem Ausweg. Weglaufen? Dazu war ich mit meinem Gepäck viel zu schwerfällig. Und um den kleinen Rucksack zu öffnen und in einem der Bücher nach einem passenden Zitat zu suchen, war es nun, da ich geläutet hatte, auch schon zu spät … Außerdem: Weder Gottfried Benn noch Peter Handke, ja, noch nicht einmal Heinrich Böll schienen mir passend für diesen einen, womöglich alles entscheidenden Moment. Von den Gedichten des schon damals als zynisch und

frauenfeindlich verschrieenen Michel Houellebecq, die ich im Zug begonnen hatte, zu Übungszwecken zu übersetzen, ganz zu schweigen.
Aber während ich noch, starr vor Entsetzen, auf der Schwelle stand, hörte ich von drinnen schon ein Knarren, ein Kratzen, und dann ging die Tür auch schon auf. Und dahinter stand keine katholische Mitbewohnerin. Und noch weniger ein hagerer, grimmig dreinschauender Typ. Nein. Es war Annemarie.

Wie eine Maisstaude, aus ihrer Erde gerissen,
Eine alte Muschelschale, vom Meer vergessen,
Neben dem Leben

Wende ich mich an dich, die mich zu lieben gewagt
Komm mit mir, gehen wir, wiederfinden will ich
Die Spuren der Nacht.[5]

5 Michel Houellebecq: *Comme un plant de maïs …* Aus dem Französischen vom Verfasser.

Ich musste gar nichts mehr sagen. Die nächsten Minuten lang redete Chappi – aber was heißt da: Sie *redete*. Und was heißt da: *Minuten*!

Chappis Stimme, ihr Lachen, all ihre Meinungen, Geschichten waren die Filmmusik zu jenem Roadmovie, das folgen sollte. Goutte d'or-Rive gauche, Rive gauche-Nantes, Nantes-usw. Erst zu dritt, dann zu viert, dann, wenn auch nur kurz, sogar zu zweit. Und am Ende – aber lassen wir das. Fakt ist: Wenn jemand im dreispurigen Lauf dieser Geschichte den Ton angab, dann war es Chappi. Und: Wenn jemand am Ende dieser Fahrt, losgekoppelt von allen und auf totem Gleis, zurück ins Abseits rollte, dann war das – doch so weit sind wir, wie gesagt, noch nicht.

»Nein«, sagte ich. »Nicht mit mir.«

Denn noch rauscht unser Zug in voller Besetzung dahin – und wenn ich sage, in voller Besetzung, dann meine ich damit nicht nur Chappi, Bonzo und mich, nein. Da waren auch andere, Sicht-, vor allem aber auch Unsichtbare, und damit meine ich nicht einmal Bonzos ominöse Ex-Freundin. Oder gar meine.

»Ich … Ich meine …«

Tatsächlich war, von all den Unsichtbaren, die da mit uns reisten, Branko derjenige, der sich – wie hager er angeblich auch war – am breitesten machte. Er war es, von dem Chappi an jenem ersten Abend im Goutte d'Or, als sie mir eigentlich von Bonzo (und sich) erzählen wollte, erzählte. Er war die omnipräsente Hauptfigur in ihrer Geschichte, so wie sie selbst die in der Bonzos war (und Annemarie die in meiner). Branko, der Ex-Häftling, war Chappis Held, er, der gewaltbereite Anarchist, war es, mit dem sie einen Staat machte. Und sogar ich, der ich Branko ja – im Gegensatz, etwa, zu Bonzo – gar nicht kannte (von seiner Welt ganz zu schweigen!), war von seinen *aventiuren* rund um die Schlacht am Ballhausplatz (wie er, mit einigen Getreuen, das Sozialministerium stürmte! Wie er das Gebäude besetzte! Und wie er sich am Ende, in die Ecke getrieben, ganz allein, wie ein Kamikaze, ein Selbstmordattentäter, mitten in die Knüppel der Polizisten hineinstürzte!), auch ich also war von Brankos *maere* so abgelenkt, dass mir erst einmal entging, was Chappi mir eigentlich zu sagen versuchte.

»*Ich will das nicht hören. Bitte.*«

»Hörst du mir überhaupt zu?«
Da war es wieder: dieses sehr blaue Blitzen.
»Äh ... ja«, blinzelte ich, »du sagst also, du ... äh ... bist jetzt nicht mehr seine Freundin.«
»Exakt.«
»Nun gut, aber das hast du mir schon erzählt!« Ich leierte los: »Branko hat dich im März 2000 für eine andere verlassen – kurz, nachdem du die Kaution für ihn gestellt hattest, stimmt's?«
Ich war stolz auf mein neu erworbenes Wissen, Chappi aber verdrehte die Augen.
»Begreif doch!«, rief sie. »Nicht Branko, Dani, Bonzo!«
Ich stutzte.
»Moment – Bonzo hat das Sozialministerium gestürmt? Aber

das ist doch nicht möglich, an jenem Abend hat er ja mit mir –«

Chappi stöhnte auf: »Nein! Dani, bitte!«

Ich stutzte länger.

»Du meinst also wirklich … Bonzo?«

»Ja, wen denn sonst?«

»Aber wie – ich meine: Du bist doch seine *Freundin*?!«

»Wir *sind* Freunde, ja. Aber …«

»Willst du etwa behaupten, du bist … nur … *eine* Freundin?!«

Chappi nickte.

»Aber …« Ich schluckte. »Hast du ihm das etwa nicht gesagt?«

»Doch!«

»Wann?«

»Schon letzte Woche, in Amsterdam, von der Telefonzelle aus … Ich habe es ihm klar und deutlich gesagt. Wie dir jetzt. Aber irgendwie …«

»Was?«

»Nun, so wie es aussieht, habe ich … hat er … Er hat es wohl einfach nicht verstanden!«

»Wie daneben muss man denn bitte sein, um so was nicht zu verstehen?!«

»Ach«, seufzte Chappi, »ich weiß es nicht.«

»Ich weiß es auch nicht«, sagte ich. »Ich weiß nur … wir … ich …«

Dann sagte sie nichts mehr, sondern zündete sich eine Zigarette an. Ich tat es ihr gleich, lehnte mich zurück. Beide schauten wir zu Bonzo hinüber. Mein armer Freund …

Wie gerne hätte ich ihm doch zugelächelt oder -gewunken, aber: Just jetzt wandte er den Blick nicht mehr vom Schachbrett ab. Mit einem Mal wirkte er hochkonzentriert. Und dann ging sogar so etwas wie ein entschlossener Ruck durch seinen nur eine Spur zu schlaffen Körper, er packte seine Dame energisch an den Schultern, schob sie von sich weg, nach vorne, nach h4 – mitten in den gegnerischen Aufmarsch hinein. Der Zug wirkte auf den ersten Blick durchgeknallt, ja, kamikazemäßig – aber war er es wirklich? Soweit ich es von meinem Platz aus beurteilen konnte, ging Bonzo völlig zurecht davon aus, dass die Dame seine letzte Hoffnung darstellte. Schließlich drohte er mit seinem letzten Zug nichts weniger, als im nächsten mattzusetzen. Bonzo richtete sich auf, grinste kurz zu uns herüber, und tatsächlich …

Tatsächlich wurde sein riesiger Widersacher, der doch sonst so gerne laut dachte, mit einem Mal ganz still. Er überlegte, griff erst nach einer ganzen Weile nach seinem Springer und setzte diesen erst nach längerem Schweben auf das Feld g6.

»Échec«, murmelte er.

Und dann brauchte nicht nur ich, sondern auch Bonzo, der bei diesem Schauspiel ja nun wirklich in der ersten Reihe saß, mehr als nur einen langen, sehr langen Augenblick. Um zu begreifen, meine ich … Dass es sich bei dem Zug um eine »Springergabel« handelte – jene Art von Zug, der zwei gegnerische Figuren zugleich angreift. Einer der beiden Angriffe galt dem schwarzen König – was nicht schlimm war, der konnte ausweichen. Aber: Im nächsten Zug, dem nach dem Ausweichmanöver, würde Bonzo – und das war eben, leider, ganz und gar unausweichlich – die Dame (und damit seine Hauptfigur, die Partie, sprich: alles) verlieren.

»Ich will dich nicht verlieren.«

Die Spuren dieser Nacht verfolgten uns noch lange. Genauer gesagt: Wir waren es, die ihren Spuren folgten. Noch genauer: Sie stellten das holprige, dreischienige Gleis dar, auf dem unser Zug dahinfuhr.

Denn Chappi sah weder unmittelbar nach Bonzos fatalem Damenzug noch später, beim Mitternachtsimbiss in der Rue Myrha, wo er beim Anblick der *Gabel* immer noch zusammenzuckte, den geeigneten Moment gekommen, um ihn ein zweites Mal zu verlassen. Auch am nächsten Morgen, als wir Zwischenhalte an der Tour Eiffel und im Quartier Latin einlegten, sprach Chappi zwar über alles Mögliche, vermied aber just dieses eine Thema. Stattdessen attackierte sie beim Turm die jüngst davor aufgestellten Barrikaden (»faschistisch, all diese Sicherheitskontrollen!«) und beklagte beim Panthéon deren Fehlen (»hier müssen sie gestanden haben – fantastisch!«).

Während sie, immer vorneweg laufend, von »Stränden« schwärmte, die sich hier irgendwo »unter den Pflastersteinen« verbergen sollten, träumte ich von einem neuen, besseren Leben. Dem nämlich, das beginnen würde, sobald Chappi Bonzo endgültig den Garaus gemacht haben würde – genauer gesagt: der Beziehung zu ihm. Dann, dachte ich, hätten wir zwei endlich Zeit füreinander … Zeit für Verlaines »Tavernen«, seine »speziellen Zelte«, all »die kleinen Asyle / der Liebenden« … Bzw.: der unglücklich Verliebten. Denn selbstverständlich meinte ich, wenn ich »wir zwei« dachte, immer nur Bonzo und mich.

Und deshalb, nur deshalb drängte ich nicht nur auf einen baldigen Aufbruch nach Nantes, sondern willigte auch ein, als Bonzo mir zuflüsterte, dass er Chappi einladen wolle, uns nach Nantes zu begleiten. Unter anderen Vorzeichen wäre ich dagegen gewesen (wo hätte sie denn dort, in meinem Mauseloch von Dachkammer, auch schlafen sollen?!), so aber … So aber nahm das Unglück seinen Lauf.

Ich klopfte Bonzo also auf die Schulter und ließ mich auf der Place de la Contrescarpe ein paar Schritte zurückfallen. Von dort aus betrachtete ich wohlwollend, wie er Chappi zum Stehen und ins Café des Amateurs brachte. Zur Aussprache, sprich: zur letzten Entscheidung (»zum endgültigen Abschied«, dachte ich). Als sie sich niederließen, bog ich in die Rue Descartes ein, um »La Maison de Verlaine« zu besichtigen – das Haus, in dem Verlaine gestorben war.

»Ich weiß, ich habe alles falsch gemacht, einfach alles …«

Früher ein Mietshaus für arme Leute, in dem der »Dichter-Clochard« einen letzten Unterschlupf gefunden hatte, beherbergte das schmale hohe Gebäude nun ein Restaurant, und zwar, laut der am Eingang zum Gastgarten angebrachten Speisekarte, ein derart teures, dass jemand wie Verlaine dort bestimmt nie eingekehrt wäre. Die *garçons* musterten mich skeptisch, als ich unter der roten Markise stehenblieb und demonstrativ meinen Hut zog – schließlich trug ich keinen.
Hier also hatten sie ihn damals zu Grabe getragen, hier standen sie Spalier, die Trinker, Spieler, Demoiselles, die er in Gedichten verewigt – und im Rausch angebettelt, beleidigt oder gar geschlagen hatte. So wie er auch Mathilde, seinen Sohn, Rimbaud und seine Mutter im Rausch attackiert hatte.
Schon damals war mir klar, dass Verlaine in seiner Lebensgeschichte eine erbärmliche, ja, verabscheuungswürdige Figur abgab. In den alles andere als *fröhlichen* Irrwegen seiner Biografie meinte ich sogar eine Art Muster erkannt zu haben. Verlaine – das stand so auch im ersten Teil meiner *dissertation* – bereute jede einzelne seiner Entscheidungen, kaum dass sie gefällt war, machte sie dann, so gut es eben noch ging, rückgängig, nur um seine Meinung gleich darauf wieder zu ändern und in der ursprünglichen Richtung loszustürzen.

Und es waren eben diese Revisionen (und die Revisionen der Revisionen!) von bereits Revidiertem, die aus den *Entscheidungen* dann wirklich *entscheidende Fehler* machten. So schoss er immer kapitalere, fatale Böcke, mit denen er sich selbst schadete, ja, verletzte – und leider auch andere.
Hätte er Mathilde etwa einfach für Rimbaud verlassen: schlimm genug. Aber doch schön und gut – zumindest im Vergleich zu dem Drama, das er daraus machte. Anstatt sie hinter sich zu lassen, kehrte er doch zu ihr zurück, trennte sich aufs Neue, bereute auch das gleich wieder, jammerte, wütete, fuhr ihr mit dem Zug hinterher …
Reichte es ihm denn nicht, sie einmal zu verlassen? Musste er es zweimal tun, dreimal? Musste er sich verhasst machen? Alles zerschlagen, was sie jemals verbunden hatte?
Weiß der Himmel, mir kam wirklich das Kotzen, als ich, selbst starr wie eine Leiche, in der Rue Descartes stand und des Toten gedachte.

»Ich habe alles falsch gemacht«, schluchzte ich, »ich weiß, wirklich alles … aber …«

Andererseits: Sie *waren* Spalier gestanden. Obwohl sie ihn von seinen erbärmlichsten, verabscheuungswürdigsten Seiten kannten, waren sie am Straßenrand gestanden – hutlos, wie ich jetzt. Ganz so böse konnte Verlaine also nicht gewesen sein …
Und tatsächlich vermitteln die Berichte derjenigen, die ihm während seiner letzten Jahre begegnet waren, keineswegs das Bild eines Monsters. Im Gegenteil. So schreibt etwa Saint-Georges de Bouhélier:

> Es war ungefähr acht Uhr abends, ein undurchsichtiger Schnee hatte nicht aufgehört zu fallen und die Bäume

> des Luxembourg waren weiß [...], als ich, unweit des Odéon, Verlaine erblickte. [...] Er trug seinen üblichen deformierten und ausgebleichten Filzhut, ein weiter Mantel [...] wallte um seinen ziemlich ausgemergelten Körper.
> »Bigre«, stieß er hervor, als ich ihn erreichte, »was für ein Hundewetter!«
> Er schloss mich in die Arme. Seine Freude, mich zu sehen, war nicht gespielt. Er war der natürlichste Mensch, der je gelebt hat, sein Geist wies alles Affektierte von sich, in seiner Gegenwart war kein Posieren möglich. Bei Verlaine ist der Mensch das Werk – und umgekehrt.
> »Essen Sie mit mir zu Abend«, sagte er prompt, »Vanier [der Verleger] hat mir Geld gegeben, und das Leben ist schön!«

Dieser Verlaine erscheint naiv, geradezu herzlich, jedenfalls ganz und gar *offen* – ein Zug, den auch Stefan Zweig im Essay *Paul Verlaines Leben* immer wieder betont:

> Von diesem seinem [...] durchaus nicht heroischen Leben hat Verlaine nichts verschwiegen. Er [...] liebte sich selbst zu erzählen in Versen und Prosa, und sein Beichtbedürfnis war unendlich. Es ging sogar oft über die Wahrheit hinaus bis zur Karikatur, zur Übertreibung und in den Exhibitionismus hinein.

Einer also, der sich seiner Schwächen nicht nur bewusst ist, sondern sie ausstellt, ja, ausschlachtet – wobei seine größte Schwäche wohl einfach die war, unendlich schwach zu sein. Jemand so Schwaches wird leicht zum Opfer – genauer gesagt: leicht als solches gesehen. Auch Verlaine selbst stellt sich in seiner biografischen Fiktion *Meine Gefängnisse* von Anfang

an als Opfer dar, und zwar als ein »Opfer des Buches«, sprich: der »LEKTÜRE«.
Ebenso gut kann man den »pauvre Lelian« (Verlaines Anagramm des eigenen Namens) aber auch als Opfer des Alkohols verstehen, als Opfer der bürgerlichen Normen oder auch der Justiz, die ihn während der U-Haft in Brüssel »rektal untersuchte« – sprich: anal vergewaltigte.
War Verlaine – Zweigs Diktum zum Trotz – womöglich doch ein Held, ja, ein Märtyrer? In meiner *dissertation* standen die These vom entscheidungskranken Amokläufer und die Antithese vom tapferen Opfer lange Zeit unaufgelöst nebeneinander …

»… *aber … aber …*«

Aber als ich, auf dem Weg von der Straßenbahn zur Abgabe auf der *fac* eine Gauloise rauchte, kam ich auf eine mögliche Synthese: ein Rimbaud-Zitat aus *Eine Zeit in der Hölle*, jenem Buch, in dem Rimbaud davon erzählt, wie es zwischen Verlaine und ihm zu Ende ging.
Es war nur ein einziger Satz, dennoch fasste er alles, worüber ich mir den Kopf zerbrach, zusammen. Und so kritzelte ich ihn ans Ende der *dissertation*:

> »Es ist seine Menschlichkeit, die verhext – ich bin eins ihrer Opfer.«

In diesem Augenblick schnaufte mir jemand ins Ohr. Ein *garçon*? Nein, Chappi und Bonzo hatten in die Rue Descartes zurückgeschoben, damit ich wieder ankoppeln konnte.
Ich schloss Bonzo in die Arme. Mein bemitleidenswerter Freund! Ob ihn die Trennung hart getroffen hatte?! Er wirkte erstaunlich gefasst. Ich hingegen hatte Tränen in den Augen.

»… *aber … Könnten wir … ich meine … Können wir nicht trotzdem … wieder …?!*«

»Können wir … können wir jetzt endlich … nach Nantes fahren?«, fragte ich.
»Ja, fahren wir!«, antwortete Chappi.

Ich weiß nicht, wo und wann Chappi Bonzo dann endgültig verließ, oder zumindest: zum zweiten Mal. Fakt ist: Es war nicht auf der Place de la Contrescarpe geschehen, es geschah auch nicht im Zug nach Nantes, und auch danach, am Abend, auf meiner Terrasse – wo Bonzo und ich frierend ein paar *kros* tranken, während es sich Chappi, trotz meiner Hinweise auf die Kochplatte im Bad, nicht nehmen ließ, über einem Blechdosenfeuer ihre mitgebrachten Soja-Würstchen zu grillen (»mit Branko haben wir das auch immer so gemacht!«) –, fand keine Aussprache statt.

Offen blieb auch die Frage, wer wo landen sollte, wenn die Zeit fürs Bett gekommen sein würde. Genauer gesagt: für die breite, zwei Personen Platz bietende Matratze, die ich »Bett« nannte, einerseits, und für die alte Campingmatte, auf der eine/r schlafen konnte und die ich bei unserer Ankunft, während Chappi und Bonzo die Terrasse besichtigten, schnell über diverse Literaturzeitschriften gebreitet hatte, andererseits.

Chappi hatte zwar angeboten, auf der Matte zu schlafen, womit ich sofort einverstanden gewesen war, aber Bonzo hatte Protest eingelegt. Mit spitzen Fingern zog er ein zerlesenes Lyrikmagazin unter der Matte hervor, deutete auf das Grinsen des am Cover (mit-)abgebildeten Charles Bukowski und erklärte, dass »die Dame« unmöglich auf einer *solchen* Unterlage nächtigen könne.

Rasch riss ich ihm das Blatt aus der Hand und schleuderte es, gemeinsam mit meiner eigenen Decke, Richtung Matte. »Liebend gern«, grummelte ich, überließe ich »dem *Pärchen* –«

An dieser Stelle fiel mir jedoch Chappi ins Wort: Es sei genauso wenig angebracht, dass man den Gastgeber aus seinem eigenen Bett vertreibe, rief sie, blau blitzend – was wiederum Bonzo nervös machte. Schlau, wie er war, vermied er es freilich, das Thema fortzuführen. Stattdessen klagte er über Hunger, und zwar – nach einer traurigen Begutachtung des winzigen Soja-Würstchens, das Chappi ihm entgegenhielt – »*richtigen* Hunger«.
Kurz: Wir beschlossen auszugehen.

Wir beschlossen auszugehen. Genauer gesagt: Es war Annemarie, die das beschloss:
»Könnten wir … Können wir nicht trotzdem …«
»Etwas trinken gehen?«
»Äh … Meinst du denn, dass wir das können?«
»Ja.«

Wir gingen also hinaus, setzten im beginnenden Nieselregen unsere Kapuzen auf, aßen *kebab frites* (Chappi: Falafel), schlenderten den Cours Franklin Roosevelt hinauf, an den Parkanlagen des Square Elisa Mercœur entlang, eingehakt, ja, aneinandergeschmiegt wie ein Pärchen – nur, dass wir eben nicht zwei waren, sondern drei. Oder gar vier. Fünf … Und so, wie wir nicht *miteinander* gingen, sondern nur nebeneinander, sprachen wir auch: *neben-*, nicht miteinander.
Chappi wetterte seit der Place du Commerce, wo sie einen Streifenwagen entdeckt hatte, gegen den französischen »Polizeistaat«. Bonzo hingegen versuchte, mit seinen eigenen, in Graz gesammelten Polizei-Erfahrungen mitzuhalten. Und ich betonte meine Rolle als Gastgeber, indem ich den Gästen die Sehenswürdigkeiten der Stadt zeigte – einen Gastgeber, der sich derart engagiert zeigte, würde man schließlich kaum aus dem eigenen Bett werfen, dachte ich.

»Wisst ihr, dass die *flics* das Recht haben, einen – oder eine – bis zu 24 Stunden festzuhalten? In dieser Zeit können sie alles mit dir machen, und frau/man darf nicht einmal ihren/seinen Anwalt anrufen!«

»Von dieser Zelle aus rufe ich dich immer an.«

»Mich hat die Polizei auch einmal in eine Zelle gesperrt … Oder zumindest: *fast*.«

»Als Branko nach dem Ausweis fragte, zeigte der Zivile ihn zwar her – aber so kurz, dass man nicht sehen konnte. Nicht wirklich. Also fragte Branko noch einmal. Aber dann …«

»Es war auf dem Heimweg vom Café, nach Mitternacht … Es war kalt, und ich musste so dringend …«

»In der Zelle ist es oft sehr kalt, weißt du.«

»Ich stellte mich also zu einem Bäumchen am Rande des Stadtparks, und …«

»… dort, auf der Bank, habe ich die Zeichnung gemacht, die ich dir geschickt habe. Du weißt schon: die, auf der wir beide, Bier trinkend, rauchend, jeder auf einem Wölkchen sitzen …«

»Und da schlug er ihm den Ausweis einfach ins Gesicht!«

»Ist dir aufgefallen, dass die Wolken aus unseren Hintern kommen? Hihi … Also wir fliegen so dahin, und …«

»… auf einmal stehe ich im Scheinwerferlicht!«

»›Was soll das?‹, schrie ich …«

»›Tropfen Sie in Ruhe ab, schließen Sie das Hosentor und drehen Sie sich dann langsam um‹, sagte eine Stimme.«

»So ungefähr stelle ich mir den Himmel vor …«

»Und dann schlug er auch noch *mich*!«

»Nur wir beide, Bier in der Hand, Zigarette im Mund, jenseits von Gut und …«

»… Branko schlug zurück. Und der Polizist …«

»… verlangte für diese ›Erregung öffentlichen Ärgernisses‹ fünfzig Euro …«

»… der Polizist …«
»Apropos.«
»Ja?«
»Apropos!«
»Ich muss einmal.«
»Ich auch.«
»A- aber – ihr könnt doch nicht …«

Und ob wir konnten. Tatsächlich konnten wir, das war bald klar, kaum etwas besser. Genauer gesagt: Alles andere ging gar nicht. Aber als wir schließlich in einer dieser kleinen Sevillaner Bars, an einem ihrer kleinen Eisentische, Platz genommen hatten, als wir dort, umgeben von all den kleinen Wandfliesen, die alle weiß und gelb waren wie Gänseblümchen, an gelbem Bier nippten und weiße Tapas knabberten, jene Tapas, von denen ich schon in Madrid gelebt hatte, die aber in Wahrheit, wie mir Annemarie gleich am ersten Abend, mit einer croqueta de jamón *wedelnd, erzählte, hier in Sevilla »erfunden« worden waren, da stellten sich solche Fragen nicht mehr. Fragen wie die, ob wir das denn nun konnten, meine ich. Im Gegenteil.*
Die Fragen, die sich dann stellten, waren schon ganz andere. Die zum Beispiel, ob es nicht vielleicht doch auch wieder möglich wäre, dass ich etwas näher heranrückte. An Annemarie, meine ich. Und sogar die, ob ich nicht auch versuchen könnte, meinen Arm zu heben. Ihn auszustrecken. Und ihn dann vorsichtig, ganz vorsichtig, um ihre Schultern zu legen …
In ihrem gelben Sommerkleid, das sie hier, in Sevilla, auch im November trug, war Annemarie selbst weiß und gelb, war sie wie ein Gänseblümchen im Frühling, und als sie mir da so schräg gegenüber-, ja, eigentlich schon fast neben mir saß, war es wirklich wie früher, wie damals, ganz am Anfang, als wir uns kennengelernt hatten – auch wenn es da, um genau zu sein, auch schon Herbst gewesen war. Aber Sie wissen schon, was ich meine.

Fakt ist: Wenige Stunden, nachdem ich meine beiden Rucksäcke in Annemaries Wohnzimmer abgeladen hatte, saß ich mit ihr in einer dieser kleinen Sevillaner Bars, trank Bier, aß croquetas *und dachte an Dinge wie* Frühling *und* Gänseblümchen – *während draußen, blau und schwer, die Palmenblätter wogten. Und so hob ich dann den Arm, streckte ihn aus, hob an: »Können wir nicht vielleicht trotzdem wieder –«*

Und ob wir konnten! Kichernd schlugen wir uns ins Gebüsch, drängten uns zu ein und demselben Stämmchen. Draußen auf dem Cours hörten wir Chappi, die scharrte, ächzte, uns anfiepte, aber was kümmerte uns das. Wir beide kicherten einfach weiter. Mag sein, dass uns die Tatsache erheiterte, dass wir zum ersten Mal, seitdem wir in Nantes angekommen waren, so, wie es eigentlich geplant gewesen war, zu zweit waren. Unter uns. Oder lag es an jenem einen Bier auf der Terrasse? Den fünf, meine ich. Stimmte beides? Wie auch immer: Bonzo und ich, wir schienen aus dem Kichern gar nicht mehr herauszukommen, aus dem Gebüsch auch nicht, und erst, als Chappis Gepiepse immer gepresster, immer schriller wurde, kugelten wir aus dem Blattwerk auf den Gehsteig hinaus. Und dort verging uns das Lachen.

Chappi war nicht ärgerlich. Nein, sie hatte Angst. Und kaum, dass wir ihr ins Gesicht schauten, das blass, dann blau, dann wieder blass unter ihrer Kapuze hervorleuchtete, wussten wir auch, wovor. Nein: vor wem.

Plötzlich waren sie überall. Das Polizeiauto, das Chappi auf der Place du Commerce bemerkt hatte, kam langsam, furchtbar leise, den Cours herauf, ein zweites näherte sich von oben, vom Château des ducs de Bretagne her, und auch ins Unterholz des Parks kam Bewegung. Das Blattwerk raschelte; da und dort blitzten weiße Helme auf; die Büsche, in die wir eben gepinkelt hatten, wurden, wie in *Macbeth*, lebendig.

Natürlich wechselten wir sofort die Straßenseite. »Dort gibt es auch gute Bars«, schnaubte ich, Bonzo jammerte: »fünfzig Euro«, und Chappi japste ein letztes Mal: »Branko!« Doch als wir über die Straße liefen – denn ja: wir rannten zwar nicht, noch nicht (nur nicht auffallen!), aber die Art und Weise unserer Fortbewegung konnte man ganz gewiss nicht mehr *gehen* nennen! –, als wir da also, immer schneller (und doch immer noch schnellere Schritte im Ohr, die von hinten immer näher kamen: nur nicht umdrehen!) über die Tramtrasse hopsten, auf den Gehsteig der Allée du Port Maillard sprangen, sagte keiner mehr etwas. Und dann ging alles ganz schnell.

Annemaries Hände schnellten hoch.

Sie packten mich an den Schultern, warfen mich vor, gegen die Häuserwand dort, auf die ich mit den Händen klatschte. Ein Tritt gegen meinen linken Fußknöchel, einer gegen meinen rechten, ein Schubs gegen meinen Hinterkopf, und schon stand ich da, wie ich dastehen sollte: Hände an der Wand, Beine gespreizt, den Kopf nach unten, im Scheinwerferlicht.
Einmal drehte ich mich noch zur Seite um – nach Chappi, nein, da stand nur Bonzo –, da schob die Knüppelspitze meinen Kopf gerade, und als ich es ein zweites Mal versuchte (wo war Chappi?!), war das, was der Knüppel tat, schon kein Schieben mehr: Er stieß.
»Aber Sie können doch nicht – Können wir –?«

»*Nein!*«

»Nein!«

»*Entschuldigung …*«

»Was machst du denn …«

»Was haben Sie da gemacht?!«

Erschrocken stammelte ich etwas von »Bewegungsdrang nach der langen Reise« …

Erschrocken stammelte ich etwas von »Studium der Geisteswissenschaften«, »Erasmus« …
Mitten in meinem Gestotter fiel mir ein, dass ich die »vegetativen Anfälle«, die mir in Graz diagnostiziert worden waren, als mildernden Umstand geltend machen könnte. Vielleicht würden uns (oder zumindest *mir*) dann ja ein oder zwei der 24 Stunden Haftstrafe erlassen – oder die rektale Untersuchung – oder wie drakonisch die Strafe im »Polizeistaat« Frankreich für das »öffentliche Ärgernis«, das Bonzo und ich in den Büschen erregt hatten, auch immer ausfallen mochte …
»Entschuldigen Sie bitte«, hob ich also noch einmal an, »aber ich kriege … keine Luft …«

»Ach, das ist doch lächerlich!«, unterbrach mich Annemarie.
Und tatsächlich: Sie lächelte. Aber: Es war ein trauriges Lächeln. Erst jetzt fiel mir auf, dass ihr Haar, das man wohl »braun« nennen musste, das in meinen Augen aber immer »rot« gewesen war (bei unserem ersten Treffen hatte sie es mit Henna gefärbt gehabt), dass ihr das Haar also, das sie, nach unserer (zweiten) Trennung, von schulterlang auf kurz, mausfellkurz, abgeschnitten hatte, wieder bis in den Nacken fiel. In diesem weichen braunen, nein, roten Rahmen wirkten ihr Gesicht, ihre darunter freiliegenden Schultern noch weißer. Ich blinzelte.

Ich blinzelte, als der Knüppel meine Kapuze nach hinten schob und der Lichtstrahl der Taschenlampe mein Gesicht traf.

»Nanu, der ist ja ganz weiß …«, brummte eine Stimme.
Das überraschte mich nicht.

»Ich weiß schon, Dani …«

»Das sind sie nicht.«

»Ich meine: Ich verstehe dich ja, aber …«

»Oh nein, das kann doch nicht sein … Sie sind es nicht!«

»So nicht.«

»Hört her, das sind sie nicht!«
»Sie sind's nicht!«
»Sie sind weiß!«
Die Rufe pflanzten sich hinter uns fort. Getrampel. Die Hände, die mich an die Wand gestellt hatten, packten mich wieder an den Schultern, hoben mich hoch, drehten mich herum und ließen mich auf meine wackligen Beine plumpsen.
»Monsieur!«, dröhnte es in mein Gesicht.

»So geht das nicht … Nicht einfach so … Wir können nicht. Auch wenn …«

»Ich wünsche Ihnen noch einen schönen Abend, Monsieur!«, brüllte die Stimme.

Sie sagte noch etwas, so leise, dass ich es nicht hörte. Dann, wieder eine Spur lauter: »Du verstehst mich schon.«

»Wie bitte?«, fragte ich.
»Monsieur, Sie sind weiß! Sie können wieder!«, schrie der Be-

helmte, schlug mir noch einmal, aber diesmal aufmunternd, mit seinem Knüppel gegen die Schulter, wandte sich ab.

Sie wandte sich ab.
»Ich … weiß?«, stammelte ich.

Die Polizisten entfernten sich. Die Uniformierten sprangen in die beiden Autos, die Behelmten in einen Kastenwagen, der in der Zwischenzeit gehalten hatte. Türen knallten, das Blaulicht erlosch, sie rollten davon.

»Was – was weiß ich? Gar nichts weiß ich! Sehe ich etwa so aus, als ob ich etwas wüsste?!«

»Was – was war denn das?«, fragte Bonzo. Er lehnte blass an der Wand, an der man uns beide, wie man wohl sagt, »fixiert« hatte.
Mein Blick suchte Chappi, fand sie ein Stück weiter. Sie saß am Boden. Rieb sich den Hals.
»Wie geht's dir?«, fragte ich.
Sie antwortete nicht, schaute mich nur stumm an.

Sie antwortete nicht, schaute mich nur stumm an.

»Siehst du?« brach es dann – aus uns beiden gleichzeitig! – hervor. Wir stutzten, bevor wir, wieder gleichzeitig, fortfuhren:
»So schlimm ist es!« (Sie.)
»So schlimm ist es gar nicht.« (Ich.)
Und da – obwohl wir doch gerade erst der Strafkolonie entronnen waren, obwohl meine Wange noch von dem Knüppel brannte und Chappi am Boden saß, sich den Hals hielt – musste ich lachen. Und wie anders war dieses Lachen

doch als das hysterische Kichern mit Bonzo vorhin, im Park, oder auch das leise meckernde, immer leicht ins Gehässige spielende Schmunzeln, das Billy und ich hin- und herspielten, wenn wir in der Mensa, in die er mich immer mitschleppte, zusammensaßen und unsere Kollegen taxierten. Nein, dieses Lachen dort, an der Allée du Port Maillard nach Mitternacht, nachdem wir der Polizei entronnen waren (»nachdem wir sie in die Flucht geschlagen hatten«, dachte ich), war ein *richtiges* Lachen. Eines, das, wie man sagt, »von Herzen kam«.
Aber was war mein Lachen, das bei aller Herzlichkeit (oder deswegen?) doch von Anfang an spröde, als wäre es etwas Gesprungenem (Gebrochenem?) entlockt worden, aus meiner Kehle schepperte, mein kurzatmiges, unentschlossenes, wie vor sich selbst erschreckendes und sich noch während des Herausbrechens selbst abwürgendes Gebell also, das ohnehin gleich in einen Raucherhusten überging, was war es schon gegen das zwar leisere, aber um wieviel vollere Lachen Chappis … Glockenhell tönte es aus ihrem Mund, ein kleines Glöckchen nur, doch stark und: ungebrochen. Sprich: Als Chappi lachte, war mir, als läuteten – jetzt, nach Mitternacht! – alle Glocken, alle Schlagwerke der Stadt. Nein: die *aller Städte*:

> Aus allen Städten, da von Festgeläut und Singen
> Paris und Moskau, London und Sevilla klingen,
> Tönt hell der Jubelruf der Glocken […]«[6]

Bonzo schaute auf die Uhr.

Auf Annemaries Wange glitzerte eine Träne.

---

6 Paul Verlaine: *Ostern*. Aus dem Französischen von Graf Wolf v. Kalckreuth.

Es war nach Mitternacht, ein feiner Nieselregen hatte nicht aufgehört zu fallen und die Bäume des Square Elisa Mercœur waren weiß von all den im Licht der Straßenlampen glitzernden Tröpfchen. Chappi hakte sich links bei mir ein, Bonzo ging rechts von uns, und so überquerten wir die Straße, zurück Richtung Park, Richtung *Hercule*, wie ich dachte.
Da aber kam, aufs Neue, Bewegung in die Büsche, stülpte sich ein schwarzes, nein, dunkles, nordafrikanisch braunes Gesicht aus den Blättern, und siehe: Es war Bourrot. Er trug seinen üblichen deformierten und ausgebleichten Filzhut, ein weiter Mantel wallte um seinen ziemlich ausgemergelten Körper.
»Bigre«, stieß er hervor, während er sich die nassen Blätter von den Ärmeln wischte, »was für ein Hundewetter!«
Dann schloss er mich in die Arme, umarmte auch die sich sträubende Chappi, klopfte Bonzo auf die Schulter.
Seine Freude, uns zu sehen, war nicht gespielt. Er war der offenste Mensch, der je gelebt hatte, sein Geist wies jegliche Verstellung von sich, in seiner Gegenwart war wahrhaftig kein Posieren möglich. »Bei Bourrot ist das Gefühl die Tat«, dachte ich, »und umgekehrt.«
»Kommt mit zu mir nach Hause«, sagte er prompt, »eben habe ich eine Skizze verkauft, und das Leben ist schön!«

Nicht nur Bourrots Leben war schön, auch seine Wohnung. Zumindest schien es uns so – damals, in jener Nacht. Die Wohnung schien uns schon sehr schön, als wir unsere völlig durchnässten Jacken auf den im Kellerabteil nebenan gelagerten Kanistern abgelegt, die steifen Finger über dem kleinen, aus einem Konservenkübel gebastelten Ofen gewärmt und uns rund um den Laborblock, der als Couchtischchen diente, auf einem zerschlissenen Sofa und umgedrehten Kübeln niedergelassen hatten. Und später – nachdem mehrere Bongs und Zigarettenpackungen geraucht, zwei Träger *kro* vom Türken an der Ecke ausgetrunken, die roten Grablichter, die Bourrot als dezente Lichtquellen nutzte, weit herabgebrannt und die beiden Sorten Wodka, die als seine einzigen Mitbewohner im Kühlschrank hausten, verkostet worden waren – fanden wir sie sogar noch schöner. Die Wohnung war jedenfalls – darin waren wir uns, nach all den *kros* und Bongs, einig – schön genug, um hier auch gleich zu übernachten.
So schön Bourrots Zuhause nun aber auch scheinen (oder gar sein) mochte, groß war es freilich nicht. Und so stellte sich die Frage, der wir die ganze Nacht lang ausgewichen waren, am Ende mit neuer Dringlichkeit. Die, wer wo schlafen sollte, meine ich.
Anders gesagt: Ab hier wurde es unschön.

Der Abend war gelaufen. Annemarie sprach nicht mehr mit mir, schaute mich nicht einmal mehr an, und in den Gedanken, die ich mir machte, während wir schweigend zurück zu ihrer Woh-

nung wanderten, drehte sich alles um die Frage, wo ich denn schlafen sollte.
In einem billigen Zimmer in der Nähe der Orangenbäume? Oder am Bahnsteig? Im Nachtzug zurück? Gab es so einen überhaupt? Und wenn ja: Käme ich dann auch rechtzeitig nach Madrid, um Carmen auf ein zweites Frühstück einzuladen? Es schien am besten, sich schnellstmöglich um die Abreisemodalitäten zu kümmern …
»Hör zu«, begann ich.
»Hör zu«, sagte Annemarie gleichzeitig.
Wir lächelten. Dann setzte ich wieder an, aber sie reagierte schneller.
»Hör zu«, sagte sie.

»Hört zu«, sagte ich – aber Bonzo reagierte schneller.
»Puh, mein Kopf!«, jammerte er und ließ sich zur Seite plumpsen. Der beklagte Körperteil landete punktgenau auf dem Schoß Chappis, die neben Bonzo auf Bourrots zerschlissenem Sofa saß. Ohne ihr erschrockenes Japsen zu beachten, streckte er sich der Länge nach aus, schloss die Augen, massierte sich die Schläfen.
»Aber … aber …«
Zum ersten Mal, seitdem ich sie kannte, schien Chappi um eine Antwort verlegen.
»Ich muss noch aufs Klo«, piepste sie schließlich.
Bonzo riss die Augen auf, schloss sie aber gleich wieder.
»Dort warst du doch gerade«, murmelte er, tätschelte begütigend ihre Hand und drückte sie dann auf seine Stirn.
»Mademoiselle«, eilte ihr da Bourrot zu Hilfe, »in my roome, I 'ave très bige bede …«
»Really?«
»… fore you, Mademoiselle …«
»Oh, nice!«
»… ande fore me!«

»Oh.«

Nun war Chappi in eine weitere Falle getappt. Eine Springergabel war nichts dagegen. Während ich – ganz, ganz langsam (wegen der *kros*? der Bongs?) – zu überlegen begann, ob und wie denn womöglich *ich* ihr helfen könnte, sprang ihr schon Bonzo bei. Was auch angebracht war, schließlich war sie ja *seine* Freundin (dachte er zumindest). Mit ungewohnt energischer Gebärde klappte er den Mund auf, grunzte und – begann zu röcheln. Gleich darauf schnarchte er. Kurz: Er schlief – tief und fest.

»Nun … Es ist ja schon sehr, sehr spät.«

»Ja.«

»Und du warst auch sehr, sehr lange unterwegs.«

»Mhm.«

»Und wir haben einiges getrunken.«

»Tja.«

»Und heute fährt kein Zug mehr zurück.«

»Gut möglich.«

»Es wird also am besten sein, wenn …«

»Es wird wohl am besten sein«, schaltete ich mich ein, »wenn du hier …«

Ich deutete auf das Sofa, aber Chappi schaute mich zweifelnd an. Von Bourrot ganz zu schweigen.

»Wenn was?«

»Wie bitte?«

»›Es wird wohl am besten sein, wenn‹ – was?!«

»Ach so. Nun ja, am besten ist es wohl, wenn du … nun … Du hast dir ja ein Rückfahrtticket besorgt, oder?«

»Ja.«

»Für wann denn? Für morgen?«

»Äh … nein.«
»Übermorgen?«
»Nein.«
»Äh … Für wann dann?!«
»Für … in einer Woche.«
»Oh.«

»Oh non, non, non!«, entfuhr es Bourrot. »Impossible! C'est trop fort!«
Mir war nicht klar, was er meinte. Was war zu »zu stark«? Oder meinte er »fest«?
Leider war Bonzos Schnarchen mittlerweile zu laut geworden, als dass ich mir auch noch über Vokabelfragen den Kopf zerbrechen hätte können. Außerdem bemerkte ich, dass eine von Chappis schwarzen Dreadlocks sich der Nasenspitze des Schläfers schon bedenklich genähert hatte. Es schien nur eine Frage der Zeit, wann sie ihn kitzeln, sprich: wecken würde. Vermutlich war es also doch wohl am besten, wenn …
»Es wird wohl am besten sein«, wandte sich da aber schon Bourrot an Chappi, »wenn …«

»Nun, es wird wohl am besten sein, wenn du einfach einmal hierbleibst,« seufzte Annemarie.

»Ja?«, fragte ich.
»Ja«, sagte Chappi.
»Formidabloïde!«, frohlockte Bourrot.
Gemeinsam machten wir uns daran, Chappi unter Bonzo hervorzuzerren. Während Bourrot ein Kissen holte, hoben sie und ich den massigen, blondgelockten Kopf von ihren Schenkeln. Auf Bonzos roten Pausbacken wirkten ihre Hände besonders klein, besonders weiß. Nach längerem Hantieren (unsererseits) und Grunzen (bonzoseits) kam sie endlich frei.

Bourrot schob das Kissen anstelle von Chappis Schenkeln unter Bonzos Nacken, wartete, bis dessen Schnarchen die alte Lautstärke wiedergefunden hatte und schlich in sein Zimmer. Chappi trippelte hinterher. Ich folgte ihr.

Ich folgte ihr durch den Flur. In der Dunkelheit war nichts zu erkennen als ihr schlanker Schatten, das schwache Schimmern ihrer nackten Schultern. Noch nie war mir eine Wohnung so schön erschienen wie diese.
Abgesehen vom Wohnzimmer (von dem ich am Nachmittag, bei meiner Ankunft, vor lauter Aufregung nichts mitbekommen hatte) bestand sie aus der Küche (wo ich noch nicht gewesen war), dem Badezimmer (das ich nicht zu verorten wusste) und drei Zimmern – zwei für die Mitbewohnerinnen (die wir nicht wecken wollten), einem für Annemarie. Ich fragte mich, ob sie es wieder mit Tüchern und Mandarinenschalen geschmückt hatte.

Bourrot hatte sein Zimmer mit Aschenbechern und benutzten Taschentüchern geschmückt. Abgesehen davon befand sich darin – soweit im Schein des Grablichts, das er vor sich hertrug, zu erkennen war – ein etwas erhöhtes, mit einer einzelnen Daunendecke versehenes Doppelbett, unter dem er flugs eine Art Matte (oder Teppich?) hervorzog. Staub stieg auf, als er den Stoff vor Chappis Füßen ausrollte. Sie hüstelte.
»I'm un peu dirty, Mademoiselle, hélas!«
Danach kramte er eine dünne Decke aus dem Schmutzwäschesack, der an der Innenseite der Tür hing, und warf sie über die Matte.
»Voilà!«, grinste unser Gastgeber. »Two beds là-haut« – er zeigte auf sein Bett – »et ça« (die Matte).
Chappi nickte betreten. Ich kratzte mich am Bart. Wir schwiegen.
Dann aber ging ein Ruck durch Chappis Körper, sie richtete

sich auf, wischte sich eine Locke aus dem Gesicht und setzte sich, mit einem Mal wieder so selbstsicher und energisch, wie ich es von ihr gewohnt war, auf Bourrots Bett.
Seine Augen leuchteten.

Meine Augen lachen
beim Anblick der Stadt,
als sähen sie dich

Sevilla, deine
meine Stadt![7]

, summte ich vor mich hin, als Annemarie plötzlich stehen blieb.

»Könntest du mir bitte noch ein Glas Wodka holen? Von der stärkeren Sorte?«, fragte sie.
»Mademoiselle! Bien course!«, rief Bourrot.
Er schnappte sich sein Grablicht, stürzte zur Tür, stolperte über den Wäschesack, sprang hinaus.
Ich hingegen, der ich im Dunklen zurückblieb, wurde mit einem Mal so müde, dass mir die Worte »Pour moi aussi!« nicht mehr richtig über die Lippen kamen.
»Puh«, stöhnte ich ihm gerade noch hinterher – bevor ich schwer auf die Matte plumpste.
Einen Wimpernschlag später saß Chappi neben mir.

»Hör zu«, flüsterte sie. »Du musst mir helfen.«
»Nichts lieber als das«, flüsterte ich zurück.
»Warte hier.«
»Okay!«
Sie öffnete ihre Zimmertür, huschte hinein. Als drinnen das Licht

---

7 Juan Ramón Jiménez: *Du und Sevilla.* Aus dem Spanischen von Leopold Federmair.

anging, schloss sich die Tür vor mir. Ich starrte auf das mauselochkleine Leuchten unter der Schnalle, widerstand aber der Versuchung, durch das Schlüsselloch zu spähen. Ich legte nur die Hände auf das Holz. Aus dem Zimmer drang: ein Scharren, ein Kratzen. Wer weiß, was Annemarie da drinnen Hübsches vorbereitete … Ich hörte, wie sie hin und hertrippelte, näher kam …

»Hör zu«, flüsterte sie.
»Puh?«
»Du musst mir helfen.«
»Ich?!«
»Ja, du!«
»Aber wie?«
»Dein Freund da …«
»Bonzo?«
»Nein, Dani … Der andere!«
»Ah …«
»Ja. Hör mir zu, ich … Ich traue ihm nicht.«
»A-aber …«
»Und deshalb musst du tun, was ich dir sage.«
»Aber … Bourrot, ich meine …«
»Tu, was ich dir sage, bitte!«
»Er ist der offenste … Bei ihm ist das Gefühl die …«
»Sei still!«, wisperte Chappi.

Die Schritte kamen näher. Ich wich zurück.
Drei Wimpernschläge später wurde der Stein der Dunkelheit weggewälzt, und im leeren Raum öffnete sich eine Tür ins Licht, in dem sich Annemaries schlanke Silhouette abzeichnete.
Aber was war denn das? Ihr Schattenriss wurde durch etwas Unförmiges, allzu Massiges – einen Lumpen? Rucksack? – deformiert …
Ich blinzelte.

Die Schritte kamen näher. Chappi packte mich an der Schulter, drückte mich hinunter, sodass ich neben sie zu liegen kam, und warf die Schmutzwäschedecke über uns.
»Du musst mich halten«, wisperte sie.
»Äh … wie?«
»Fest!«
Im roten Flackern des Grablichts, mit dem Bourrot eben ins Zimmer stolperte, wirkte ihr Gesicht noch kleiner, noch weißer als sonst. So nah kam mir sonst nur Bonzo – wenn wir telefonierten. Ich blinzelte.
Chappi griff nach meiner rechten Hand, zog mich noch näher zu sich, legte meinen Arm um ihre Schultern.

Ich schloss die Augen. Oder ging das Licht aus?

»Bigre!«

Ich spürte, wie sich etwas Weiches, Glattes in meine Arme drängte. Aber es waren auch härtere Teile dabei (Schnallen? Krallen?!). Und etwas Langes, Dünnes, wie ein Schnurrhaar, das mir übers Gesicht strich.

Etwas wie Schnurrhaare strich über mein Gesicht, als Bourrot uns beschnüffelte. So nah kam mir sonst nur Bonzo – wenn wir Tischfußball spielten. Ich roch seinen Marihuanaatem.
»Mademoiselle? Dani?!«, zischte er, und ein paar Tropfen (Wodka? Wachs?) sprühten auf Chappi und mich herab.
Wir aber rührten uns nicht.

»Annemarie?!«, flüsterte ich.
»Ja?«, antwortete sie – zwei, drei Schritte entfernt.
Erschrocken ließ ich die weiche Masse los. Sie plumpste zu Boden.

»Was machst du denn da?!«, schimpfte sie. »Der Sack ist frisch gewaschen!«
»Was für ein … Ein Rucksack?«
»Der Schlaf*sack!«*
»Schlaf-?«
»Für dich. Komm jetzt, tragen wir die Sachen ins Wohnzimmer!«
»Warum denn ins Wohn-?«
»Na, irgendwo musst du doch schlafen!«
»…«
»Dani?«
Stille.

Oh nein, ich rührte mich nicht von der Stelle. Hielt die Augen geschlossen. Und Chappi. Fest.

Später, als ich allein im Dunklen lag, auf der Campingmatte, den Kopf, da es keinen Polster gab, auf meinem Arm, war alles rund um mich ganz still, und nur in mir drin ging es hoch her. Züge verschlangen Landschaften, riesige Typen rasselten mit Ketten, Schritte kamen immer näher und näher …
Aber die einzige Tür, die sich dann öffnete, war hinter meinen Lidern. Sie bestand ganz aus Licht, weißem, blendendem, doch da war niemand, der aus ihr hervortrat. Im Gegenteil. Die Tür war nur dazu da, damit jemand, der schon davor nicht da gewesen war – Annemarie – in ihr verschwinden konnte. Wieder und wieder.

Auch später, als das Herumtapsen, das Scharren aufgehört hatte, das Murmeln verstummt, das Grablicht erloschen und Bourrot, mit einem schrillen, geradezu gespenstisch heulenden Ton, von seinem Bett aus in Bonzos Schnarchen eingefallen war, tat ich, was Chappi gesagt hatte. Ich hielt still.
»Dani?«

»…«
»Da-ani!«
»Hm?«
»Du kannst den Arm jetzt wieder wegnehmen.«
»Ja.«
…
»Dani!!«
»Hm?«
»Der Arm!«
»Ach ja.«
…
»Dani?«

Bald war mein Arm eingeschlafen, ich aber war immer noch wach.

Noch später begann es in Bourrots Konservendosenofen zu knacken, in den Leitungen, die hier überall, kreuz und quer, über die Decke liefen, zu rauschen, draußen läuteten, wieder und wieder, Kirchenglocken, und die Schritte der Leute, die an diesem frühen Wintermorgen an den Fenstern von Bourrots Kellerwohnung vorbeihasteten, kamen näher und näher.

Nein, dies hier war nicht das Schiff Tristans und Isoldes, weit weg von allen, draußen, auf dem Meer (*l'amèr*? *l'amer*?!). Ja, es war noch nicht einmal der »wagon rose« aus Rimbauds Gedicht.

Wenn man Bourrots Schlafzimmer schon mit einem Waggon vergleichen hätte wollen – dachte ich, damals, neben Chappi liegend –, dann mit einem staubigen Güterwaggon, der auf einem Containerbahnhof, irgendwo zwischen rostigen Gleisen, Unkraut, Verschiebelärm, Schlagwerken, auf das Ausrangiertwerden wartet. Und wenn es schon ein Schiff sein hätte müssen, dann eines, das stillliegt. So still wie der *Hercule*, nein, noch stiller. Das Seitenschiff einer Kirche, vielleicht, so einer alten, gotischen, in dessen hinterster Holzbank zwei knien, zwei, die sich viel Zeit nehmen – während draußen, nur um die Ecke, schon etwas Durchgeknalltes, ganz und gar Unvorhersehbares im Gang ist. Dort steht, womöglich, schon der Altarraum in Flammen. Die ersten Balken krachen nieder, Funken regnen, die Gesichter der Heiligen sind erst blass, dann blau, dann wieder blass, und jetzt rennen auch schon die ersten Uniformierten, weiß Behelmten, Beile in der Hand, durch den Qualm. Dachte ich. Ach, ich träumte.

In den Holzverkleidungen, den Wänden und Ecken der Kirche hob ein Geraschel an, die Tiere wurden unruhig, ein Getrippel und Scharren, ein Fiepen, und einmal, als es, von der Tür her, besonders schrill aufpfiff, schreckte auch Chappi hoch.

»Dani!«

»Puh?«

»Ich glaube, da war was!«

»Wo?«

»An der Tür!«

»Am Altar?«

»O mein Gott – ich hoffe, er –«

»Gott?«

»Nein, ich hoffe, dein Freund –«

»Bourrot?«

»Ach, Dani … Ich hoffe, *Bonzo* hat uns nicht so liegen gesehen!«

»Äh … Wie?«

»Dani!«

»Ja?«

»Bitte, Dani … Denk auch einmal an jemand anderen. Denk doch *einmal* an Bonzo!«

Und da nahm ich den Arm weg.

Aber es raschelte, es fiepte immer noch, und wenn schon nicht um mich herum, im Zimmer, in dem es, wie draußen, von den Orangenbäumen her, geradezu paradiesisch (oder gespenstisch?) still war, so doch dort, wo ich lag, hinter dem Sofa (wo mich, wie Annemarie gemeint hatte, ihre Mitbewohnerinnen morgens nicht entdecken würden), innerhalb des Schlafsacks.
Ich wälzte mich herum, und was da über mein Gesicht strich, war kein Schnurrhaar, es war härter, fleischiger: Es war die Hand eines Toten.
Pfeifend schreckte ich hoch und begann meinen gefühllos gewordenen Arm zu schütteln, bis er kribbelte. Die Zeit für drastische Maßnahmen war gekommen.
Im Dunklen tastete ich nach meinem Rucksack, dem kleinen, schäbigen, mausgrauen, und schob ihn mir als Kissen unter den Nacken.
Zwar war mir nicht entgangen, dass er mittlerweile schon, nun ja, roch. Tatsächlich hätte man – besonders, wenn man, wie ich gerade, mit Nase und Mund auf ihm liegend, durch seine Löcher und Narben sozusagen in ihn hinein und aus ihm herausatmete – mit Fug und Recht behaupten können, dass er stank, *und zwar: süßlich und faul, nach Verwesung. Aber das war immer noch besser, als selbst abzusterben, dachte ich. Und dass es irgendwie schon wieder gut werden würde, glaubte ich – damals – schließlich auch noch.*
Und über diesem Gedanken schlief ich ein.

Hinterher, als wir aufgestanden waren, dachte ich freilich anders. Tatsächlich dachte ich dann, dass es der größte Fehler meines Lebens gewesen sei. Das mit dem Arm, meine ich.
So dachte ich schon, als Chappi aufsprang und, ohne mich weiter zu beachten, ins Wohnzimmer trippelte, wo Bonzo

immer noch schlief – oder so tat, als ob (er schnarchte nicht mehr, und als Chappi versuchte, das Kissen wieder auszutauschen, schnellte er, sofort hellwach, hoch).
Und genauso dachte ich auch noch danach, als wir drei, die beiden nebeneinander stumm voraus, ich einsam hinterher, am schnarchenden Bourrot vorbei aus dessen Höhle schlichen.
Und als wir – zu Bouchedors, der eben das Sonntagsfrühstück auftrug, Überraschung – zurück in meine Dachkammer kletterten und Bonzo dort zwar noch immer kein Wort sagte, aber sofort (eine Woche vor seiner geplanten Abreise!) begann, seine Sachen zu packen (und Chappi es ihm gleichtat …), dachte ich es erst recht. Das mit dem größten Fehler meines Lebens, meine ich.

Zwar wusste ich schon damals – als wir, wenig später, immer noch schweigend, von meinem Turm über den Cours Franklin Roosevelt zum Bahnhof wanderten, hin zu dem Zug, der Chappi und Bonzo davontragen sollte –, dass man bei dem, was ich da erlebt hatte, von »Leben« nicht sprechen konnte. Die zwei, drei Tage mit Chappi waren ja, wie gesagt, sogar für einen »Lebensabschnitt« zu kurz.
Andererseits: Vielleicht stimmte es ja, was Chappi in Paris, unter dem Eiffelturm, gesagt hatte: der Himmel beginne ohnehin schon unmittelbar über dem Boden, wir müssten also gar nicht erst hinauf. Und wenn man das von »Himmel« auf »Leben« übertrug, dann sah die Sache, genau genommen, schon etwas anders aus.
Es waren nur ein paar Tage in den Semesterferien. Und doch hatten sie – für mich – fast so lange gedauert wie das ganze Semester davor. Oder sagen wir: wie das halbe Semester. Oder zumindest: fast so lang.

Eines steht jedenfalls fest. Wenn ich später, nach dieser unserer Reise zu dritt, sprich: zu Beginn des Sommersemesters, gegen Abend oder in sonst einer Düsternis befangen, von der Trafik oder den *Galeries* zurück zu meinem Turm schlurfte, wenn ich, vorbei an den Telefonzellen, von denen aus mein bester Freund nicht mehr zu erreichen war (»Der Herr dieses Namens hat seine Telefonnummer geändert – und Sie wissen, warum«, sagte die Stimme), vorbei an dem Kebab-Laden, wo schon längst niemand mehr, und schon gar nicht ein Energiebündel mit blitzblauen Augen und schwarzen Dreadlocks, nach fleischlosen Alternativen fragte, wenn ich also dort, losgekoppelt von allem, einsam dahin-, an alles andere als rosa flackernden Kellerfenstern vorbeischaukelte, dann wusste ich nicht, wen von den beiden – Bonzo oder Chappi – ich nun vermisste.
Und was der größere Fehler gewesen war. Den Arm hinzulegen. Oder ihn wieder wegzunehmen.

Es regnete, als ich in Nantes ankam.
Weit war ich diesmal ja nicht gekommen, genau genommen kam ich, als ich diesmal »in Nantes ankam«, ja nur vom Bahnsteig zurück. Dorthin hatte ich Chappi und Bonzo begleitet. Als der TGV Richtung Paris, sprich: Graz, losgerollt war, hatte ich ihnen, unbemerkt von beiden, durch die getönten Fensterscheiben des TGV nachgewunken. Zu mehr hatte es nicht gereicht. Dennoch schien mir, als ich – *Bahnsteigtreppe runter, Bahnsteigtreppe rauf* – auf dem Rückweg vor den Bahnhof trat, ich sei diesmal lang weggewesen, länger vielleicht als je zuvor. Länger auf jeden Fall als bei dem Wochenendtrip nach Brüssel. Länger auch als bei dem nicht viel längeren Besuch in Graz zuvor, in den Weihnachtsferien. Und sogar fast so lang, dachte ich, wie bei meinem womöglich noch kürzeren, freilich alles andere als kurz erscheinenden Ausflug nach Sevilla – sofern ich von dort überhaupt jemals zurückgekehrt war.
Ich fragte mich eben, ob nun eigentlich Sevilla oder Graz weiter von Nantes entfernt sei, brütete also über ungeklärten, ja, unklärbaren Problemen, als ich, im Aufschauen, alarmierten Aufschnuppern, bemerkte: Hier war ich noch nie gewesen.

»*Wo bin ich?*«

Wo war die Straßenbahnhaltestelle hingekommen, wo die Straßenbahn? Wohin die hohen, hellen Fassaden dahinter? Auch die roten Markisen des *Café des Plantes*, die ich immer nur aus sicherer Entfernung, den Notizblock in der Hand, bestaunt hatte, waren verschwunden, von den noch nackten Baumkronen des gleichnamigen Jardin dahinter, in den ich mich nie hineingetraut hatte, ganz zu schweigen. Nicht einmal die von löchrigem Efeu alles andere als züchtig verhüllte Schulter des Mäuerchens an der Ecke der Rue Frédéric Cailliaud, in die ich damals, vor fünf Monaten, an jenem »herrlich milden, gelben Abend«, schwer beladen gestürmt war (»in die ganz falsche Richtung«), leuchtete über die Straßenbahn- und Autotrassen des Boulevard de Stalingrad zu mir herüber.

Stattdessen: ein Zebrastreifen. Ein Fußgängerübergang also, der, unmotiviert Haken schlagend, über eine der so vielen leeren, offenen Nantaiser Asphaltflächen hinweg in eine unentwirrbare Leere aus Fahrbahnen, Parkplätzen und Bushaltestellen führte. Durch seinen geradezu surreal kurvigen Verlauf verlieh der blendend weiße, offenbar frisch aufgemalte Schutzweg der Ebene, die, bordsteinlos, zwischen ihren einzelnen Elementen profilmäßig nicht den geringsten Unterschied machte, ein welliges Aussehen. Als würde man im, nein, unter dem Asphalt Dinge verbergen, ja, als throne dieser unser *Ausweg nach allen Seiten* auf verschiedenen Trümmern, vielen verschieden tief gebeugten Rücken.

Erst schien es etwas bergauf zu gehen, dann wieder bergab, schließlich, unter düsteren Wolken, die sich am Horizont, um den Gipfel eines Wolkenkratzers? (Wachturms?), zusammenballten, hart einen Steilhang entlang … Das Phänomen erinnerte mich an das Meer. Das Meer Hemingways, meine ich. Das Meer, hatte ich aus *Inseln im Strom* erfahren, sehe vom Strand aus betrachtet glatt aus – wenn man aber tatsächlich darauf navigieren müsse, durch all seine Strömungen und Gezeiten, mit oder gar gegen den Wind!, erkenne man, dass es in Wirklichkeit am ehesten einer Hügel-, ja, einer Gebirgslandschaft gleiche. Nicht einmal das Meer, sagte Hemingway also, sei einfach nur *das Meer*.

Mit einer fast obszönen Neugier starrte ich auf diese so beklemmend enge Weite hinaus. Es grauste mir, aber ich konnte doch nicht weg – »als hätte mein Bewusstsein«, wie ich bei Handke gelesen hatte, »im Äußeren endlich den Ort gefunden, der ihm im Inneren entsprach«.
Ich wollte dies eben notieren (endlich einmal etwas, das ich mit Handke gemeinsam hatte!, dachte ich), war also dabei, meinen Notizblock aus dem Plastiksack von *FNAC* zu kramen, den ich statt eines Rucksacks nun immer mit mir herumtrug, als ich mit einem Mal begriff, dass es auch ganz andere Gründe dafür gab, warum mir diese fremdartige Gegend so vertraut erschien. Tatsächlich war ich hier *doch* schon gewesen. Ein einziges Mal. Und das nicht erst vor Kurzem, in meinem Erasmus-Jahr. Nein, schon viel früher. Während der Frankreich-Reise 1998 nämlich, jener, die von Paris in die Bretagne, an den Atlantik, geführt hatte. Sprich: noch mit Rucksack. Und: mit Annemarie.
In diesem Augenblick läutete, irgendwo tief im Plastiksack, mein Mobiltelefon.

Das Telefon läutete, und ich hörte Annemarie, wie sie leise, leicht gehetzte, aber zärtliche Worte flüsterte.
»Ja«, murmelte ich, »ja?«
Ich öffnete die Augen, richtete mich auf. Im selben Augenblick verschwand Annemarie aber auch schon wieder. Die Tür ins Wohnzimmer ging wieder zu, und ich sah gerade noch ihren Schatten, der, den Schatten eines Telefons am Ohr, eins wurde mit dem Licht der Morgensonne, das vom Vorzimmer hereinfiel.

Der Handybildschirm blinkte matt auf: »Billy … Billy …«.
Mein Daumen wanderte zum roten Knopf links, dann entschied ich mich aber anders und drückte den grünen auf der rechten Seite.

»Ja«, sagte ich, das Telefon ans Ohr haltend.
»…«
»Ja?!«
Tuten.
Zu spät – ich war zu langsam gewesen.

Zu spät … Ich schloss die Augen, erschlaffte, sank zurück.

Nachdem ich den falschen, nein, den anderen Ausgang genommen hatte (*Gare Sud* statt *Nord* …), fand ich nicht mehr in meine gewohnten Bahnen zurück. Ganz so, als wäre ich aus dem Gewirr der Leerflächen, die sich südlich des Bahnhofs, wo Annemarie und ich damals, unter unsere Rucksäcke gebeugt, in einen Bus Richtung Meer gestiegen waren, nicht mehr zurückgekommen. Ja, als wäre ich wieder in diesen Bus, der doch schon lange fort war, eingestiegen, wäre mit ihm fortgefahren, weiter als nach Graz, viel weiter sogar noch als nach Sevilla.
Wer aber kehrte in den Turm zurück? Wen grüßten die Bouchedors, die sich eben zum Kirchgang bereitmachten, verwundert, wer stieg die Treppe hoch, schlurfte durch die Zimmertür, warf sie hinter sich zu? Ein anderer.
Einer, der als Erstes den Fernseher einschaltete, sich auf die Matratze legte, die ich Bett genannt hatte, und der auch die nächsten Wochen lang nicht viel anderes tat, als sich die französisch synchronisierten Wiederholungen von Folgen einer amerikanischen Vorabendserie anzusehen, die ich früher immer verachtet hatte. In dem Fernsehspiel ging es um ein paar fröhliche junge Leute, die – im Schatten der Zwillingstürme – in einer Art WG zusammenlebten, sich dort liebten und trennten und wiederliebten. Sein Titel: *Friends*.
Während der andere Dani da in meinem Turmzimmer vor dem Fernseher lag, gingen draußen die Dreharbeiten weiter, liefen die Kameras weiter, filmte man etwa auch unter den

Orangenbäumen von Boufarik. Dort umzingelte eine Spezialeinheit der Polizei, begleitet von einem Fernsehteam, den Gemüsehändler Antar Zouabri und zwei seiner Freunde. Aber Dani war hungrig, und so stand er auf und ging in die Badezimmerküche. Er drehte die Herdplatte auf und kochte Couscous. Die Polizei schoss die Freunde nieder. Dani kam mit dem Couscous zurück, begann zu essen, und Rachel und Ross trennten sich. Ihm jedoch fehlte die Würze. Also ging er wieder ins Bad, und während er ein Sojawürstchen ins Couscous schnitt, wurde ein wiederum anderer Dani, nein, Danny, Daniel Pearl nämlich, in Karachi entführt. Er kehrte zum Fernseher zurück, wo Ross Rachel gestand, dass er sie immer noch liebe. Sie aber sagte, die Trennung sei endgültig. Ross hörte das nicht zum ersten Mal. Dani war es freilich noch immer nicht genug. Während er nun doch die Blutwurst holen ging, die er neulich gekauft hatte, schnitten sie ihm die Kehle durch. Er kam wieder, aß die Wurst, und Rachel hatte Tränen in den Augen. Da der Freund hinter der Kamera vergessen hatte, sie einzuschalten, musste die Szene wiederholt werden. Sie bereiteten alles vor. Nach dem Essen ging Dani wieder ins Bad und wusch den Topf ab. Unterdessen wurde die Kamera zum Laufen gebracht, und man schlug Danny, weil man ihm ja schlecht noch einmal die Kehle durchtrennen konnte, den Kopf ab. Dani wusch sich die Hände. Dann nahm er, mit einer Packung Orangenkekse, wieder vor dem Fernseher Platz. Monica hatte Chandler verziehen und machte ihm einen Heiratsantrag. Er fand, dass sie in ihrem schwarzen Kleid, mit ihren schwarzen Locken, die auf die nackten Schultern fielen, sehr hübsch aussah. Dani aß das letzte Keks auf und schaltete den Fernseher aus. Dann holte er eine Literaturzeitschrift hervor.

Hinterher stand er auf der Terrasse, rauchte und schaute den Autos und Straßenbahnen zu, die den Turm unbeirrt umkreisten. Da unten ging kein Zug, mit Pilgern vollbesetzt, in Flammen auf, in der Allée de l'Île Gloriette brachen keine Unruhen aus, und der Sklavenhafen, durch den die Loire da grau und langsam Richtung Meer floss, war samt dem Denkmal, das an ihn erinnern sollte, plattgewalzt worden. Der Regen hatte nachgelassen, ja, aufgehört, es war schon Ende Februar, war Anfang März, und irgendwo dort vorn, am Horizont (am Meer?), hart unterm Rand der Wolkendecke, die Tag und Nacht vom Atlantik her über Nantes hinwegrollte, leuchtete, wie aus einer anderen Zeit (letzten Herbst? nächsten Frühling?!), ein Streifen Gelb – das Gelb eines dieser so langen, hellen, herrlich milden Abende.
Nein, es gab keinen Grund mehr, nicht da hinunterzugehen, und in den Abend, das Gelb, die andere Zeit hinein. Dennoch: Er ging nicht. Es ging nicht. Stattdessen zündete er noch eine Zigarette an. Auch die Feuerzeugflamme war gelb.
Seit seiner Ankunft hier war wenig Zeit vergangen, und dennoch ahnte er, nein, wusste es, dass sein Jahr hier schon vorbei, dass er mit Nantes, wie er sich sagte, »fertig« war. Ich denke, nein, ich weiß, dass er, der ich nun geworden war, in jenen Augenblicken auf dem Dach, die sich damals Tag für Tag oft, zigarettenoft, wiederholten, an all das dachte, was er hier schon verloren hatte – seinen Rucksack, zum Beispiel. Und dass er sich fragte, was ihm, wenn es so weiterging, in den verbleibenden vier Monaten denn noch alles zustoßen würde … Nein, nein, sagte er sich. Am besten war es wohl, er blieb hier drinnen, hier oben, und schaute sich das alles aus der sichersten aller Perspektiven an: aus der Vogel-, nein, der Bomberpilotenperspektive.
Die Wolkendecke riss auf, die ersten Sterne tauchten auf, und unter ihm drehte sich der Autoverkehr Nantes' weiter, fuhren

die Straßenbahnen immer weiter, fuhren auch die Züge weiter und weiter – so weit wie bis nach Graz, nach Sevilla … Wenn er wenigstens einen Grund hätte, einen echten, hinunterzuspringen, dachte er, denke ich.

Annemarie gab mir einen Grund. Aufzuwachen, meine ich. Nachdem das Telefonat beendet war, kam sie wieder zur Tür herein. Ich hörte sie im Zimmer herumrascheln, hörte das leise Pfeifen ihres Atems, als sie schnupperte. Sie öffnete das Fenster. Ich öffnete ein Auge. Jetzt, im Licht der Morgensonne, in dem ihr Haar noch röter erschien und ihr Gesicht noch weißer, sah sie besonders hübsch aus. Ich öffnete beide Augen. Sie kam lächelnd herüber, ließ sich neben mir nieder …
»Halt mich«, sagte sie. »Fest.«

Die Uni gab Halt. Oder zumindest einen Grund, hinauszugehen. Das Sommersemester war nun zwar schon ein paar Wochen alt, aber es war noch immer früh genug, in die Seminare einzusteigen.
Professorin Tristan hielt nun ein Seminar über den *Yvain*-Roman (»Trennung und Wahnsinn«), Professor Stendhal sprach über Flauberts *Madame Bovary* (»Von der Untreue zum Selbstmord«), und Verlaine hatte sich ganz auf Rimbaud verlegt: »Ich ist ein anderer.«
Ein anderer als ich wäre vor dem Wandkasten, in dem die Themen ausgehängt waren, an meiner Stelle bestimmt in Gelächter ausgebrochen. Und vielleicht lachte – damals, an jenem sonnigen Märzmorgen – dort auch tatsächlich jemand. Aber es war kein glockenhelles Lachen – nicht jenes Lachen, das die lachen, die glücklich sind.

Ich erwachte, als Annemarie und ich gerade sehr glücklich waren. Lächelnd öffnete ich die Augen, aber: Was da in meinen Armen lag,

war gar nicht Annemarie. Es war etwas anderes. Tatsächlich hielt ich meinen Rucksack gepackt – so fest, als wollte ich ihn erwürgen. Annemarie hingegen kam eben aufs Neue ins Zimmer geraschelt. Ich hörte, wie sie alarmiert schnupperte, dann das Fenster aufriss. Langsam richtete ich mich auf und blinzelte ins Sonnenlicht: Es war viel greller als noch eben im Traum. Ein Schatten (Annemarie?) bewegte sich auf mich zu.
»Auf, auf!«, sagte sie, seltsam gereizt. »Du musst hier raus, Dani, bevor meine Mitbewohnerinnen zum Mittagessen heimkommen!«

Beim Mittagessen sah er Dani wieder. Er wirkte verändert. Schon allein, dass er in die Mensa gekommen war – schließlich hatte er oft genug gejammert, wie sehr er diesen Ort verachte. Nun aber saß er allein an einem langen Tisch vor einem leeren Teller und kritzelte in seinem roten Notizblock herum. Obwohl es in der Mensa weiß Gott warm genug war, trug er seine Windjacke.
Billy stellte sein Tablett bei den Erasmus-Studentinnen ab, mit denen er gekommen war, schlenderte zu Dani hinüber und setzte sich vor ihn hin. Dani schaute auf.
»Wo warst du denn so lange?!«, grinste Billy.
Dani gab keine Antwort. Also zog Billy den Block zu sich über den Tisch. Auf dem Papier fanden sich ein paar Zeilen. Vermutlich eine dieser Houellebecq-Übersetzungen, mit denen sich Dani seit seiner Rückkehr aus Sevilla herumschlug – als ob er sich davor drücke, selbst zu schreiben, dachte Billy.

> Immer gibt's eine Stadt, in ihr Spuren von Dichtern,
> Die zwischen den Mauern ihr Schicksal ereilte,
> Überall plätschert Wasser, die Erinnerung wispert
> , zerteilte
> Städtenamen, Vornamen, ~~Löcher im~~ Schädel […][8]

---

8 Michel Houellebecq: *So long*. Aus dem Französischen vom Verfasser.

Billy lächelte unbestimmt: »Fresh, ja. Metrisch noch nicht perfekt, aber wird schon werden … Aber – äh – sag schon: Wo treibst du dich immer herum? Warst du in Paris?«
Dani schwieg weiter, griff jedoch in den Plastiksack von *Hypermarché*, den er statt des in Brüssel verschwundenen Rucksacks mit sich herumtrug. Er kramte einen Ausdruck hervor, besserte hastig etwas darauf aus und drückte ihn Billy in die Hand:

> Das ist etwas Totes tief drinnen in mir,
> Ein Mangel an Freude, ein faules Gewebe
> Ein kleiner Rest Winter bleibt immer in mir,
> Nantes
> ~~Paris~~ ist die Wüste, in der ich so lebe. […][9]

Billy runzelte die Stirn.
»Hm … Also, ich weiß nicht, ob es in Übersetzungen erlaubt ist, Städtenamen zu ändern … Vielleicht, um einen Reim zu retten, aber so, ohne Grund … Nun ja. Wie dem auch sei. Dani, hör zu: In der WG der Girls ist heute eine Party. Eine Frühlingsparty! Willst du nicht auch kommen? Sie sind wirklich mega!«
Er deutete zu der Gruppe hinüber, von der er gekommen war. Dani schaute hinüber. Dort musste jemand eben einen Witz gemacht haben. Die Studentin in dem ausgefransten Wollpullover, in deren Begleitung er Billy schon gesehen hatte, lachte auf – so hell, dass die Leute am Nebentisch sich unruhig umschauten. Vermutlich dachten sie, eine Alarmglocke sei losgegangen.
»Es ist heute um acht. Bestimmt gibt es auch genug zu trinken … Also, was meinst du?«

---

9 Michel Houellebecq: *Monde extérieur*. Aus dem Französischen vom Verfasser.

Noch immer sagte Dani nichts, brachte aber wieder – diesmal aus seiner hinteren Hosentasche – ein Blatt Papier zum Vorschein.
Billy entfaltete es, las halblaut vor:

> Wir müssen der Welt gegenüber folgendes Verhalten entwickeln: den Nichtwiderstand;
> Negativ ist negativ.
> Positiv ist positiv,
> Die Dinge …

Plötzlich zuckte der Blitz der Erleuchtung über Billys Gesicht. »Wie cool ist das denn!«, rief er. »Jetzt verstehe ich endlich!«
Und als Dani erfreut aufschaute, setzte Billy nach:
»›Nichtwiderstand‹ heißt, dass du die Einladung annimmst – alright, ich hole dich gegen acht ab!«
Er legte den Zettel zurück, stand auf, klopfte Dani noch einmal aufmunternd auf die Schulter und ging zurück zum Tisch der »Girls«, die mittlerweile alle lachten. Als er sich, selbst schon kichernd, zu ihnen setzte, schaute er noch einmal zu Dani zurück. Der brütete wieder über seinen Zetteln, wie zuvor. Nur sein Gesicht hatte sich etwas gerötet. Vermutlich war ihm nun doch warm geworden, dachte Billy, bevor er ins Lachen der Studentinnen einfiel.

> Wir müssen der Welt gegenüber folgendes Verhalten entwickeln: den Nichtwiderstand;
> Negativ ist negativ,
> Positiv ist positiv,
> Die Dinge sind
> Sie erscheinen, sie verändern sich,
> Und dann hören sie einfach auf zu existieren,
> Die Außenwelt ist, in gewisser Weise, gegeben.

Das Wesen der Wahrnehmung ähnelt einer Alge,
Wabblig
~~Widerlich~~ und weich,
Von Grund auf weiblich
Das ist es, was wir erreichen müssen
Wenn wir von der Welt reden wollen
Einfach nur von der Welt reden.

Wir dürfen nicht jenem gleichen, der versucht, die Welt nach seinen Wünschen zu gestalten,
Nach seinen Vorstellungen
Jedoch ist es uns erlaubt, Wünsche zu haben
Und sogar Vorstellungen
In begrenzter Anzahl
Alles in allem sind wir Bestandteil des Phänomens
Und verdienen, als solcher, höchsten Respekt,
Wie die Eidechsen.

Wie die Eidechsen wärmen wir uns
in der Sonne des Phänomens
Und warten auf die Nacht
Aber wir kämpfen nicht,
Wir dürfen nicht kämpfen,
Wir sind auf ewig in der Position des Besiegten.[10]

---

10 Michel Houellebecq: *Nous devons* … Aus dem Französischen vom Verfasser.

In dem Spiel ging es um ein paar fröhliche junge Leute, die in einer Art WG zusammenlebten. Wobei: In Wirklichkeit lebten sie nicht zusammen, nicht richtig. Nur zwei von ihnen wohnten tatsächlich gemeinsam – in einer sonnigen, mit bunten Tüchern ausstaffierten Altbauwohnung in der Rue Montaudouine, gleich hinterm Quai de la Fosse (und doch in einer anderen Welt). Die restlichen hingegen schliefen in Studentenheimen, Zimmern zur Untermiete oder ähnlichen trostlosen Orten in Nantes – aber *lebten* sie denn dort auch? Iwo. Es schien vielmehr so: Diese jungen Menschen – oder zumindest: manche von ihnen (jedenfalls einer!) – lebten zwar nicht in der »coloc« (= WG) in der Rue Montaudouine, doch nur dort, bei den anderen, waren sie (war er) *wirklich* am Leben. Das Spiel (der Spielfilm?), von dem hier die Rede ist, ging über die simplen Gesetzmäßigkeiten einer Erasmus-Komödie à la *L'Auberge espagnole* (im selben Jahr, 2002, angelaufen) weit hinaus. Tatsächlich wies *La coloc de la rue Montaudouine*, vor allem in Bezug auf die Beziehungen der Hauptfiguren untereinander, Elemente der Gattung Übersetzungsseminar auf. Und zwar eines Seminars, bei dem junge Menschen mit ähnlichen Interessen, die sich bisher nicht gekannt hatten (und einander dementsprechend an-, ja, aufregend erschienen), aus ihren gewohnten, womöglich schon etwas langweilig gewordenen Lebensumständen gerissen wurden. Ebenso unerfahrene wie schnell entflammbare Grünschnäbel also, die man – für eine gewisse Zeit (unverbindlich kurz, aber doch lang genug: eine Woche? zwei? drei Monate?) – auf einem Felsen mitten im tiefsten Blau der Adria zusammensperrte. Dort sollten sie –

halbnackt (wegen der Hitze) und versorgt mit reichlich Alkohol – neue Übersetzungstechniken, eine neue Sprache, ja, wer weiß, vielleicht sogar ein ganzes neues Leben erlernen.
Es war die erste Folge, und die Kamera ging reihum:
»Bonjour! Je m'appelle Clémentine, je suis étudiante à la fac de Nantes, je suis en train de me préparer pour l'ENS à …«
»Bonschur. Schmappel Carlotta, sche sui … frá Reykjavík. Sche … etüde … i frönsku … og … sagnfræði …«
»Hallo, ich heiße Emily. Ich studiere Dolmetschen und …« (Lacht.)
»Hi, ich bin Billy, ich studiere Geographie, Lehramt, und Sport, äh, Sportwissenschaften …«
»Ich bin der Dani. Ich will noch ein Bier.«
Aber an dieser Stelle begann der Kameramann zu lachen, und das Bild geriet ins Wackeln, verschwamm, und dann stoppte der Film, weil Bertram, der gefilmt hatte, ins inseleigene Gasthaus lief, um diesem einen Studenten, dem einzigen, der anderes im Blick hatte als nur sein Studium, tatsächlich ein Bier zu holen. Und spätestens jetzt ist auch klar: *Das* war – zumindest für eine Einstellung lang – der falsche Film. Der läuft nicht mehr. Und weder der lachende Kameramann noch all die kichernden Translationswissenschaftsstudentinnen (es waren tatsächlich fast nur Student*innen*) noch die hübsche Frau mit dem spanisch schwarzen Haar, die, in einem besonders häufig angewählten Videoausschnitt, still vor sich hinlächelt, werden hier noch eine Rolle spielen.
Der richtige Spielfilm hingegen, der, der nun, im Frühjahr 2002, mit einer Erasmus-Party anhebt – der Film namens *La coloc de la rue Montaudouine* also –, handelt von reiferen Menschen, fast schon Erwachsenen. Von Persönlichkeiten jedenfalls, die solche Spielchen nicht mehr nötig haben.
Es ist der erste Abend, und eine neue Figur erscheint auf der Bildfläche.

»Das ist der Dani«, sagte Billy ganz trocken in die Runde.
Die Mädchen kicherten.
»Wo ist das Bier?«, fragte Dani.

»Spielen wir ein Spiel«, sagte Annemarie.
Ich schaute mich um, suchte in dem sonnigen, mit bunten Tüchern ausstaffierten Café, in das sie mich zum Frühstück, nein, zum Mittagessen gebracht hatte, nach dem Tischfußball-, dem Darts-Automaten, aber – das wurde mir spätestens durch Annemaries sanftes Kopfschütteln klar – damit *befand ich mich im falschen Film.*
Denn jenes Spiel, von dem sie da sprach, wurde nicht auf Automaten gespielt. Man benötigte dazu auch kein Brett, keine Würfel. Alles, was wir brauchten, waren zwei Figuren – Hauptfiguren wie Annemarie und mich. Und auch die Regeln, wurde mir erklärt, seien einfach – einfach wie die der meisten Trinkspiele (denn als solches musste Annemaries Spiel wohl gelten): Wer etwas sagte, was den anderen verletzte, wer ihm zu nahetrat oder gar -kam, der (oder die) musste eine Runde Getränke zahlen.
»Was für Getränke? Alkoholische?!«
»Ja, sonst hat es keinen Sinn.«
»Ich verstehe.«
Und das war es dann auch schon mit den Regeln. Es wurde auch niemand gezwungen, sich darauf einzulassen. Im Gegenteil. Für den, der nicht mitspielen oder im Lauf des Spiels aussteigen wollte, standen stündlich Züge bereit. Züge, die zurückfuhren nach Madrid. Paris. Nantes. Oder in sonst eine Wüste.
Wer jedoch mitspielte, der konnte bleiben. Hier, unter den Palmen, den Orangenbäumen, in der Oase Sevilla. Konnte hinter Annemaries Sofa schlafen, mit ihr in Tapas-Bars frühstücken, Bier oder Sekt trinken am Guadalquivir, der durfte sie auf Ausflüge begleiten und, wer weiß, vielleicht sogar einmal ins Kino (eben war Shrek *angelaufen).*

»Und wie lange … Ich meine: Wie lange geht das dann so? Für immer?«
»Ach, Dani … Logischerweise nicht!«
Logisch – *wie jedes Spiel, in dem es um viel geht, brauchte auch dieses klare Grenzen. Der Zeitrahmen betrug exakt eine Woche: bis zum Tag der gebuchten Rückreise. Unverbindlich kurz, aber doch lang genug, um …*
»Und dann?«
»Wie meinst du: ›dann‹?«
»Na, was ist eigentlich dann*?«*
»Dann, *Dani«, sagte Annemarie, »ist es aus.«*
Ich schluckte.
*»Wie: ›*aus*‹?«, würgte ich endlich hervor.*
Annemarie schaute weg. Zur Wand. Das Tuch, das dort hing, war in den Farben des »No 8 Do« im Stadtwappen gehalten, kräftigen Rot- und Gelbtönen. Dennoch erschienen sie mir mit einem Mal ziemlich blass. Wie hell hingegen leuchtete, unter ihrem heute zu einem Zopf gebundenen Haar, Annemaries Nacken … Das Bild verschwamm – das Weiß ihrer Haut wurde zu einem Helm, der immer näher kam, nein, zu einer Altherrenfrisur: der des Kellners.
»Dos cervezas!«, rief ich.

Dani stellte das Bier bereit, Emily das Auto. Nicht, dass irgendjemand außer ihm – zumal auf unschuldigen touristischen Ausflügen wie diesen – all das Bier gebraucht hätte, aber es störte auch niemanden. Das Bier gehörte eben zu Dani wie ihre Skripten zu der kleinen, aschblonden Clémentine, der Fußball zu Billy oder zu Carlotta, einem großen, massigen Mädchen, ihr speckiges Reisewörterbuch (*Frönsk íslensk islensk frönsk orðabók*).
Emilys Auto brauchten hingegen alle. Es war ein alter Lada, beige und voller Dellen, den sie aus der Gegend um Cottbus,

woher sie stammte, hierhergefahren hatte. Dani lud also die in Plastik eingeschweißte Familienpackung *kro* in den Kofferraum, Billy warf den Ball hinterher, und dann setzte sich Emily auch schon ans Steuer und rief, in der polnisch gefärbten Mundart ihrer Heimat, in der sie sich nie äußerte, ohne dabei in Gelächter auszubrechen: »Na mĕstna, gótowe, start!« Es war ein Ritual, das erst an jedem Wochenende, gegen Ende des Sommersemesters gelegentlich auch unter der Woche und dann, zu Sommerbeginn, nahezu täglich stattfand. Aber so weit sind wir noch nicht.

Noch steigen wir, nein, sie, die *colocataires*, die außerhalb von Emilys Lada, wie gesagt, gar keine waren, ja erst das zweite oder dritte Mal ins Auto. Und noch tappen sie nicht nur zögerlich um den Wagen herum, sondern, wie hell die Frühlingssonne auch eben zwischen den letzten Regenwolken hervorblinzeln mag, auch völlig im Dunklen – zumindest, was die Geschichte, die in dem Film *La coloc de la rue Montaudouine* erzählt werden soll, betrifft.

Noch sieht Emily, die schon hinter dem Steuer sitzt, wenn sie nach vorne, in das Dunkel dort, schaut, nichts weiter als den noch nachtdunklen Morgenhimmel im Westen. Und noch denkt Dani, der sich nun gähnend hinter ihr ins Auto zwängt, wenn er, über ihre Schulter schauend, ins selbe Dunkel starrt, nichts weiter als: »Es ist ja noch dunkel.«

Nein, damals, am Morgen des zweiten oder dritten Ausflugs mit den Freunden, dachte er nicht daran, noch nicht, dass dieser eine Weg, wie dunkel er auch erscheinen mochte, auch der einzige war – der einzige *Aus*weg weit und breit, der sich *tatsächlich* auftat. Und wie er von dort, wohin er sich da fahren ließ, jemals wieder zurückkommen sollte, daran: dachte er damals, als er, das Kinn auf den Vordersitz gestützt und mit der Nase fast schon in Emilys Pullover steckend, erst recht nicht.

Mitzuspielen war der einzige Ausweg. Und so ließ ich mich nicht nur auf ihre Regeln ein, sondern stimmte auch zu, als Annemarie fragte, ob ich, um nicht schon am frühen Nachmittag alkoholisch k.o. zu gehen, mit ihr die touristischen Ausflüge nachholen wolle, die sie hier in Sevilla – wie ich in Nantes – bislang ausgelassen hatte.

Ich sagte also: »Ja«, als sie vorschlug, die Kathedrale Santa María de la Sede zu besichtigen, und ich sagte auch: »Ja«, als sie den Turm der Kathedrale, ein »über 100 Meter hohes ehemaliges Minarett« (wie sie, die Kunstgeschichte-Studentin, zu berichten wusste), besteigen wollte. Und als sie mich oben, nachdem sie sich um- und ich sie dabei angeschaut hatte, fragte, ob mir die Aussicht denn gefalle, sagte ich auch: »Ja.« Und ich fügte hinzu: »Und wie.«

Später sollte jemand wie Chappi sich stirnrunzelnd abwenden, wenn ich von Kolumbus' Grab erzählte, das sich unten, im Hauptschiff der Kathedrale, befindet, und Braillet, der alte Moralist, jaulte bei einer ähnlichen Gelegenheit überhaupt in eine mehrköpfige Zoomkonferenz hinein: »Ach, hör mir doch auf mit diesem gierigen Hochstapler! Sein Blick auf die Indigenen in Hispaniola, der Brief, den er an Königin Isabella schickte, das ist doch die Wurzel allen Übels: ›Sie haben keine Waffen, gehen alle nackt, haben keinen Sinn für Waffen, sind furchtsam. Also kann man ihnen gut Befehle erteilen und sie arbeiten, säen und alles sonst Notwendige verrichten lassen‹!« Ja, genau, Cristóbal! Lasst sie arbeiten und gebt ihnen um Himmels willen keine Waffen, keine Waffen – wieso denn bloß? Während wir vor dem Fernseher liegen und uns mit Telenovelas in ein schöneres, einfacheres, tröstenderes Leben träumen … Dieser Hochstapler war doch der Erste, der so tat, als sei er ein unschuldiger Tourist – obwohl er in Wirklichkeit ein Terrorist war!«

Annemarie aber hatte zustimmend genickt, als ich, vor dem Sarkophag und seinen vier steinernen Trägern, dem Abenteurer meine Bewunderung aussprach. Dafür zum Beispiel, dass er sozusagen blind, auf nichts als eine unbestimmte Vision gestützt, von Nantes nach Sev-, nein, auf den Atlantik hinausgesegelt war. Sie hatte auch gelächelt, als ich meinte, dass er sich jetzt, im Sarg, getragen von den Herolden (getragen wie Verlaine im Quartier Latin!), dass sich Kolumbus also bestimmt auch jetzt noch hin- und hergeschaukelt fühle – als sei er immer noch, für immer, auf dem Meer … Und später, im Patio de los Naranjos, dem »Orangenhof«, wo Annemarie auf der Brunnenmauer saß und ich aus ihrem Reiseführer vorlas (»Santa María de la Sede gilt als größte gotische Kathedrale weltweit. Nur die Bewohner von Palma de Mallorca widersprechen dem und erklären ihre Kathedrale zur größten der Welt.«), unter den Orangen dort also geschah überhaupt das Wunderbarste: Annemarie lachte.

Emily lachte, als sie losfuhren, sie lachte auf der Fahrt, die sie durch den bretonischen Bocage führte, durch all die Hainbuchen- und Brombeerhecken dort, und als sie dann bei den Menhiren von Carnac ankamen, lachte sie immer noch. Oder schon wieder.

Es war nicht immer auszumachen, weshalb sie eigentlich lachte. Klar, manchmal fiel eine an die Allgemeinheit adressierte Bemerkung auf der Hinterbank, wo, neben dem meist stummen Dani, Billy und Clémentine unentwegt miteinander tuschelten. Oder Carlotta, die Beifahrerin, stammelte ein paar Wörter, die sie in ihrem »orðabók« gefunden hatte. Meist aber geschah nichts dergleichen, ja, es geschah überhaupt nichts. Und Emily lachte trotzdem.

Anfangs hatte Dani noch bei jedem Lachanfall aufgeschaut, hatte erst irritiert, dann amüsiert, die Landstraße, die Wallhecken draußen nach etwas Lustigem abgesucht. Bald aber gab er den Kampf auf – den, nach Zusammenhängen zu suchen, meine ich. Er legte das Kinn neben die Kopfstütze des

Vordersitzes, schloss die Augen und ließ sich von der Sonne wärmen, die in manchen Kurven durchs Seitenfenster fiel. Sein Körper schaukelte im Rhythmus der Bodenwellen, und es störte ihn nicht, dass die Fransen von Emilys Wollpullover, deren lila Härchen um ihre Schultern wie Ährchen, nein: Federchen, abstanden, ihn ab und zu in der Nase kitzelten. Und wenn sie wieder einmal lachte, lachte er einfach mit.

Annemarie lachte nicht nur im Hof der Kathedrale, sie lachte auch in Shrek, *lachte wohl mehr über die raschelnden und tratschenden, mit allen Volten der Handlung und den so realistisch irrealen Bildern mitquiekenden Kinder im Saal, als über den Film selbst. Am meisten aber lachte sie später am selben Tag, nach dem Kino – paradoxerweise also gerade dann, als wir uns, für zumindest einen Abend, von unserem nun doch schon drei Tage währenden Trinkspiel erholten, indem wir einfach einmal zu Hause blieben (ihre Mitbewohnerinnen waren auf einer Lernklausur). Wir saßen auf dem Wohnzimmersofa, hinter dem ich zu schlafen pflegte, aßen zu Abend, tranken Wasser. Der Fernseher lief.*
Es war vermutlich ein besonderes Pech für den Spielfilm, der an jenem Abend gezeigt wurde, dass wir unmittelbar davor, erstmals in unserem Leben, mit dem »Hyper-Irrealismus« der computeranimierten Bilder Shreks *konfrontiert worden waren. Aber auch sonst wäre der Streifen wohl kaum als Meisterwerk durchgegangen. Und so kommentierte ich ihn bissig, gehässiger, als man es mir zugetraut hätte – mit der Gnaden- (und Hoffnungs-)losigkeit des selbst Scheiternden, könnte man meinen.*
Wie auch immer. Fakt ist: Annemarie lachte. Je schlechter der Film wurde, desto bösartiger (und witziger) wurden meine Kommentare. Je mehr sie lachte, desto aufmerksamer verfolgte sie den Film, der sie ansonsten bestimmt gelangweilt hätte. Und je gespannter sie ihm folgte, desto weniger achtete sie darauf, was sonst noch so geschah – abseits des Bildschirms, meine ich.

So gesehen war die nicht vorhandene Qualität des Films dann doch ein Glück, zumindest für mich – obwohl ich auch dieses Glück, in einer für meinen damaligen Zustand charakteristischen inneren Bewegung, unmittelbar zurück in Richtung Unglück zu deuten wusste … Aber lesen Sie selbst – und zwar einen der letzten Einträge in meinem blauen Notizbuch, den ich womöglich noch am selben Abend, im Schlafsack, hingekritzelt habe:

Bob Hoskins ist ein netter Herr mit weißem
Haar & XXXXX Bart, der bei »Rainbows«,
einem der schlechtesten Filme der Filmgeschichte,
XXXXXX Regie geführt hat & XXXXXXXXXXX.
XXXXXXXXXXXXXX eine der Hauptrollen spielt
Annemarie & ich sind waren sehr müde, & XXXX
Nudeln mit Tintenfischstückchen XXXXXXXXXXX
& wir konnten nicht vom Fernseher wegschauen.
Auf der engen Couch berührten wir uns oft, viel
öfter als sonst, & mir XXXXXXXX fiel ein auf,
daß ich von Annemaries Berührungen,
ihrer Art nackt & mir nah zu sein,
fast gar nichts mehr weiß. Es war mir in
XXXXX unseren 4 gemeinsamen Jahren X
wohl viel zu selbstverständlich gewesen, was
da XXXXXXXXXXXXXXXXXXXXXXXXXX
XXXXXXXXXXXXXXXXXXXXXX geschah.
Ich war wohl glücklich gewesen, hatte sie es aber
nicht XXXXXXXXXXXXXXXXXXXXXXXXXX
in Erinnerungen festgehalten. Nicht fest genug.
XXXXXXXXXXXXXXXXXX Würde es immer
so sein? Annemaries Arm rutschte auf meinen,
& sie zog ihn nicht zurück (wie heute Morgen,
in der Bar [= 1. Bier um 9:30!]). XXXXXXXX
XXXXXXXXXXXXXX Es war schön so zu sitzen,

aber ich war XXX wieder XXXX traurig geworden
und dachte XXXXXXXXXXXXXXXXXXXXXXXX
XXX und fragte mich, wie XXXXXXXXXXXXXXX
XXXXXXXXXXXXXXXX und blieb es.

Sie blieben neben einem Tumulus stehen, ließen sich gerade alle auf der Wiese zum Picknick nieder, als Danis Mobiltelefon läutete. Er schnellte sofort wieder hoch.
»Unbekannte Nummer!«, rief er und trippelte, das Telefon in der einen, die Bierflasche in der anderen Hand, aus dem Bild. Emily, die eben Gebäck aus dem Picknickkorb packte, schaute ihm irritiert nach.
Billy hingegen winkte ab: »Der Loser wartet immer noch darauf, dass diese Cappy, oder wie sie heißt, ihn einmal anruft. Oder zumindest: ihr Ex-Freund. Genauer gesagt: seiner. Von seiner eigenen Ex-Freundin ganz zu schweigen … Ach, es ist eine Tragödie!«
Er kicherte und wandte sich Clémentine zu, mit der er eben das Skriptum für *Voltaire und das Infame* durchging: »Apropos: Quelle tragédie de Voltaire a été traduite par Goethe?«
»*Ma … Ma …*«
»Oui? Oui?!«
»*Mariamne!*«
»Oh non! C'est *Mahomet*!«
Billy stürzte sich in gespielter Verzweiflung auf Clémentine, die kreischte auf (»Arrête!«), und schon rollten sie, gemeinsam mit seinem Ball, kichernd über die Picknickdecke.
Emily aber stand weiter da, die Dose mit dem Kuchen in den sehr weißen Händen, und schaute befremdet, nein, eher besorgt, zu Dani hinüber. Der war in eine Weißdornhecke geraten und kämpfte nun mit den Ranken, dem Telefon, sich selbst (»Hallo? Au! Hallo?! Gottverflucht … Ist da jemand?!?«). Kaum zu glauben, dass er, laut Billy, als Student

gar nicht einmal so unbeholfen war. Im Gegenteil. Im Verlaine-Seminar des Winter-Semesters habe er, hieß es, sogar 14 von 20 Punkten erreicht – und damit ein besseres Ergebnis als viele Muttersprachler. Wobei ihm der Professor die Arbeit angeblich mit folgenden Worten zurückgegeben hatte: »Ihre *dissertation* wäre sogar ein Sehr gut – wäre sie denn nur eine *dissertation*!«

Wäre dies ein Film, man hätte nur Emilys Gesicht gesehen: die braunen, schwarzumrandeten Augen, das schwarze, ins Rötliche spielende Haar, ihre geröteten Wangen – Musik. Dem Publikum wäre aufgefallen, dass diese junge Frau, die bislang nur als patente, aber unauffällige Fahrerin, als kumpelhafte Organisatorin, ja, Mentorin, im Bild gewesen ist, tatsächlich auch richtig hübsch ist – rund, aber keinesfalls rundlich, geschminkt, aber nicht overstyled –, und das in einem Film, wo Schauspielerinnen ja meistens aufgedonnert wie bei einer Misswahl auftreten müssen. Aber hey, sie befindet sich ja auch in keinem Film. Wir spielen ja nur, dass es einer ist.

Und so zupft uns, nein, Emily, nun etwas am Hosenbein. Es ist Carlotta, die ihr auf allen vieren über die Decke nachgekrabbelt ist.

»Kekse … du … a?«, fiepte sie. Sie deutete auf Emilys Korb.

»Non«, erwiderte Emily, »keine Kekse. Ce sont des *sroki*. Je … je les ai faits moi-même.«

»Kommon?!«

Nun wurden auch die beiden anderen aufmerksam, ließen voneinander ab und rutschten näher heran: »Qu'est-ce qu'il y a? Du Sorokin?!«

»Wie, Rocky? Welcher Teil?!«

An dieser Stelle vollzog sich – ein Film würde auch das in Großaufnahme darstellen – in Emilys Gesicht ein Wandel: hin zum Sonnigen und damit (dem Publikum fiele das auf!)

vom »richtig Hübschen« zum *wirklich Schönen*. Und sie lächelte bereits, als sie sagte: »Tenez, mes petits!«
Die Szene endete mit der Darstellung *aller* »colocataires« (brauchbar für Plakate und Trailer). Und dabei stünde mitnichten Dani im Mittelpunkt (wobei der ausgerechnet jetzt, da endlich einmal Heiterkeit ausbricht, zerrupft und blätterübersät, wie ein komischer Begleiter, vom Bildrand her zurückgestolpert kommt), sondern die Kamera bliebe auf Emily. Emily, die lacht. Die mitten auf der Picknickdecke steht, »ganz bei sich«, wie Dani (oder sonst irgendein Zuschauer) vielleicht denkt, und vielleicht denkt er auch: »Nein, bei den anderen«. Emily, die Stücke ihres »Rocky« verteilt – von den sitzenden, die Hände emporreckenden Freunden wie von Kindern umringt.

Emily verteilt Kuchen, Dani hilft mit den Tellern. Ist das denn immer noch die Picknick-Szene? Iwo, die Kamera zieht jetzt nach hinten, Totale: im Bild der Küchentisch der titelgebenden *coloc*, ein Fest. Der gesamte Trupp sitzt, steht, balgt sich um den Tisch. Darauf Blumen, Aschenbecher, Gläser – vor Carlotta zwei, drei Geschenkpäckchen.
Clémentine trägt langsam aus einem Skriptum vor: »Til … hamingju … með … afme … afmö … af- …«
Billy setzt ihr von hinten ein Partyhütchen auf, brüllt: »Happy birthday!«
Clémentine schüttelt es ab (es fällt vor Carlotta), dabei verrutscht ihre Brille. Sie stürzt sich, in gespieltem Zorn, auf ihn: »Oh là là! Billý! Arrête!«
Carlotta quiekt errötend: »Takk.«
Emily gluckst: »Glukužycenje!«
Dani lacht mit.
Da läutet das Telefon. Dani holt flugs sein Handy aus der Tasche, es ist aber das Festnetztelefon gewesen, das geläutet hat – Emily hat ja kein Handy. Sie zieht sich damit zurück.

Dann läutete, wieder einmal, das Telefon. XXXX
Wie immer ging Annemarie von mir weg, um
sprechen zu können. Ich fragte nie XXXXXXXX
danach, und sie erklärte XXXXXXXXXXXXXXXX
es auch nie, aber ich wußte, dass sie ~~mit dem~~ mit wem
sie da XXXX ja, ich wußte XXXXX natürlich bemerkte
ich, wer XXXXXXXX Fakt ist: Am liebsten hätte ich

Ein Telefon läutet, aber niemand bemerkt es. Kein Wunder, es geht hoch her im vollbesetzten *Café de la Bourse*. Auf einem großen Fernsehbildschirm läuft das Freundschaftsspiel Frankreich gegen Schottland – Teil der Vorbereitung des Titelverteidigers auf die WM 2002. Alles ruft und fachsimpelt durcheinander, es sei denn, Zinédine Zidane berührt den Ball. Dann wird es schlagartig still, *ehrfürchtig* still, wie in einer Kirche. Hinter der Theke raschelt es, irgendwo klingelt etwas (*die Glocke im Kreml?*), dazu vereinzeltes Zischen: »Zizou … Zizou …«
Dani und Billy sitzen an einer Tischecke eng beieinander – wie Verlaine und Rimbaud auf dem Gemälde von Fantin-Latour. Rimbaud, im blauen Frankreich-Dress, redet haltlos auf Verlaine ein. Doch nur in den Zizou-Momenten kann man ihn, wenn überhaupt (er flüstert dann ja auch), verstehen: »… -mily ist really … gute Dolmetscherin wer- … -lich hat sie zu Hause schon … gutmütiger Buchhal- … ach, eine Ewigkeit: vier Jahre … verlobt, hehe … baut schon ein Nest … bald Kinder … und im April die Wahl … Chirac …«
Barthez mit einem weiten Ausschuss, Flanke in den Strafraum, die Schotten bringen den Ball nicht weg, er springt hoch auf, springt vor Zidane …
»… Stichwahl kommt ganz bestimmt Jospin …«
… Zinédine Zidane, der aus rund 20 Metern volley abzieht: Traumtor! Alle springen auf.
»… und wir werden Weltmeister!«, schreit Rimbaud.

geschrien. XXXXXX Ich wußte nicht, wie XXXX
diese Momente durchstehen XXXX. Oft rauchte
ich und summte ein XXXXX Einmal ertappte ich
mich dabei, wie ich jede Handlung des XXXX
Schauspielers im Fernseher XXX mitflüsterte:
XXXXX »Er nimmt den Zauberstab & klopft

damit auf den Zylinder. Er grinst. Er X zieht eine
Art Hamster aus dem Hut, nein, es ist eine XXXX

Einer dieser gelben Abende. Billy, Clémentine und Carlotta spielen am Küchentisch *Risiko*, auch Robert Steinhäuser spielt noch, in Erfurt, und zwar *Counter Strike*, nur vor der Ghriba-Synagoge auf Djerba wird schon seit Tagen nicht mehr gespielt, nicht einmal *Mancala*.
Überall in der Küche sind große Kartons zum Trocknen aufgestellt: offenbar eben erst gemalte Demonstrationsschilder mit Aufschriften wie »Unis contre le racisme«, »La fac ≠ Le Pen« oder »Ceci n'est pas un jeu«.
Emily und Dani stehen an der Abwasch und trocknen gemeinsam Geschirr ab.
Emily: »Und den Auftrag hast du von einem richtigen Verlag bekommen?«
»Mhm. Die haben angerufen.«
»Wow! Und was sind das für Gedichte? Liebesgedichte?«
»Ach, nein, es sind so … politische …«
»Ah, engagierte Literatur! Auch cool.«
»Äh … na ja. Es sind so komplizierte … weit entfernte … Ehrlich gesagt, ich kenne mich nicht aus in Poli- … äh …«
(Lacht.) »Lies doch einmal eines vor!«
»Na gut. Also …« (Trocknet die Hände ab, holt ein rotes Notizbuch aus der Hosentasche.)

Es geschah am Strand. XXXXXXXXXXX
Ich stürzte mich auf den Mann, mit dem
Annemarie eben noch Arm in Arm dahin=
gegangen war. XXXXXXXXXXXXXXX Er
fiel zu Boden, & ich legte mein XXXXX
Knie auf seine X Brust. XX Ich öffnete seine
Hose, XXX nahm sein X kleines, schlaffes

Glied in die Hand & betrachtete es abwesend. Dann sah ich mich von dem Mann XXXX ablassen & davongehen. Ich erwachte

Im Lada: Dani ist auf der Rückbank eingenickt gewesen, öffnet gerade die Augen. Emily sitzt am Steuer, Billy und Clémentine tuscheln vor sich hin, Carlotta schaut zum Fenster hinaus. Es ist einer dieser gelben Abende. Draußen der Bocage.
Emily, zu Carlotta: »Herrlich, nicht? So viele Hecken! Brombeeren! Des mûres, partout!«
Carlotta nickt: »Uwi. De mür.«
»Leider werden wir nicht mehr da sein, um sie essen zu können. Sie sind noch nicht reif. Les mûres ne sont pas mûres!« (Lacht.)
Carlotta, ernst: »No. Le mür son de mür.«
»Äh … nein. Ich weiß, das ist verwirrend: ›mûr‹ heißt reif. ›les mûres‹ sind die Brombeeren. Śernjowki, verstehst du?« (Lacht wieder.)
Carlotta schüttelt den Kopf: »Pa de mür, des murs. Í seinni heimsstyrjöldinni!«
Billy von hinten, auf Deutsch (in der Annahme, dass Carlotta ihn nicht versteht): »Wie? Hamsterknödili?! Das klingt aber gar nicht lecker!«
Clémentine kichert.
Carlotta, seltsam gereizt: »Des murs. Múrar!«
Billy (heulend wie ein Gespenst, mit entsprechenden Gesten, zu Clémentine): »Huhuh! On mourra tous des mûres!«
Dann in Richtung Dani, wieder auf Deutsch: »Die ist doch nicht ganz reif in der Beere!«
Dani schließt die Augen wieder.
Carlotta, mit himbeerrotem Kopf in ihrem Wörterbuch blätternd, aufgebracht: »Dösem kerr mondial. Wörd war tu. De

múrar … virkisveggir gegn … le schar … Wolls for se … skriðdrekum … Se … tanks … Tankur!«
Emily: »Ah, stimmt, meine *Tankuhr* ist ja kaputt. Danke für die Erinnerung, Carlotta. Ja, wir müssen wirklich bald tanken!«
Die Spannung löst sich. Alle lachen.

als Annemarie und ich gerade sehr glücklich waren.

Als der Himmel schon mehr dunkelblau ist als gelb (es muss also wirklich schon spät sein), hält der Lada am Boulevard Michelet: flaches, nach allen Seiten offenes Gelände. Hinter ein paar Bäumchen ein trostloses Gebäude mit Flachdach: das Studentenheim.
Billy steigt aus, beugt sich von draußen aber noch einmal ins Auto. Nur noch Emily und Dani befinden sich darin.
Billy: »Seid ihr euch wirklich ganz sicher, dass ich euch mit den Drinks nicht helfen soll?«
Emily (eine Spur zu freundlich): »Aber, nein, mein Lieber!«
Billy, immer noch zögernd: »Aber es ist doch so viel …«
Dani (mit einem etwas aufgesetzt wirkenden Grinsen): »Das machen wir doch gerne für dich!«
Billy: »Also dann …«
Emily: »Dobru noc!« (Lacht, startet das Auto.)
Billy (leicht irritiert): »Bis morgen! See you.« (Schlägt, etwas fester als nötig, die Tür zu.)

~~*Im Traum: »pareja«, Pärchen, ich nie Paarteil, hasse Paare XXXXX alle Paare sind XXXX*~~

Im Kebab-Laden *Izmir*, abends.
Emily (zum Verkäufer, auf Französisch): »Es soll eine Ge-

burtstagsüberraschung werden. Und deshalb müsste der Fladen größer sein, runder, wie eine *torta*, verstehen sie?«
Dani: »Wir wollen nämlich 22 Spelunken hineinstecken.«
Der Verkäufer: »Wie bitte?!«
Emily: »Kerzen! Er meint *des bougies*, nicht *des bouges*!«
Alle lachen.

~~als ob ich ein Freund wäre … Nur XXX~~
~~ein Freund, verstehen Sie? … Als ob~~
~~ich deshalb hier wäre, nur deshalb XXXXX~~

In der Küche der Coloc. Auf dem Tisch und dem Bord stehen eine Menge an Flaschen und Tetrapacks: Wein, Bier, Säfte … Dani kommt mit einer Familienpackung *kro* herangeschnauft: »Das war die letzte. Puh!«
Er stellt das Bier auf dem Bord ab, gibt Emily den Autoschlüssel.
Emily: »Danke!«
»Bitte.«
»Nein, wirklich: vielen Dank. Du bist ein wahrer Freund. Denkst auch an andere. Ich weiß nicht, wie ich das ohne dich geschafft hätte.«
»Äh …« (Zündet sich eine Zigarette an, summt.)
Emily lässt sich in einen Küchensessel fallen: »Som mucna!« (Lacht.)
Dani schlendert rauchend und summend durch die Küche, nimmt einzelne Flaschen prüfend in die Hand, nickt ab und zu anerkennend, bleibt schließlich stirnrunzelnd bei einer hängen.
»Tequila? Was willst du denn damit?«
»Oh, der … Das ist mein Geschenk für Billy.«
»Aber … Billy *hasst* Tequila!«
»Ach, wirklich?! Aber … erzählt er nicht immer von Mexiko?

Und wie schön es dort ist? Er war doch gerade erst drüben, letzten Sommer!«
»Ja, aber er war *mit seiner Ex-Freundin* dort, verstehst du? Davon, dass das die beste Freundin seiner jetzigen Freundin ist, oder war, ganz zu schweigen … Ach, es ist eine Tragödie!«
»Oh …«
Stille. Eine weitere Zigarette wird angezündet.
Dani: »Was machen wir jetzt mit der Flasche?«

~~*Sie tat so, als habe sie nicht verstanden XXXX*~~

In Emilys Zimmer. Alles ist an seinem Platz, nur rund um Emily und Dani, die, ans Bett gelehnt, auf einem bunten Teppich sitzen, findet sich eine Oase der Unruhe: zwei Gläser, die geöffnete Tequilaflasche. Zimtstreuer, ausgequetschte Orangenschalen. Musik (Folkrock).
Emily: »Danke noch einmal.«
Dani: »Schon okay.«
»Nein, ich meine … für alles. Ich weiß nicht, wie ich das Erasmus-Jahr ohne euch geschafft hätte. Ohne Clémentine, die *coloc*, Carlotta, dann Billy und dich … So etwas kannte ich gar nicht aus … Solche … *pśijaśele* …« (Lacht.)
»Mir geht es … äh … genauso.«
»Dir?! Mit deinen Übersetzungen, deinen vielen … äh … Liebesgeschichten?!« (Kichert.) »Billy hat mir alles erzählt.«
»›Mit meinen *vielen*‹ …? Äh, Billy … So, so. Hm … Na ja … *Eben* darum, weißt du …«
»Du Ärmster!«
»Tja …«
Schweigen.
Emily: »Freundschaft ist so viel besser als Liebe, findest du nicht?«
»Nun … Es gibt da jedenfalls so einen … berühmten …

Schluck … äh, Spruch: ›Love's not the way …‹, also … ›Mit Liebe behandelt man keinen‹ … ›keinen‹ … äh …« (Schenkt beiden Tequila ein.)

> ~~*Sie sagte mir, dass sie sehr wohl verstanden habe, aber dass wir besser »einfach nur Freunde« blieben, denn sie XXXXX sie liebe jetzt nun einmal XXXXXXXXX sie lebe nun eben XXXX*~~

In Emilys Zimmer. Dasselbe Setting wie vorhin, aber mit deutlich mehr Orangenschalen, sanfterer Musik (Akkordeons, Geigen …).
Emily (kichernd): »Bei Clémentine und Billy bin ich mir aber nicht ganz sicher!«
Dani (kreischend, die Brust vorstreckend): »Oh là là! Billý! Arrête!«
Emily (lachend): »Nicht so laut, die Arme hat doch morgen Prüfung!«
Dani (ernster): »Nein, da läuft bestimmt nichts. Die spielen nur. Billy hat ja seine … seine Nicht-Mexikanerin zu Hause. Und Clémentine, die ist ja überhaupt schon, äh, verlobt wie … wie … wie, nun ja …«
Emily schenkt beiden Tequila ein.

> ~~*aber ob man das glauben sollte? Schließlich trug sie wieder dieses XXXXXX Sommerkleid, außerdem hatte sie – zum Frühstück! – eine ganze Flasche*~~

Dasselbe Setting wie vorhin, aber mit *viel* mehr Orangenschalen …
Emily, kichernd, glucksend: »Kannst du mir denn nicht eine von deinen vielen …. deinen … Übersetzungen vorlesen … du weißt schon …«

»Bien sûr!«

Dani holt umständlich das rote Notizbuch aus der Hose, liest (unsicher, schleppend):

> Während mir jegliches Visum verweigert wird
> verteilt das ach so demokratische Europa
> ebensolche großzügig an jene Tollwütigen,
> die Babys braten und damit ihre eben erst
> im Namen Allahs vergewal-

»Oh nein, nicht so was. Lieber ein Liebesgedicht ... Aus deinen Zeitschriften ... Deinen *Literatur*zeitschriften, verstehst du?« (Kichert.) »Billy hat mir das ... alles ... hihi ... erzählt ...«

»Ähm ... Schnell w-... Michel Houellebecq, meinst du?«

»Ja, so ein richtiges ... hihi ... ein richtig schmutziges ...«

»Ach so, verstehe ... hehe ... Also ...« (Holt einen Zettel hervor, aus einer anderen, tieferen Tasche. Liest.)

> In einem Pornokino starrten keuchende Greise
> Ohne recht dran zu glauben
> Auf die mäßig gefilmten Spiele zweier ...

Dani liest in der Folge das Gedicht *L'amour, l'amour* von Michel Houellebecq, und das – trotz seines augenscheinlich angetrunkenen Zustands – fehlerfrei und mit klarer Stimme. Jedenfalls sollte sowohl dem Publikum als auch Emily (trotz *ihres* Zustands!) der Inhalt unmissverständlich klar werden: die radikale Absage an »Bestimmung und Treue« (»Es gibt nichts als die Körper / die sich mitleidlos anziehen«) ebenso wie die Einteilung der Menschheit in zwei Klassen, ja, Welten: jene, die »den Orgasmus erfahren« und die anderen, die »einfach wissen: Das ist nichts für mich« und »in obskuren kleinen Tragödien zugrunde gehen«.

Dabei wird eine ideale Übersetzung verlesen, die noch zu erstellen ist. Sie gibt das Original nicht nur inhaltlich eins zu eins wieder, sondern kommt seiner Qualität auch sprachlich und rhythmisch vollkommen gleich: »schmutzige« Details und traurige Fakten reimen sich auch im Deutschen auf herzzerreißend harmonische Weise aufeinander, die melancholische Melodie der Silben gerät an keiner einzigen Stelle ins Stolpern.
Während der Lesung wird Emilys Lachen immer schriller. Als Dani zum Ende des Textes kommt, hat es schon einen hysterischen Beiklang.

> Ich spreche zu jenen, die niemals geliebt,
> Die nie zu gefallen gewusst;
> Für die es sexuelle Befreiung nicht gibt
> Oder einfach nur Lust.
>
> Fürchtet euch nicht, ihr verpasst da nicht viel:
> Freunde, es gibt keine Liebe.
> Ihr seid nur die Opfer eines grausamen Spiels;
> Eines Spiels für …

Emily lacht nun so laut und spitz, dass Dani irritiert einhält. Er schaut auf, holt sein Handy hervor, liest die Uhrzeit ab.
»Schnell weg«, murmelt er (oder so ähnlich).
Steht auf, schwankt etwas.
Emily kämpft sich auch auf die Beine, lacht aber immer noch, ja, mehr denn je: »Au ja … sicher, du … bist ein … hihi … Wanderer …«
»Also dann …«
Dani beugt sich vor, um Emily nach französischer Sitte zum Abschied auf die Wangen zu küssen. Sie nähert sich aber nicht, sondern gluckst, die Hände auf den Oberschenkeln,

weiter vor sich hin. Also klopft er ihr nur aufmunternd auf die Schulter, wendet sich zum Gehen.
Da fällt sie ihm, mit einer Art Sprung, von der Seite her um den Hals. Oder ist sie gestürzt?
Fakt ist: Sie hält ihn. Fest.

> ~~*Mit ihren entblößten Armen, dem XXXXXX Sommerkleid, sah sie wahrhaftig zum XXXXXXXXXXXXXX Verlieben aus. Aber:*~~

Dani und Emily umklammern einander (was ist das? Ein Ringkampf?). Später wird er Billy erzählen, er habe versucht, sich zu befreien. Aus den Bildern lässt sich das freilich nicht erkennen.
Was sich sehr wohl erkennen lässt: Emily lacht immer noch. Tatsächlich schüttelt sie sich schon vor Lachen (oder zittert sie, bebt sie?). Jedenfalls schwanken die beiden hin und her – als ob sie sich in einem fahrenden Zug umarmten, nein: in der Brandung stehend. Und während die Wellen stärker werden, das Wasser höhersteigt, lacht Emily immer noch: Tränen.
Fakt ist: Nicht nur dem Publikum, auch Dani, der tief in den Fransen ihres Wollpullovers steckt, so fest gehalten, so warm gedrückt wie noch von keinem Freund, sieht nun mit einem Mal klar: Die lacht ja gar nicht, die weint. Aber …

> ~~*»Love's not the way you treat a friend«*~~

Irgendwann, später, schaut er ihr ins Gesicht: Großaufnahme. Sie, die sonst immer gepflegt auftritt (geföhnt, geschminkt – fast wie eine Schauspielerin!), sie, die ihren Lada lenkt wie Dean Moriarty seinen Cadillac und dabei auch noch weiß, was Kerze auf Französisch heißt (und Spelunke!), sie: sieht mittlerweile ganz zerdrückt aus: Die Schminke ist verwischt, um ihren Mund glitzern Zimt, Orangensaft, Speichel, die Haare sind fransig, stehen um die Schultern ab wie Federn. »Wie aus dem Nest gefallen«, denkt Dani (vielleicht). Genauer gesagt: Das Publikum soll denken, dass er das denkt. (Und er dachte es ja auch wirklich.)

Dann läutete, wieder einmal, das Telefon.

Und dann lieben sie sich.

»Liebe?«
Billy wie in einem Interview, allein am Küchentisch in der *coloc*. Vor sich die Reste des Geburtstagskebabs – Kerzen, Salatblätter, Zwiebelscheiben –, in denen er lustlos herumfingert. Schnitt.

»Liebe?!«
Billy, im Frankreich-Dress, im Café de la Bourse – kunstgeschichtlich Interessierte werden erkennen, dass er auf dem Polstersessel dort hockt wie der Soldat aus Bernard-Édouard Swebachs Gemälde *Retraite de Russie* auf seinem toten Pferd. Im Hintergrund (da, wo bei Swebach Kanonen und Gefallene im Schnee liegen, die geschlagene Grande Armée sich weiterschleppt) flimmert ein Fußballmatch über die Bildschirme – durch die Farben der Dressen, die Spieler, den Spielstand (1:1 nach 89 Minuten), wird klar, dass es sich um das Freundschaftsspiel Frankreich gegen Belgien handelt, das vorletzte Match der Équipe Tricolore zur Vorbereitung auf die WM 2002. Das Café ist dicht besetzt, aber stummgeschaltet – so, als ob pausenlos Zidane am Ball wäre (aber er ist es nicht, nie: Schließlich hat er erst drei Tage zuvor – mit einer noch traumhafteren Variante seines Traumtors gegen Schottland – Real Madrid zum Champions League-Titel geschossen. Er wird geschont, ist nicht im Kader).
Billy schaut nicht zu den Bildschirmen, sondern, wieder wie bei einem Interview, direkt in die Kamera. Er kann also nicht sehen, dass Marc Wilmots eben jetzt, in der letzten Spielminute, nach einem schnellen, herrlich einfachen Konter

den Ball zum Siegestor für die Belgier unter die Latte knallt. Dennoch ist er sichtlich unzufrieden: gerunzelte Stirn, Kopfschütteln etc.
»Liebe …«, sagt er noch einmal.
Schnitt.

Clémentine in ihrem Zimmer in der *coloc*, vor dem Schreibtisch, auf dem sich Bücher und Skripten türmen. An der Wand über dem Tisch hängt, neben einem Poster von *Amélie Poulain*, ein Foto der gesamten *coloc* (stammt vom Picknick in Carnac – wer auch immer es dort gemacht haben soll). Geräusche aus dem Nebenzimmer (hinter der Wand).
»Ach«, sagt sie, nachsichtig in die Kamera lächelnd, »das sind doch nur Freundschaftsspiele. Die darf man nicht … äh …« (Lautere Geräusche.) »… keinesfalls … äh … überbe- …«

Billy wie oben, nun auf dem Hocker des Wettcafés in der Nähe des Studentenheims. Im Hintergrund das Freundschaftsspiel Südkorea gegen Frankreich, das letzte Match vor der WM. Eine halbe Stunde ist gespielt, wieder 1:1, hoher Lärmpegel.
Trotz des Dresses, der Igelfrisur und des missmutig verzogenen Munds ähnelt Billy mehr denn je Rimbaud. Er hat freilich anderes zu sagen als dieser, und so setzt er an, gegen das Stimmengewirr anschreiend: »Dani ist vorhin da gewesen, mit einem Rosenstrauß in den Pfoten, aber« – aber dann, wir befinden uns in der 35. Minute, wird es so still in der Bar, dass auch er verstummt. Was ist passiert? Ist Zidane am Ball? Nein, eben humpelt er über das Feld, deutet mit den Händen: »Wechseln«. Muskelfaserriss im linken Oberschenkel, fünf Tage vor dem WM-Auftakt.
»Zizou …«, flüstert jemand.

»Emily«, flüstert Dani.

»Emily?«
Clémentine flüstert in das Schlüsselloch einer Zimmertür: »Emily? Dürfte ich kurz –? … Es ist wegen der … Wie?! … Jetzt nicht?! … Ah! … Oho, verstehe …« (Kichert verunsichert.) »D'accord, ich komme später wieder.«

Später: Clémentine klopft an die Zimmertür: »Emily, da bin ich wieder, ich komme r- … Was? … Oh non! Encore?!«

Wieder später: Clémentine vor der Tür, tonlos: »Emily?«
Keine Antwort. Geht weg.

Dani und Emily am Meer. (Regie!)

Dani und Emily im Lada, auf einem Parkplatz im Bocage. (Regie!)

Dani und Emily auf der Dachterrasse, nachts. (Regie!)

Dani und Emily auf der Dachterrasse, morgens.
Sie sitzen in der Sonne, trinken Kaffee, essen Croissants, die Dani von unten geholt hat. Es ist Frühsommer: sehr hell, sehr warm – der Turm leuchtet.
Dani hat auch Zeitungen gebracht (*Le Monde*, *L'Équipe*), aber da die gleich titeln wie immer (nein, schlimmer: gleich wie heute), bleiben sie unbeachtet.
Emily: »Und du hast bis jetzt wirklich nur mit zwei …?« (Kichert.)
Dani: »Ja.«
Emily: »Und ich dachte immer, *du*, mit deinen vielen …« (Lacht.)

Dani (grinsend): »Tja. Wahr ist aber, dass ich nur eine einzige aus Graz mitgebracht habe. Und die« (deutet auf die Cidre-Tasse, aus der Emily trinkt) »die hat Bo-, hat ein Freund hier geklaut. Im Vorbeigehen, aus einem Gastgarten, wenn ich mich richtig erinnere...«

Rückblende, die den Dialog zwischen Dani und Emily, der derweil stumm weiterläuft und blass sichtbar bleibt, überblendet: Auf Emilys Platz, ihre runde, so weiße Schulter überlappend, Chappi. Sie trinkt aus Emilys Tasse. Daneben, statt Dani und im nächtlichen Dunkel der Dachterrasse kaum auszumachen (aber auch nicht zu übersehen), Bonzo. Gefilmt aus Danis Perspektive, seine Stimme kommt aus dem Off.

Chappi (in die Kamera = zum unsichtbaren Dani): »Du liest keine Frauen, stimmt's?«

Dani (empört.) »Wie kommst du denn auf so was?«

(Achselzuckend.) »Es wirkt so.«

»Da liegst du aber sehr falsch.«

»Wirklich? Dann sag mir doch eine, die du gelesen hast.«

»Mar-«

»Und sag jetzt nicht Marguerite Duras!«

»Vir-«

»Oder Virginia Woolf!«

»In-«

»Oder Ingeborg Bachmann!«

Hier endet die Rückblende, löst sich in der »Gegenwart« auf ...

»... -geborg Bachmann.«

»Sag das noch einmal«, sagt Emily.

»Nichts Schönres unter der Sonne, als unter der Sonne zu sein«, sagt Dani.

Sie stellen die Tassen ab.

Weißblende.

Ein weißer, nein, gelber Mittag im Bocage: Dani und Emily im Lada – sie fahren auf einer leeren Landstraße. Felder, Hecken, ein Sommertag. Emily hält am Straßenrand.
Dani: »Die Tankuhr?«
»Nein, jetzt fährst du einmal.«
»Ich? Aber du weißt doch … Ich hab keinen Führer- … Wie Peter Handke!«
»Ach, den kennt hier doch keiner. To jo wšojadno!«
Sie lacht, steigt aus, um die Plätze zu tauschen.
Schnitt.
Sie fahren wieder. Dani am Steuer, verkrampft und blass, aber hochkonzentriert, hochschaltend. Dann: sein Freudenschrei. Weitere, sich entfernende Freudenschreie, während die Kamera das Auto von oben filmt, weiter hochzieht. Der Lada fährt durch den Bocage, hält auf den Horizont zu – anders als all die Panzer, damals, von keinem Heckenwall gestoppt.

Dani und Emily, abends. Eingehakt, nein, eng umschlungen, wie ein richtiges Pärchen, wandern sie durch die dunkle Allée de l'Île Gloriette Richtung Hochhaus. Mit einem Mal bricht im Unterholz Unruhe aus, die Büsche werden lebendig. Ein schwarzes Frauengesicht nach dem anderen erblüht im Dunkel, die ganze Allée erwacht, steht Spalier: »Salut!« »Bravo!«, »L'amour!« und ähnliche Jubelrufe.
Dani und Emily winken lachend zurück – während es leise, ganz leise, zu regnen beginnt.

Auf der *fac*, morgens. Letztes Rimbaud-Seminar des Jahres. Der Professor, der – erfrischt vom Regen? – viel jünger, frischer wirkt als Anfang des Jahres, verteilt die korrigierten Abschlussarbeiten, klopft Dani anerkennend auf die Schulter.
»Fast eine richtige *dissertation*!«, lacht er.

Hinterher: Billy und Dani an der Theke des Wettcafés, Nähe *fac*. Zwei Kaffees. Draußen Regen.
Billy (mürrisch): »Long time no see … Wie geht's dir denn so?«
»So gut wie noch … sehr, sehr … nicht schlecht«, antwortet Dani.
»Hast du die Spiele gesehen?«
»Welche Spiele?«
»Na, die WM! 0:1 gegen Sénegal! 0:0 gegen Uruguay! Frankreich steht vor dem Aus!«
»Ach so. Nein.«
»So, so … Na dann … Trinkst du denn heute gar kein Bier?«
»Puh, ich weiß nicht … Muss noch fertigpacken. Emily will morgen schon um elf losfahren.«
»Komm schon, nur ein Drink. Zum Abschied! Ich lade dich ein.«
»Na gut.«

Im Wettcafé, später. Billy und Dani beim Tischfußball. Biergläser, Karaffen mit Pastis und Wasser auf dem Tisch daneben. Dani zieht von rechts hinten ab, der Ball geht cross: Traumtor! Sie setzen sich.
Billy: »Du bist heute wieder einmal unschlagbar!«
»Hehe … Die Routine …«
»Noch ein bissi Pastissi, Champ …« (Schenkt ein.) »A la tiene!«
»¡Salud!«
Sie trinken.

Im *Aquarius*, abends. Billy, Dani, Biere. Die Flasche mit dem »rhum africain«. Schwerere Köpfe, Zungen.
Billy: »Liebe?!«
Dani: »Tja …«

»Come on, Dani, bitte! Du kannst doch nicht ernsthaft von *Liebe* –!«
»Wa … hm …«
»Und du willst wirklich gleich morgen mit ihr zurückfahren? Bis nach Ostdeutschland? Was willst du einen Sommer lang dort machen? In der Abstellkammer schlafen? Und danach? Hast du aus Madrid denn gar nichts gelernt?!«
»Na ja …«
»Wo deine Miete hier noch bis Ende des Monats bezahlt ist … Weißt du, wie lange jemand wie ich von so viel Geld leben könnte?!«
»Ähm …«
»Natürlich nicht. Du denkst immer nur an dich! Hast du je an ihren Verlobten gedacht?«
»Ach, der gutmütige Buchhal- …«
»*Heißblütig* hab ich gesagt! Nicht ›gutmütig‹! Du hörst nie zu!«
»…«
»Der war Landkreismeister im Kickboxen, verstehst du? Der Typ kann so einen Kopfmenschen wie dich mit einem einzigen Schlag killen!«
Dani brummt etwas wie »Michel Houellebecq«.
Billy, ernst und bestimmt, ostentativ nüchtern: »Hör zu, Dani … Du bist mein Freund. Ich lasse dich nicht sehenden Auges ins Unglück rennen. Einer muss es dir ja sagen. Emily bringt es offenbar nicht übers Herz. Und Clémentine hat mir alles erzählt … Also …«
Schnitt.

Im *Hercule*, nachts. Zwischendeck. Entsetzliches Gedränge, Rauch, Lärm.
Billy und Dani auf Barhockern, eng beieinander wie Verlaine und Rimbaud auf dem Gemälde von Fantin-Latour. Während Verlaine, über seinen doppelten Whiskey hinweg, mit

glasigen Augen ins Gewimmel stiert, redet Rimbaud, ein Sportgetränk in der Hand, haltlos auf ihn ein:
»Es war nur ein Abenteuer, ein Spiel, verstehst du? An *Liebe* darfst du dabei wirklich nicht denken, schon gar nicht an eine *große* wie …«
»Wie?«
»Ich meine, das kannst du ja wirklich nicht miteinander vergleichen! Oder fühlst du dich bereit zum Heiraten? Hausbau? Für Kinder?! Schau dich doch an!«
»Puh …«
»Dachte ich mir. Nein, du bleibst diesen einen Monat lang einfach hier, in Nantes, ich ziehe zu dir, wir gründen eine Männerpension! Denk doch nur, wie viel Spaß wir haben könnten: ›It's better to regret something you did‹ – oder wie hat Verlaine das ausgedrückt? Und dann geben wir uns das WM-Finale im *La Bourse* – Frankreich wird es schon noch schaffen, du wirst sehen! Zidane ist zurück, und morgen früh wird Dänemark mit mindestens zwei Toren Unterschied geschlagen. Das wird mega. Weißt du, dass die Équipe seit sieben Jahren kein Bewerbsspiel *mit* ihm mehr verloren hat? Ach, Zizou – als Mensch und Fußballer ein Genie! … Wo war ich? Ah ja. Und dann können wir auch noch verreisen! Ein Wochenende in – Amsterdam, was meinst du? Hm?! Das würde dir doch gefallen, stimmt's?! Oder sonst irgendwohin, außer Brüssel, versteht sich … À propos Brüssel, schau, was ich gefunden habe …«
Er entfaltet einen Zettel, der aussieht, als stamme er aus Danis altem blauen Notizblock.
Da nähert sich ein Schatten, ein Scharren von hinten. Gleich darauf spürt Verlaine etwas Weiches, sehr Zartes (Grashalm? Haar? Feder?) im Nacken: »Dani?«
Es ist Caprice. Sie ist noch blasser als beim letzten Mal – die filigrane Schönheit ihres Gesichts droht jeden Moment zu

zerbrechen. Dennoch könnte sie immer noch in einer von Fitzgeralds Cocktailbars sitzen – in *Wiedersehen mit Babylon*, etwa, oder *Zärtlich ist die Nacht*.
Caprice (zu Dani, tieftraurig): »Warum hast du mich verlassen?«
Dani öffnet den Mund. Bleibt so.
»Écoute«, fährt Caprice fort, »j'ai besoin de fric, c'est vraiment urgent.«
Dani (zieht ein paar Geldscheine aus seiner Hosentasche): »Euh, pourquoi pas …«
Caprice lächelt – kurze Stille.
Dann küsst sie Dani auf die Wange – »Merci, chérie!« –, trippelt weg, Richtung Unterdeck.
Billy, erfreut: »Sag ich ja, ein richtiger Abenteurer!«
Er boxt Dani anerkennend gegen die Schulter, steht auf.

Hercule, Unterunterdeck. Caprice und Dani in einer Zweierkoje.
Caprice ist so schön wie ehedem, nein, noch schöner. Sie raucht eine dicke weiße Zigarette, dreht dabei eine weitere. Dani starrt sie blinzelnd an. Caprice schaut auf, lächelt. Dann nimmt sie einen tiefen Zug, küsst ihn, atmet dabei den Rauch aus, in ihn hinein.
Zeitlupe (Stille, Wellen).

Quai Ferdinand Favre, im Morgengrauen (vor dem *Hercule*). Starker Regen.
Caprice kommt über den Steg getänzelt, dahinter Dani: mit schweren, unendlich langsamen Schritten – wie ein sehr alter Mann. Oder ein junger, der einen anderen aus dem Schoß des Schiffs nach oben schleppt. Und wenn der andere er selbst ist.
»Chérie, was hast du denn?«, kichert Caprice. »Komm! Komm!«

Noch ein helles Kichern, dann flattert sie um die Ecke, ist verschwunden.
Dani schlurft allein über den Quai, durch die Rue de la Biscuiterie, den Regen.

Es regnete, und Wasser war in meine Schuhe gedrungen.
~~Zu Hause~~ In der Wohnung angekommen, schaltete
Annemarie sofort den kleinen Radiator an, nahm mir
die Schuhe aus der Hand & XX stopfte sie mit
Zeitungspapier aus. Ich stand daneben & schaute
ihr zu, wie sie das Papier am Boden ausbreitete X
& XX die Schuhe anschließend so XX zurechtlegte,
daß die Wärme auf schnellstem Wege ins Innere XXX
drXXXingen konnte. Dazu legte sie meinen Schuh
schräg auf einen der ihren, aber XXXXXXXXXX
XXXXXXXXXX mehrmals XXXXXXXXX fiel
ihr alles zusammen XXXXXXXXXXXXXXX,
& sie musste von vorne beginnen. XXXXX
Es dauerte XXXXXXXXXXX sehr lange, bis
die Schuhe so standen, wie sie es wollte. XXX
XXXXXXXXX Dann stand sie auf & ging an
mir vorbei in ihr Zimmer. So viel zum letzten
Abend in Sevilla. XX XXXX, Annemarie.

Im Turmzimmer. Dani, klatschnass auf der Matratze. Wie der geschlagene Soldat Swebachs hat er einen Schuh verloren. Anders als der Soldat hockt er jedoch nicht auf seinem toten Pferd, sondern liegt darauf, genauer: auf seinem umgekippten Interrailrucksack. Um ihn herum (da, wo bei Swebach Kanonen und Gefallene im Schnee liegen) Koffer und Stapel von Büchern, Zeitschriften, Kleidung – teils eingepackt, teils zum Einpacken vorbereitet.
Draußen wird es hell. Taghell. Der Verkehrslärm schwillt an

(wie die Brandung bei Flut), schwillt ab (wieder Ebbe). Glocken schlagen. Zehnmal. Elfmal. Dani liegt auf seinem Rucksack. Rührt sich nicht. Schläft. Wie ein Toter.

Ich erwachte vom Geräusch der Wellen, die unten gegen den Turm schlugen. Oder hatte jemand meinen Namen gefiept? Aber wer? Ich tastete nach Carmen, kriegte aber nur ihr T-Shirt zu fassen, nicht sie. Auch das nächste Kleidungsstück, das da am Strand lag – etwas sehr Weites, viel zu Weiches (eine Art Fell?) – war leer, und mein Herz schaltete stolpernd zwei, drei Gänge höher, als mir, um mich greifend, klar wurde, dass da noch weitere Shirts, Hosen und sogar Unterhosen um mich verstreut lagen.
»Bigre«, murmelte ich.
Wie viele Frauen hatten sich denn gestern Nacht hier ausgezogen? Wer war ich überhaupt? Und wo war –

> *Annemarie … Sie war immer noch da,*
> *als ich XXXXXXXXXXXXXXXXX aus*
> *der Bahnhofhalle zurückkam. XXX Ich*
> *stellte die Rucksäcke ab & setzte*
> *mich neben sie. »Noch 20 Minuten«,*
> *sagte ich. »So lange?«, sagte sie. Dann*
> *XXXXXXXXXXXX sagte keiner mehr*

»Emily«, flüsterte ich.

Ich zündete mir eine Zigarette an – glaube ich. Über das, was von nun an passiert ist, steht nämlich nichts mehr in meinem blauen Notizbuch. Aber ich nehme an, ich rauchte. Schließlich rauchte ich damals, wie gesagt, und ich rauchte viel – wenn auch nicht ganz so viel wie Heinrich Böll oder gar Michel Houellebecq

bei ihren Fernsehauftritten. Sagen wir also, dass ich mir eine Zigarette anzündete, dass die Feuerzeugflamme warm und gelb über mein Gesicht strich. Und dass ich, dahinter, auch die Fassaden der Häuserzeile gegenüber in einem blassen, aber warmen Gelb leuchten sah – denn daran, dass die Häuser gelb waren, erinnere ich mich noch, deutlich. Auch wenn Google Maps heute fragt: Welche Häuser?
Fakt ist: Ich sah die Häuser dort, sah auch die langen, rasch wachsenden Schatten, die Annemarie und ich im Licht der Abendsonne auf die Stufen warfen. Aber – so lang sie auch werden mochten – nicht einmal unsere Schatten berührten sich, nirgendwo. So tief wird sie nicht sinken, die Sonne, dachte ich, bitter – vielleicht.
Bestimmt aber versuchte ich nun, in den letzten Spielminuten, sozusagen, noch einmal Ernst zu machen. Sprich: näher an Annemarie heranzukommen. Doch kaum, dass ich mich bewegt hatte, schnellte sie hoch, rieb sich die nackten Arme. In ihrem Sommerkleid sah sie wahrhaftig zum – ach, das war jetzt auch schon egal. Ihr war kalt, kalt wie mir, und selbst ich sah ihr an, dass sie nur noch eines wollte: nach –

»Emily!«

Trotzdem stand ich auf, begann müde: »Hör zu, Annemarie, eines musst du wissen: Ich … ich habe dich noch nie so … ich meine: auch niemand anderen – also … ich … ich …«
»Wie spät ist es?«, fragte Annemarie.

Wo war Emily? Ich schnellte hoch, fiel wieder um, setzte mich langsam, ganz, ganz langsam, wieder auf. Erst jetzt begriff ich, sah ich, spürte (im Kopf, in den Knochen [im Herzen?]) die Spuren der Nacht. Und keine Spur von Emily.

»Wie spät es ist?!«
»Ja, Dani, komm schon. Das ist jetzt wichtig. Konzentrier dich.«

»Wie spät ist es?«

»Ach, es ist noch Zeit«, sagte ich ausweichend.
Sie schüttelte den Kopf: »Nein, Dani, bitte.«
Und so schob ich den Ärmel meiner Windjacke hoch, nestelte die Armbanduhr hervor …

Die Handyuhr zeigte 11:54.

»Siehst du, noch mehr als fünf Minuten.«
Keine Antwort.
»Annemarie, bitte: Ich … ich … l-«, murmelte ich von Neuem, aber – Annemarie hatte ja recht. Sie konnte mir nicht mehr helfen. Niemand konnte das. Ich steckte bis zum Hals in der Scheiße und …

»Âllo?!«
»Clémentine?«
»Oui?«
»C'est Dani.«
»Oh là là, Dani …«
»Clémentine, hilf mir, bitte … Gib mir Emily …«
»Emily? Elle est déjà partie, Emily.«
»Wie? Sie ist schon fort? Ist sie etwa –? Ohne –?!«
»Écoute, Dani … Billy war heute Morgen hier, vor dem Spiel, und er … Er hat …«
»Was?«
»Er hat uns alles erzählt und …«

… das letzte Lied war gesungen.

»Aber was hat … Ich meine … Billy hat doch *mir* alles erzählt! Und du ihm!«, rief ich.

»Wie bitte? *Was* habe ich Billy erzählt?«, empörte sich Clémentine.

»Billy hat erzählt, dass du ihm erzählt hast, was Emily dir erzählt hat … Was sie zu ihrem Buchhalter gesagt hat nämlich. Du weißt schon …«

»Was weiß ich?«

»Ich … ich liebe dich.«

»Dani!?«

»*Emily* hat ›Ich liebe dich‹ gesagt! Zu ihm! Am Telefon! Behandelt man so einen Freund? Einen *Ex*-Freund! Hm?!«

»Mais Dani …«

»Sie liebt *ihn*, und damit gibt es nichts mehr zu singen. Äh, sagen. Ich hingegen war nur ein Spiel, ein Abenteuer …«

»Oh là là, Dani, arrête! Ja, es ist wahr: Emily hat so was in der Richtung zu ihm gesagt – nach jener Nacht, in der … nach der sie so lange telefoniert haben. Aber warum? Warum hat sie ihm das gesagt?«

»Weil sie mich betrogen hat … Auch sie! Ach, es ist eine Tragödie!«

»Mais non … Es war zum Abschied! Sie hat ihn verlassen, verstehst du? Ein für alle Mal, mit einem Schlag – sie ist ja erwachsen! Na klar, es gibt noch Gefühle, auf irgendeine Weise … Schließlich hat sie sich ja nicht von ihm *ent*liebt, sondern nur *in* … Und wie soll das alles denn auch einfach so plötzlich aufhören nach … Du weißt schon. Verlobung, Rohbau, Kinderwunsch … Trotzdem: Du bist derjenige, der … der …«

»Was?«

»Écoute, Dani … Sie mag ihn. Und sie mag ihn ›lieben‹. Aber sie *liebt* nur dich …«

»Sie ›liebt‹ … *liebt* … wie?«

»Sei doch nicht so kindisch, Dani. Es gibt eben nicht nur *die* Liebe. Es gibt *viele* Lieben … Hast du das in deinem Stendhal-Seminar denn nicht gelernt? Oder auf Silba?!«
»…«
»Dani?«

»Dani?«
»Hm?«
»Es ist Zeit, Dani …«
»…«
»Du musst jetzt los!«

»Aber wohin … Ich meine … Wie … Was jetzt?«, fragte ich.
»Comment?«
»Wo ist Emily jetzt?«
»Sie ist schon los, Dani«, sagte Clémentine. »Billy hat ihr ja erzählt, was du gestern … dass du … nicht mitkommst.«
»Und da ist sie … sie ist wirklich gleich –? Einfach so? Ins Auto und –?«
»Tja … Es war zwar alles ein bisschen … aber … du weißt ja: Sie ist wie Dean Moriarty … rein ins Auto und … Sie hatte es dann auch schon ziemlich eilig. Soweit ich weiß, musste sie unbedingt vor zwölf auf der *fac* sein, um dort noch ein Zeugnis zu ho-«
Ich legte auf.

Ich legte meinen Kopf auf ihre Schulter. Oder?
Sie klopfte mir aufmunternd auf die Schulter. Oder?
Wir umarmten uns. Wirklich? Wie lange?
Und dann? Ließ ich sie los? Tatsächlich? Einfach so?

Ich rannte los. Was noch zu schnappen gewesen war, kam mit, der Rest blieb liegen. Den Rucksack schief, aber doch, umgehängt, in jeder Hand einen Koffer, riesig, ausgebeult, aus dem, man kennt das Bild aus Filmen, da und dort Wäschezipfel schauten – so stürzte ich, mit nur einem Schuh, den Schlüssel im Mund, die Treppe hinunter, hinein ins Wohnzimmer der Bouchedors, vor ihren Mittagstisch und –

… schlurfte zum Zug – den Kopf gesenkt, mit schweren, unendlich langsamen Schritten, wie ein sehr alter Mann …

»Huhuh!«, machte ich, Kopf und Schlüssel schüttelnd.
Monsieur starrte mich an – mit offenem Mund, als ob tausend Riesen mit tausend Ketten rasselten. Aber es war nur der Schlüssel, der scheppernd zwischen die Teller plumpste.
»Au revoir, Monsieur! Au revoir, Madame«, japste ich.
»Au revoir, Mademoiselle«, antwortete die blinde Madame.
Ich rannte weiter …

… in die Halle hinein, unendlich langsam, Schritt für Schritt, Bahnsteigtreppe runter – wie ein Automat. Dann – immer noch benommen, schwer geschlagen, wie in Zeitlupe – den Bahnsteig entlang, auf die Waggons zu, rein in die Banderole, die Arme des – Moment: welche Banderole, wessen Arme?!
Nun, es waren nicht die Annemaries. Sondern die eines Sicherheitsbeamten. Und deshalb hielten sie mich auch. Fest.
»¡Un momento, por favor!«

… aus dem Lift durch die Vorhalle und hinaus, um die Ecke, in die Allée de l'Île Gloriette, in die Arme – Moment!

Ich schaute auf. Der Mann wirkte gar nicht einmal unfreundlich. Unter seiner blauen Dienstmütze blitzte verschwitztes dunkles Haar hervor, trotz seiner traurigen Augen lächelte er, viele Fältchen – der Gute erinnerte entfernt an Heinrich Böll.

»Un largo viaje para fumar un cigaro!«, brummte er (oder so ähnlich).
»›Süßes kurzes Reisen / vom Dorf zum Orangenfeld‹«,[11] *entgegnete ich (oder so ähnlich).*
Wir schauten uns an, er verwirrt, ich verträumt – während hinter ihm, auch wie in Zeitlupe, der AVE, für den ich mein Rückfahrticket gebucht hatte, langgezogen und mit großen, blendend weißen Segeln, lautlos aus dem Hafen rollte.
Das Spiel war aus.

Das Spiel war aus. Und wie es aussah, war es anders ausgegangen, als Billy sich das erhofft hatte. Jedenfalls bot das Heer der Hooligans, das die Allée heruntergeströmt kam (und mich und meine Koffer mit sich riss!), alles andere als ein Bild des Triumphs. Im Gegenteil. In ihren Fantasieuniformen, zusammengeschustert aus Fußballdressen, Warnwesten und Army-Shop-Restbeständen (einer trug eine Art Gallierhelm mit Federn, nein, Hörnern!), erinnerten sie an die zerlumpten Gestalten der Grande Armée auf dem Rückzug – eine Armee freilich, die heimgekehrt war, um nun, enttäuscht und wütend, das eigene Land zu plündern.
»Zizou!« (oder: »Betrug!«?), brüllten die einen, »Allez les bleus!« (oder »Das Volk sind wir!«?), die anderen, und ein orangehäutiger Killerclown, der einen Feuerlöscher schwang, skandierte sogar etwas wie »Écrasez l'infâme!« (oder: »les femmes«? Oder: »Le monde est en flamme«?!).
Polizisten waren zwar vor Ort – ich sah ihre weißen Helme am Rand des Zugs –, allerdings machten sie keine Anstalten, den Mob aufzuhalten. Tatsächlich gaben sie ihm eher eine Art Geleitschutz. Keine Spur jedenfalls von Knüppeln, Schilden oder gar Wasserwerfern. Ich verglich das mit dem, was ich auf der

11 Juan Ramón Jiménez: *Zug aller Abende …* Aus dem Spanischen von Leopold Federmair.

Uni über die »Zusammenstöße« zwischen der Polizei und Kindern von Einwanderern in den Pariser Vorstädten gehört hatte. Von Chappis *maere* vom Ballhausplatz ganz zu schweigen.
Während ich die Koffer regte, mich gegen den Strom stemmte (und doch stetig zurücktrieb, dem Quai de la Fosse zu …), dachte ich an Chappi. Und ich dachte auch an Branko, an Bonzo, den Burgenländer, dachte an Bertram, den Buchhalter und Billy, und da, endlich: packte mich die Wut. Und als ausgerechnet in diesem Moment eine Gestalt von der Seite her, aus dem Gebüsch heraus, gegen mich ansprang, als sie mich, mit weit ausgebreiteten Armen, an den Rand des Zugs zurückdrängte, in eine Hauseinfahrt hinein, mich dort festhalten wollte, hier behalten wie Billy, hatte ich endgültig genug. Ich schlug zu.

Er aber schaute mich nur mitleidig an.
»Da sind Sie aber eindeutig zu spät dran, junger Mann«, sagte er.
»Aber … aber …«, stammelte ich, »wie hätte ich denn … Wie konnte ich nur … ? Wie kann man aufgeben, wen man … liebt? Einfach verlassen, loslassen, und …«.
Heinrich Böll nickte verständnisvoll.

Wie man jemanden niederschlagen kann, wenn man zwei riesige Koffer in den Händen hält? Noch dazu als ein Kopfmensch, wie ich? Nun, es ging eigentlich ganz einfach. Ich beugte mich vor, ging dem Angreifer ein, zwei entschlossene Schritte entgegen und rammte ihm meinen Schädel, als trüge ich die Hörner!, unters Kinn.
Tatsächlich ähnelte mein kapitaler Stichschlag also jener *invasio*, die Zinédine Zidane zwei Turniere später, in der Verlängerung des WM-Finales 2006 nämlich, endgültig zum Helden machen sollte (zu einem echten, weil tragischen). Sie wissen

schon: der mit Rot geahndete Racheakt an Marco Matterazzi, nachdem dieser unseren Zizou, weil er das Kind von Einwanderern ist, als »Terroristen« bezeichnet hatte. Selbst Jacques Chirac schwärmte hinterher von Zidanes »ritterlicher Geste«. Für *meinen* Kopfstoß erntete ich freilich keinen Applaus, dafür erwies er sich als weitaus effektiver. Im Gegensatz zum italienischen Verteidiger, der zwar mit schmerzverzerrtem Gesicht zu Boden ging, danach aber das Finale bis zum fatalen Elfmeter zu Ende spielte, wurde mein Widersacher tatsächlich ausgeknockt. Er klappte halb über mir zusammen, kippte nach hinten, knallte mit der Schläfe gegen die Hauswand und rutschte, jäh erschlafft, an dieser herab auf den Gehsteig. Und dort lag er dann. Das Blut aus der Platzwunde über seinem Auge rann ihm übers Gesicht.
Ich selbst machte leider keine viel bessere Figur. In der Rückprallbewegung kamen mir die Beine meines Opfers in die Quere, ich geriet ins Stolpern und plumpste, nach einer Art Drehung, mit all meinen Koffern und Rucksäcken auf den Liegenden drauf. Und erst jetzt, als wir Nase an Nase dalagen, einer in den brummenden Schädel des anderen hineinschnaufend wie ein verkatertes Liebespaar, erst jetzt: erkannte ich, wen ich da vor mir hatte.

Erst jetzt begriff ich: Das war ja gar nicht Heinrich Böll. Und das war auch nicht mein Zug. Nicht mehr.
Noch bevor es »Böll« gelang, mir aufmunternd auf die Schulter zu klopfen (was er zweifellos vorhatte), hatte ich kehrtgemacht und rannte los. Weit konnte Annemarie ja noch nicht gekommen sein.

Da öffnete Bourrot die Augen, blinzelte.
»Bigre …«
Blut und Speichel blubberten aus seinem Mund.

»Bonjour«, keuchte ich, während ich versuchte, mich aufzurappeln, »comment ça va?«
»Ich … krie …«, röchelte Bourrot.
»Oh, pardon …«.
Ich nahm mein Knie von seinem Hals. Bourrot hustete, spuckte aus. Das Ganze machte keinen besonders hygienischen Eindruck, also reichte ich ihm eine Socke, die aus meinem Schmutzwäschekoffer gefallen war. Er verschmierte sich damit das Blut im Gesicht. Bald sah er aus wie Verlaine – nach seiner allerletzten Begegnung mit Rimbaud, meine ich (Sie wissen schon, der Stockkampf in Stuttgart). Ich hingegen rappelte mich hastig auf, stellte die Koffer zurecht, nickte ihm freundlich zu, wollte gleich weiter – da spürte ich, wie damals im *Hercule*, wieder Bourrots Hand an meinem Hosenbein. Nur dass er diesmal nicht zupfte. Er klammerte.
»Bitte, Dani«, fiepte er, »für dich ist sie nur ein Spiel, ein Abenteuer … Aber ich … ich … lie …«

Ich liebte sie. Wie hatte ich sie nur loslassen können? Wie mich einlassen auf ihr Spiel? Wie zulassen, dass sie unsere Liebe einfach so ausklammerte? Und dabei hatte sie mich in Wirklichkeit gar nicht verlassen – sie hat mich nicht verlassen, nein!, dachte ich, während ich die Bahnsteigtreppe wieder hinaufkasperte.
Der Sicherheitsbeamte unten rief mir etwas nach, der Mann am Infoschalter oben etwas zu, aber ich stürmte weiter. Nein, bei dieser *Ankunft in Sevilla brauchte ich keinen Stadtplan mehr – kein Wunder, dass ich ihn, im Laufen, gemeinsam mit Annemaries Brief in einen Mülleimer warf. Alles, was ich brauchte, war Annemarie. Und sie brauchte mich – wenn ich damals, bei dieser meiner zweiten Ankunft in Sevilla etwas wusste, dann dies.*
Und so rannte ich aus der Halle hinaus, die Treppe hinunter, nach Sevilla hinein – in die ganz falsche Richtung.

»Das ist falsch«, erwiderte ich. »Ich spiele nicht mir ihr, im Gegenteil …«
Meine Stimme wurde brüchig, also wandte ich mich ab, schaute auf, über die Köpfe der an Bourrots und meiner Koje vorbeikrakeelenden Masse hinweg auf die Stadtpaläste des Quai, zu den schön geformten Balkonen der nach dem Sklavenhändler Montaudouin benannten *rue* hinüber (in einem Film hätte man nun nur mein Gesicht in Großaufnahme gesehen, dazu kitschige Geigen – Sie wissen ja, wie es in Filmen so zugeht).
»Im Gegenteil«, sagte ich noch einmal, rauer. »Es ist mir todernst mit ihr.«
Die Romantik meiner Worte verfehlte ihre Wirkung nicht. Bourrot ließ mein Hosenbein los und begann hemmungslos zu schluchzen. Ich aber würdigte ihn keines Blickes mehr, sondern nahm meine Koffer hoch und warf mich hinaus in den Strom der Wütenden.
Erst unzählige Ellbogenstöße, noch mehr Tritte und drei, vier Häuser weiter (in die ganz falsche Richtung), begriff ich, wovon – nein: von *wem* – Bourrot gesprochen hatte. Und von wem nicht. Ach, Emily.

Ach, Annemarie. Wo bist du. Erst unzählige Querstraßen später begriff ich, dass da etwas nicht stimmte. Und schon lang nicht gestimmt hatte. Die Richtung, die ich eingeschlagen hatte, zum Beispiel. Oder die erste Abzweigung. Meine Armbanduhr. Die ganze Reise nach Sevilla. Madrid. Und so weiter.
Als die Sonne endgültig untergegangen war, kam ich zum Stehen. Ich hustete, meine Kehle brannte, und wenn ich schluckte, hatte ich das Gefühl, zu ertrinken. Dann geriet auch mein Herz, das immer noch panisch weiterrannte, ob meines plötzlichen Stillstehens ins Stolpern, ja, Stürzen, und ich musste mich setzen, plumpste auf einen Poller.

Wo waren all die Orangenbäume hingekommen, wo die Palmen? Wohin all die verfliesten Wände, bunten Tücher, Minarette? Auch Straßencafé war keines in Sicht. Stattdessen: eine Art Parkplatz. Schotterflächen. Auswege, Irrwege, nach allen Seiten: Es war aussichtslos. Erst ließen sich noch einzelne Elemente unterscheiden: Mülltonnen, Büsche. Dann aber verschwamm alles zu einer schwarzen, welligen, zunehmend unruhigen Masse. Schwere See, sozusagen – aus der mein Poller wie ein verkümmerter Leuchtturm ragte. Ich war tief verschreckt, es grauste mir, aber ich konnte nicht weg. Erst als mein Türmchen (Schiffchen?) wie betrunken in den Wellen hin und her zu schwanken begann, zu kentern drohte, kramte ich eine lila Tablette aus der Hosentasche, würgte sie trocken hinunter.

Ich kriegte keine Luft. In dem Zug herrschte noch größeres Gedränge als im *Hercule* zur Happy Hour. Und stellen Sie sich einmal vor, wie schwierig es schon dort gewesen wäre, sich gegen den Strom der Feinde, nein, Feiernden bis ganz nach oben, nach draußen, zum Quai durchzukämpfen – und das mit dem Interrailrucksack, den Koffern, nur einem Schuh … Wie auch immer. Fakt ist, dass auch dieser Schiffsbauch (Walbauch?) mich am Ende wieder ausspuckte. Irgendwann lichteten sich die Reihen, die Polizei zog ab, und ich humpelte, die Koffer über den Schotter des Quais schleifend, zurück in mein Leben (oder in ein neues?).

Keuchend plumpste ich auf die Motorhaube eines der Autos, die dort parkten. Die Koffer ließ ich fallen. Meine Hände zitterten. Ich schaute mich um. Anstatt die Place du Commerce zu erreichen, von wo aus ich per *tram* zur *fac* fahren und Emily noch abfangen hätte können, war ich in die entgegengesetzte Richtung getrieben worden: Tatsächlich befand ich mich nun also dort, woher sie gekommen war: Quai de la Fosse, Höhe Rue Montaudouine. Der Zug war abgefahren.

Meine Kehle brannte, meine Wangen waren nass. Vor Schweiß? Nein, vor Tränen. Ich kramte in meinen Hosentaschen nach einer lila Tablette, konnte aber keine finden. Tatsächlich hatte ich schon länger keine mehr genommen, genauer gesagt, genau seit – ach, das war jetzt doch auch schon egal.
In dem Auto, auf dessen Motorhaube ich saß, rührte sich jemand. Bigre, auch das noch! Aber noch bevor ich aufstehen und mich davonmachen konnte, wurde die Scheibe quietschend heruntergekurbelt.
»Da bist du ja endlich«, sagte Emily.

Ich stand langsam auf. Den Kopf gesenkt, mit unendlich schweren Schritten (wie ein sehr alter Mann) watete ich zurück Richtung Festland.

Sie setzte sich neben mich, reichte mir ein Taschentuch. Noch eines. Wir schwiegen.
»Die Tankuhr?«, fragte ich schließlich.
»Nein«, entgegnete sie, »der Umzug.«
Sie deutete auf die Rotte, die nun ein Stück stromaufwärts um einen leeren Sockel tanzte.
»Die Polizei ließ mich nicht in deine *drožka* fahren.«
»Du wolltest in *meine* Gasse –?«
»Na sicher. Hast du etwa gedacht, ich fahre einfach so los? Ohne –?«
Sie lachte.
»Äh … na ja … aber … hast du denn nicht mit Billy –? Ich meine: Clémentine meinte, Billy habe euch … äh … hat er dir nicht …?«
Emily schnaubte.
»Ach, Billy. Dem glaube ich doch schon längst kein Wort mehr.«

Ich machte eine Bewegung, die ausdrücken sollte, dass ich das selbstverständlich genauso hielte. Trotzdem …

»Trotzdem … ähm … nur eine … eine Frage«, begann ich zögerlich.

»Ja?«

»Äh … Billy … nein, ich meine: Clémentine hat erzählt, dass … also … Stimmt das eigentlich: Stimmt es, dass du am Telefon … äh … also damals … dass du gesagt hast …«

»Co?«

»Was?«

»*Co* heißt ›was‹ in meiner – auf Sorbisch«, sagte Emily. Sie lachte nicht.

Wir schauten uns an. Emily war so schön wie immer, nein, noch schöner. Obwohl sie nicht geschminkt war, unfrisiert, und obwohl ich sehen konnte, dass sie geweint hatte (lange geweint: sie war wohl doch nicht ganz wie Dean Moriarty …). Und doch war sie in jenem Augenblick am Quai de la Fosse schöner denn je, ja, geradezu *wunder*schön – fast so schön wie Annemarie, dachte ich. Genauer gesagt: Sie war schon fast so schön wie es ja auch Annemarie erst ganz zum Schluss geworden war, in jenem Augenblick, als ich sie verlassen hatte. Zum letzten Mal verlassen, meine ich. Damals, als sie – für mich – *unerreichbar* geworden war.

Und nun war es also bei Emily so weit. Wenn jemand, der so schön war, so ernst, so erwachsen, überhaupt noch so kindisch heißen konnte. Emily …

Emma saß auf der Motorhaube: am Rand des Nests, bereit davonzufliegen. Oder war ich es etwa, der zu stürzen drohte? Lehnte ich, wie früher oben auf dem Turm, schwankend an der Brüstung, auf der Suche nach einem Vorwand hinunterzufallen? Wie auch immer. Fakt war: Ein Schubs würde reichen, so oder so, schon täte sich zwischen uns ein Abgrund auf.

Trotzdem: Die Wahrheit musste ans Licht, dachte ich. Aufklärung. Écrasez l'infâme!
»Was soll ich gesagt haben?«, fragte Emma noch einmal.
»›Ich liebe dich‹«, antwortete ich.
Schweigen.
»Ich dich auch«, sagte sie schließlich.
»...«
»...«
»Ich dich auch«, sagte ich.

Der nächste Zug ging eine Stunde später, und er kostete so viel wie der Rest der Reise, aber ich schaffte es, meinen Anschluss in Madrid zu erreichen. Ein Glas Rotwein mit Carmen in Atocha ging sich zwar auf keinen Fall mehr aus (ja, ich musste sogar wieder rennen), aber an so etwas dachte ich nicht mehr. Wenn ich mich recht an die Rückfahrt mit all ihren Etappen erinnere, fasste ich überhaupt während der ganzen Reise zurück nach Nantes so gut wie keinen einzigen klaren Gedanken.
Alles, was ich weiß, ist, dass ich zuerst noch vorhatte, in meinen blauen Notizblock zu schreiben, wie ich mich fühlte: so nämlich, als wäre ich, mit dem Kopf voran, gegen eine Mauer gelaufen. Wieder und wieder. Eine Woche lang. Dann aber fiel mir ein, dass man sich, wenn man tatsächlich eine Woche lang wieder und wieder mit dem Kopf gegen eine Mauer gelaufen war, bestimmt ganz anders fühlte als ich damals. Und so ließ ich auch das bleiben.

Braillet freilich regt sich noch heute darüber auf.
»Das kann doch nicht wahr sein«, schmetterte er mir neulich in unserem Clubhouse-*Raum entgegen. »Du hast diese ganze Reise unternommen, ohne ihr auch nur einmal zu sagen, dass du sie liebst? Und bist dann zurückgefahren, einfach so?! Wärst du doch wenigstens in Sevilla geblieben, hättest noch einen Anlauf gewagt! Du hattest ja alles, worum wir heute so kämpfen müssen: Reisefreiheit, Geld, vor allem: Zeit … Du hättest irgendwo am Bahnhof übernachten können, sie am nächsten Tag in Ruhe suchen. Es ihr sagen … Wer weiß, was geschehen wäre. Vielleicht hat sie das auch von dir erwartet, ja, erhofft. Vielleicht war das die letzte* aventiure, *die du bestehen hättest müssen.«*

»Ja, vielleicht«, entgegnete ich. »Andererseits: Es könnte auch sein, dass …«
»Was?!«
»Es könnte auch sein, dass ich deshalb nichts gesagt habe, weil es damals nicht mehr gestimmt hat. Dass ich sie liebe, meine ich. Vielleicht war das alles tatsächlich schon längst vorbei – und sie hat mir in Wirklichkeit einfach nur schrecklich gefehlt.«
Braillet widersprach erneut – aber seine Stimme klang eher müde und traurig als ärgerlich: »Wenn man ohne jemanden nicht leben kann, dann ist das doch auch eine Art Liebe. Du weißt doch, dass es viele Lieben gibt.«
»Ja«, sagte ich, »ich weiß. Stendhal.«

Fakt ist: Damals, im November 2001, dachte ich nicht im Traum daran. In Sevilla zu bleiben, meine ich. Eher wäre ich weitergefahren, irgendwo anders hin. Nach London etwa, oder nach Odessa … Denn all das wäre in dem leeren, so lose gegliederten Raum, durch den wir uns damals bewegten, ohne Weiteres möglich gewesen.
Nur eines ging nicht mehr: nach Sevilla, zu Annemarie zurück. Zwischen ihr und mir mochte kein Balken stehen, kein Stacheldraht und schon gar keine »große, schöne, mächtige Mauer«. Und doch: Dort verlief sie, die Grenze.

Auf der Fahrt nach Nantes passierte nicht mehr viel. Ich saß in Zügen, durchschritt Banderolen, brauchte meinen Reisepass nirgendwo vorzuzeigen und vergrub mich in Ansichten eines Clowns. *Obwohl ich das Buch schon fünf- oder sechsmal gelesen hatte, las ich es damals, im Zug, wieder wie neu. Und das, wo ich doch durch Professeur Stendhal gelernt hatte, dass man Ich-Erzählern nicht trauen darf: »Sie wissen ja: Sie wissen nicht, was sie schreiben.«*
Aber wenn ich zu Beginn las:

> *Es war schon dunkel, als ich in Bonn ankam, ich zwang mich, meine Ankunft nicht mit der Automatik ablaufen zu lassen, die sich in fünfjährigem Unterwegssein herausgebildet hatte: Bahnsteigtreppe runter, Bahnsteigtreppe rauf, Reisetasche abstellen*

usw., dann kümmerte mich nicht, ob das gelogen war. Schließlich wusste ich nur zu gut, wovon Hans Schnier da redete. Und wenn er, nicht nur auf den ersten paar Seiten, immer und immer wieder jammerte …

> *Seitdem Marie mich verlassen hat …*
> *Seitdem Marie weg ist …*
> *Seitdem Marie […] übergelaufen ist [oder]*
> *Marie; Marie hat mich verlassen*

… dann glaubte ich ihm kein Wort. Und doch hätte ich jedes einzelne davon unterschrieben.

Inhalt

Anmerkung:
Die Übersetzungen in diesem Buch stammen, wenn nicht anders angegeben, vom Verfasser.

Der Autor dankt der Literar Mechana und dem Österreichischen Bundesministerium für Kunst, Kultur und öffentlichen Dienst für Projektstipendien, dem Österreichischen Bundeskanzleramt für Arbeitsstipendien sowie Christian Dayé, Fabian Kaulfürst, Guillaume Métayer und Alexander Sitzmann für ihre fachkundige Unterstützung.

»I've got nothin' but affection
for all those who've sailed with me«
(Bob Dylan, *Mississippi*)

Umschlag: & Co www.und-co.at
Satz: AD
Druck: Florjančič

ISBN 978-3-99059-116-1

Literaturverlag Droschl Stenggstraße 33 A-8043 Graz
www.droschl.com